U0917403

惠潮·著

中国言实出版社

图书在版编目（CIP）数据

盲谷 / 惠潮著. -- 北京 : 中国言实出版社,
2014.12
ISBN 978-7-5171-0965-5

Ⅰ. ①盲… Ⅱ. ①惠… Ⅲ. ①长篇小说－中国－当代
Ⅳ. ①I247.5

中国版本图书馆CIP数据核字(2014)第259780号

责任编辑：周晏

出版发行 中国言实出版社
地 址：北京市朝阳区北苑路180号加利大厦5号楼105室
邮 编：100101
编辑部：北京市西城区百万庄路甲16号五层
邮 编：100037
电 话：64924853（总编室） 64924716（发行部）
网 址：www.zgyscbs.cn
E-mail：yanshicbs@126.com

经　　销 新华书店
印　　刷 北京雷杰印刷有限公司
版　　次 2015年1月第1版　　2015年1月第1次印刷
规　　格 880毫米×1230毫米　1/32　7.5印张
字　　数 148千字
定　　价 29.80元　　ISBN 978-7-5171-0965-5

目录

第一章

“茅缸……”

几年前，叫茅缸的女人嫁给枣台臭老九赵根细那会儿，一个要饭的率领一群小脑袋撵在迎亲的队伍后头，齐声吆喝着她的名字。村里人认为茅缸就是城里大街上跑来跑去的公共汽车，掏一毛钱谁都可以上，这个名字不知道给生活枯燥的庄稼人带来过多少欢乐，村里三岁小孩都对她直呼其名：“茅缸……”声音故意拉得老长，仿佛要把叫茅缸的快意传递给每个人，大家一起会心大笑一番才过瘾。

茅缸是孤儿，叫这样低俗的名字是为了好养活，果真，茅缸像棵大白菜一样茁壮地生长到二十多岁，生养了两个和她一样养眼的女子葡萄和青梅。不知道从什么时候起，村里人对她改变了称呼，开始叫她“葡萄娘”“青梅娘”“赵根细家的”或是“赵老师家的”。茅缸的世道变了，名字是否反胃已经不那么重要了。

世道是因为何广福而改变的，枣台是村支书何广福的天下，何广福和大白菜茅缸马虎上了，这个信号是从大家不再叫她的小名茅缸开始的。村里人和城里人不一样，城里人讲两人有关系是有一腿了，村里人却说是马虎上了。两人这样的情况已经两年了，何广福像个吃奶的孩子把身体埋在茅缸肥沃的土地上，每次完事后，茅缸总要洗一块儿枕巾晾出来，以后只要看见茅缸往外晾枕巾，村里人就知道何广福又把公粮交到枕巾上了。

直到有一次，何广福喝醉后像一头公牛一样气势汹汹地把公粮送进茅缸的肚子里，茅缸再没往外晾枕巾，一年后她生下个小子，起名赵连根。紧接着几年，茅缸在何广福的辛勤耕耘下连续生了两个小子，分别叫赵依根和赵继根，生赵继根这一年，“四人帮”被打倒了。后来腰板渐软的何广福喜欢趴在茅缸身上给她讲国家大事，谁打倒了“四人帮”，谁力挽狂澜解救了风雨飘摇的国家和民族，讲着讲着就忘记了，没刹住，不过还好，幸运的是再没怀上。

两年以后，赵根细摘掉臭老九的帽子，在枣台得意了二十年的何广福却被免职了。一天下午，何广福独自一人从旺柳镇开会回来，半道上坐在一块大石头上抽了一包金丝猴过滤嘴，抽完烟后又像寡妇哭坟一样哭了一阵，后来被前来寻他的子女们强行拉回家。

继任者是被誉为化学脑子的王医生，王医生不光会看病，还有一个身份是看风水的阴阳师。王医生走马上任之后，土地要分开了，土地重新分开整整花了三个多月时间，距离自家近的成了自留地，村集体的分开给了个人，赵根细家六人分得六十亩，他教书之余开荒种地，打下的粮食除了交公粮都倒进自家粮仓的囤子里。

何广福一倒台，觉得自己什么也不是了，身上只是一堆烂肉，没有气势的男人是不能征服女人的。刚倒台那会儿，茅缸努力把何广福想成原来的那头嗷嗷叫着扑向自己的公牛，可是事与愿违，最终何广福也没能像公牛，更多的感觉是像只病猫，懒洋洋的，心不在焉，好像还要茅缸主动照顾他。

最后一次，像在茅缸下身唾了口唾沫那样匆匆完事，从此以后何广福再没精神和情绪光临茅缸的身体了。年过半百力不从心了，加上失去了手中自以为是的权力，权力一丧失，曾经掌权的人等于死掉了大半，有老婆凑合就行了，不用费那么大的力气。这时候瘦弱的老婆像自己的母亲一样对自己关爱有加，不离不弃。其实茅缸在何广福倒台的最初并没有要拒绝他，她不是那么无情无义的女人，只是渐渐的两人都体会到了不和谐，所以不再马虎了。回到老婆怀里的何广福像城里退休老干部一样过起了安安然然的日子，不过就在春风吹了两年之后，他死了，死于一次意外。那是重阳节的时候，他喝了很多酒，一时心血来潮要爬山，失足掉下了山崖。

葡萄和赵青梅的模样像茅缸，谁知那三个小子又像了死去的何广福，真是造化弄人啊。葡萄和赵青梅不一样的是，腼腆内向的赵青梅是一棵秀美挺拔的白杨树，而姐姐葡萄个头没长起来，像自留地里的蔓菁，白而粗壮，她被村里的男人们称为小钢炮，小钢炮葡萄属于奶大屁股圆的类型。每当黑夜来临，不知道有多少后生把葡萄想成目标解决自己的问题，葡萄知道他们在想自己，但葡萄是有野心的，葡萄的野心是绝对不会嫁给村里任何后生。不管明里暗里，葡萄是不安分的，和葡萄一起在村里小学校上过学的几个后生和葡萄好过，可是葡萄的肚子没有像村里人期待的那样大起来。

村里人感慨，葡萄毕竟不是一般人的女儿，她是茅缸的孩子，茅缸的孩子就像茅缸本人一样懂得如何生养，什么时候生养，那不是男人能决定的事情，主动权在女人手里。葡萄肯定在茅缸那里学来了村里妇女学不来的本领，那就是临时刹住，最要命的时候刹住，要是刹不住，葡萄是饶不了他的。

赵家三兄弟里数赵继根聪明，问他人平躺下摆的是什么字，年幼的赵继根会说那是太字，大人们都不明白，赵继根说男人摆的是太字，女人摆的是大字，说着摆弄起自己的小鸡鸡，说这里还有一点，所以是太字。赵继根的这个发现让村里人唏嘘，才多大的孩子啊，将来肯定有出息，这点王医生也知道，那以后村里就有一老一少两个有反应的化学脑子了。

一边是葡萄憧憬着嫁给城里人，另一边是赵青梅考到了旺柳镇中学。葡萄想嫁人这一年她十七岁，村里的后生已经没有再让她感到称心的了，葡萄的婚姻注定不在枣台，是城里，起码也是旺柳镇。葡萄要嫁，没人敢娶，敢娶的人一定不是普通人。地里劳累了一天收工的时候，后生们和村里的年轻媳妇开玩笑取闹，说葡萄喜欢坐在他们的上面，小媳妇们听得怪怪的，捂住嘴笑着跑开了，也有真好奇的，夜里和自己的男人试了，才知道葡萄作为女人带给她们那份别样的快乐。

葡萄看上了城里一个赶戏场卖冰棍儿的年轻人，这个年轻人在城里发洪水那一年成了孤儿，和住在半山上的奶奶相依为命，中学毕业后做起了卖冰棍儿的行当。大夏天，村里要感谢龙王爷赐雨，靠天吃饭的庄稼人最相信龙王爷，没有雨庄稼人吃什么，有了雨自然是龙王爷老人家赐给的，雨欢喜地洒在庄稼地里，庄稼人开心了。庄稼人是懂得感恩的，感恩就是唱戏，戏是唱给龙王爷听的，看戏的是四里八乡的庄稼人。

卖冰棍儿的年轻人叫双喜，城里人叫一个乡下人的名字，不过双喜毕竟是城里人，他不土，不土的原因是他在枣台的戏场上卖了几回冰棍儿后，就和葡萄在河边的一块大石头上谈起了恋爱。两个原本不认识的人突然坐在了一起，那或许就是城里人说的谈恋爱，两人坐得不远不近，也听不见说什么，或许什么也没说。在城里人面前，葡萄有些娇羞，半小时后，城里人双喜就上了岸，只留葡萄一人抱膝坐在河畔熟悉的大石头上。双喜一上岸，在白箱子上拍打几下，拉长声音吆喝，他的吆喝带着城里的味道，这种味道使得他的冰棍儿比任何人卖得都快，那声音尖细且悠长："冰棍儿，凉甜豆沙冰棍儿，一毛一对儿……"

双喜是葡萄的第几个男人，只有葡萄本人清楚，村里人只是猜测，没办法详细统计。有怎样的娘就有怎样的娃儿，村里人看见葡萄这样开放，就说："葡萄娘就那样，葡萄不那样才怪哩！"葡萄在一次散戏后和双喜跑了。庄稼人不叫私奔，叫跑了，跑了自然是不想回来了，要是想回来自然用不着跑了。同时，跑了还有一层意思在里面，那就是不光彩，不过自古私奔的女子都不是善类，葡萄自然不知道红拂夜奔的佳话，只知道和双喜跑是一种结合的捷径，偷食禁果没什么，但要明目张胆地在一起，不按规矩是不行的。

村里人都知道，自打王医生当上了村支书，看风水的事情就交给了他的儿子王蛮喜，但是赤脚医生的行当没有丢，这是科学。茅缸是在一次发烧时和王医生马虎上的，那天就茅缸一人在家，打完针王医生就上了茅缸的炕头。和村里新任支书一马虎，茅缸又焕发出当年与何广福在一起的气势，同时，她还被王医生任命为村里的会计。

备感屈辱的赵根细把自己交给了土地和学校，每天鸡叫两遍就起来，席卷整个枣台的牲畜粪便，由此被村里人称为"三光老赵"，为了表明自己的意志和尊严，一段时间之后，"三光老赵"和他的大白菜老婆茅缸分居了。

赵家兄弟放学后常常和村里的伙伴一起到山上割猪草，为了看太阳是不是落到了山那边的村子里，化学脑子赵继根怂恿赵连根和较大的几个孩子带他去。几个人翻过一座大山，见太阳落在了另外一座大山后，赵继根很失望，想再翻一座山，但伙伴们都累了，没人愿意听他的屁话，赵连根气得想扇赵继根耳光子。赵继根也累了，没等赵连根打他便哭开了，哭声引来了邻村失马科的孩子们，他们也来割猪草，免不了互相侵占地盘，渐渐的，冲突没有了，反倒比一个村的还要好，年龄相仿的都在一起说悄悄话。一天赵连根就对失马科的翠翠说："翠翠你和我那个不？"翠翠说："什么那个？"赵连根嘻嘻笑道："那个就是两个人做婆姨汉。"

翠翠明白了赵连根的话，脸都红了，翠翠说："你妈和你姐姐都不正经，都是卖屁股货，我才不呢，我妈说和你们说话都会脏了我们的嘴，回去问问你妈你姓什么。"翠翠不懂什么是偷汉，但翠翠从她母亲那里学来了立场，那就是老赵家名誉不好。赵连根已经懂事，牛脾气一上来，再不割猪草了，命令赵依根和赵继根几个完成任务，自己坐在山坡上吹口琴，略略懂事的赵连根明白了，自己不是赵根细的亲生儿子，明白了这点的赵连根把赵依根和赵继根叫到跟前问："你们俩姓什么？"赵依根和赵继根见他们的哥哥考他们，有些激动地说："姓赵。"赵连根说："狗屁！咱兄弟三人都不姓赵，姓何！"

赵继根小，见赵连根眉头紧皱，知道情况不妙，连忙顺从地点点头，赵依根说："你这样说我给妈告你！"赵连根说："我说的是真的，村里早就有人这么说了，翠翠她们也这么说，还能有假？"赵依根意识到了事情的严重性，明白了他们的父亲不是赵根细，但为什么不是赵根细，不是他的儿子怎么还得管他叫大，不是他的儿子还住在他家，还被他养活。赵依根的年龄还达不到理解父与子的关系，赵连根能，他懂事了。

赵连根开始耍性子，起初茅缸不解，但也没问，赵继根便对茅缸说："人家翠翠说他姓何，他就恼了。"没等赵继根把话说完，赵连根就在赵继根脑瓜上拍了一巴掌，那声音很清脆，导致茅缸和赵根细吃惊不小。茅缸还了赵连根一巴掌，赵连根崩溃了，一声哭出去只说了一句话："我不姓赵……"这一声叫出去，村里很多人都听见了。赵根细火了，操起扁担就要打赵连根，赵连根没有跑，没有像赵依根和赵继根那样一见赵根细和茅缸发威就三十六计走为上计。赵连根说："你打吧，打死我也不姓赵，我姓何，我就是何广福的种子！"赵根细下了死手，但他发怒的时候依然不说话，只见扁担向赵连根高高扬起。

赵连根一受气，决定不再念书，躺了几天决定认祖归宗，这是冬天吃完早饭庄稼人都开始给牲口铡草准备草料的时候，十五岁的赵连根带着壮士一去不复返的豪情出发了，他要去村头的何广福家，去干什么呢，其实也没想好，反正这一去是不会再回老赵家了。他要回家，他要姓何，他要高昂起自己的脑袋娶翠翠当老婆，几年来他是看着翠翠的屁股逐渐变圆的，胸部是如何变大如何挺起来的，一想起翠翠，赵连根的脚步坚定了，一个目标，朝着村头的老何家的大门走，不要回头。

不过还是在路上碰见了傻乎乎的赵依根和赵继根，其实赵连根要去认祖归宗的想法两个弟弟都知道，他们怕他走，他走了他们怎么办，要是老何家认了他，他们是不是也要去认祖归宗呢，赵连根看见了自己的两个弟弟，快到跟前就骂道："两个没出息的玩意儿！”赵依根和赵继根不敢还口，可怜兮兮地看着自己的哥哥，赵连根有些威风凛凛地对两个和他一样命运的弟弟说：“你们给我滚开！”两个弟弟慌忙让开路，赵连根走出几步回转身体问道：“你们要不要和我一起去？”两个弟弟没敢说话，而是不约而同地将各自的脑袋摇得跟拨浪鼓一样。

赵连根有些不忍地对两个弟弟说：“你们不走会后悔的，迟早的事情，你们也会像我一样遭毒手的，都不是他的儿子，能轻饶了你们？”赵连根说完，大义凛然地走向了村头的何广福家，没到门口就喊叫了一句：“屋里有人在吗？”其实赵连根本来不想这样喊叫，原想的是到了大门前轻轻叩响大门，毕竟是自己找上门的，应该低三下四的，谁知喊出这一句连自己也听不懂的话，他不知道自己是在给自己壮胆呢。院子里传出声音说：“都在呢。”赵连根听出那是何广福老婆的声音，这时候想退缩也不能了，大门打开了，何广福的老婆像只瘦干的老母鸡一样站在门口，觑眼看见是赵连根，连忙想把大门闭上，这时候赵连根来了勇气，有些莽撞地用双手推开了大门，拍拍自己的胸口说：“我回来了！”

何家人一看这小子来得气势汹汹，他们都知道最近赵根细和赵连根的事情，何广福老婆说：“你还赖上门来了？”何广福的儿子何大壮说：“这小子还真像了我大，像了我！”何广福老婆骂道：“作孽啊，你又不是没见过他，还这样说，都是你那死得变驴的老子干下的好事啊！”何大壮已经成人，对赵连根说：“你快走，不要在这里丢人现眼了，小心我说出我和你姐姐葡萄在谷草堆里的事情。”赵连根说：“你是我哥哥，哥哥和姐姐马虎上，关我什么事！”何大壮像他的名字一样愚笨，用手挠挠自己的后脑勺说：“什么哥哥姐姐的，我和你们家有球上的关系？”

何广福老婆用围裙捏了一把鼻涕，弯腰把何大壮往屋里推，嘴上说：“丢人丢不完了啊，这乱哄哄的关系谁能弄清楚啊？”见何大壮和赵连根理论不休，气得何广福老婆又要撞墙。何大壮只得一边和赵连根吵闹一边往屋里退，村里人都来围观，热热闹闹的像赶集一样，直到茅缸急匆匆赶来以后，赵连根才少了些锐气。茅缸一把揪住赵连根的耳朵说：“看你那四不像的模样，还想去姓何，你大何广福早死得变驴了，给老娘乖乖回家去。”

葡萄是在赵连根第一次认祖归宗以后的第二年中秋节回来的，葡萄回来的方式很奇怪，那是在八月十五前一两天，月亮高悬在枣台静静的夜空上。葡萄回来的方式让人不得不佩服她的目空一切，葡萄出去这两年，夏天就和双喜跑戏场卖冰棍儿，过了吃冰棍儿的季节就跑些小生意，日子过得风尘仆仆但滋味无穷。八月十五前的将近二十天，葡萄就和天生会做生意但没有办理结婚手续的丈夫双喜开始走村卖月饼，葡萄和双喜一到，家家户户都提着谷米来换月饼给孩子们吃，葡萄和双喜开上租来的小面包车来枣台用月饼换粮食和去其它村庄一样，看来她还是没弄明白和外来的男青年跑了的严重性。

现在的茅缸已经不是当年只在家里缝缝补补洗洗涮涮生

儿育女的茅缸了，她是村里的会计，又是支书王医生的西宫娘娘，听说来人换月饼了，就和几个妇女一起到大坝上看热闹。葡萄在车窗里往外递月饼，起先谁也没认出她，葡萄觉得认出认不出都无所谓，她头上戴了旅行帽，帽檐遮住大半个脸，葡萄庆幸没人认出自己，只有双喜一人在外头接住谷米放进车厢里。双喜胡子长，又穿着黄军用大衣，没人认出他是以前来这里卖冰棍儿的那个城里人，葡萄的月饼卖出一半，听见一个妇女在附近拍了一个小孩的脑袋骂道："你死呀，饿死鬼转世的啊，吃一个不行吗，八月十五那天还吃不吃了？"

葡萄听出那是村里一个小媳妇的声音，又看那孩子哭得可怜，嘴里还含着一口月饼哭得伤心，就说三牛嫂子你这是干什么，让孩子吃吧，完了多给你们散几个就是。大家一听感觉声音这样熟悉，就凑近看。葡萄连忙闪进车厢。"葡萄呀，是葡萄，赵老师家的葡萄回来了！"这话一嚷开，茅缸已经和几个妇女到了面包车跟前，茅缸一听比车厢里的葡萄还要激动，又有人指着车厢外的双喜说："这不就是那个卖冰棍儿的人吗，这下认出来了。"

村里人一下子情绪高涨，七嘴八舌地议论开了，茅缸不明白葡萄怎么会这么胆大包天，把她这做娘的一点都没放眼里，村里人大声喊叫，直把双喜逼到面包车后不知所措。村里人几乎一致在质问双喜一个问题，那就是："你带了我们庄的女子跑了，就这么一声不响地带回来了，你把我们看成什么了，你欺我们枣台没人啊？"双喜成了众矢之的，葡萄也不敢下车，葡萄分明看见母亲就站在车窗外。茅缸没有和村里人一样质问双喜，只是双手叉在腰上站在车窗外，像孙二娘一样气喘吁吁，对愤愤不平的村里人说："你们的好意我领了，他们是不怕咱们，是觉得咱们枣台死得没人了，要是怕，能这么目中无人地回来吗，还带着生意。我的孩子没管好，是我这做娘的不算人，也好，既然回来了，就新账旧账一起算！"

茅缸说到这里狠劲地唾了口唾沫，那唾沫就像一枚钉子一样钉进地里，见葡萄没动静——其实葡萄不敢下来，葡萄傻了，茅缸跺跺脚，毫无商量余地："我的大姑子啊，你下来，还等我请你吗？"葡萄下来了，扑通跪在茅缸面前，葡萄说："妈我有罪。"茅缸转身又唾了一口说："你还有脸了？"葡萄说："我就是想过城里人的生活。"茅缸骂道："放你娘的狗屁，你这半夜三更的出没还是城里人的生活啊？"葡萄有些委屈地辩解道："我只是不想以后种地啊！"

不管怎么说，葡萄引起了众怒，茅缸见葡萄跪着，一把鼻涕一把泪的，丝毫没有心软。茅缸虽然不检点，但她是家长，是家长就有管教子女的权利，不过茅缸看见葡萄有些瑟瑟发抖，心软了，但是表面上不能被人看出来，茅缸一刹那想做一个和事佬，就是希望村里人不要为难葡萄，但她不能直接表现出来。

人民群众就是汪洋大海，葡萄的水性达不到，茅缸觉得自己也达不到，但不能就这样毁了葡萄，毕竟葡萄是自己身上掉下来的肉，茅缸突然心慈手软了，犹豫了一下说："不是我不保你，是你自己做得太过，我就是想保你，于情于理也怕说不过去，也好，我今天把人丢到底，我也当没生过你这个孩子，你听好，杀人偿命欠债还钱，你给现场的每个人磕头谢罪后就走，我不拦你，就当我敲锣打鼓名正言顺地把你嫁出去了。”

茅缸这么一说，村里人都闪开了，见众人四下里躲开，茅缸意志反倒坚定了，对着一个吃月饼的小孩子说：“你过来，先从你这里开始谢罪。”小孩不懂，儿步走上前来，茅缸就拉住说：“你磕头，葡萄你磕！”

村里人见茅缸这样较真儿，都觉得不好意思，很快便散去了，茅缸捂住嘴嘤嘤地哭开了，葡萄和双喜都来劝，只是两人都不敢靠近茅缸。茅缸呜咽了一阵，见身边没人，叹了口气说：“还有脸站在这里，赶紧滚回城里去！”葡萄和双喜带着感念滚出了枣台，面包车开出村已经是深夜，葡萄和双喜趁着月色一走，就证明茅缸原谅了他们当初的冲动，茅缸在葡萄走后病恹恹地睡了两天后起来，起来后的茅缸还是茅缸，依旧像一棵大白菜一样焕发着勃勃生机。

一个月之后，葡萄和双喜再一次来到枣台的庄上，葡萄脸上焕发着新娘子的甜蜜，秋收的庄稼人和他们一样被收获的幸福感动着，幸福把大家的距离一下子拉近了，那感觉就如同过年一样。赵根细和赵连根互不说话，都在收割庄稼，除非偶尔因为抽烟要对火。赵连根一边干活一边想翠翠，害怕翠翠成了别人的老婆，赵连根的难过不是因为自己，是因为自己的家庭，不知道在这个家庭里最应该嫉恨的人是谁。不过一日为师终身为父，赵连根还是懂这一点的，何况自己又是在赵家长大的，是赵根细养活了自己。

在十六岁的赵连根心里，已经构建了自己和翠翠的小家，只要机会一来，他就准备带翠翠出走。正想心事，看见姐姐葡萄和双喜回来了，远远的，葡萄坐在双喜最早来这里卖冰棍儿时的飞鸽牌自行车的后座上，她低着头，一副羞答答的样子。

看见车子一路轻快，赵连根觉得自己也轻快起来，跑上田埂的赵连根像是看到了自己的未来，他羡慕双喜，虽然还没叫过他一声姐夫，但这已经不重要了，和前一次回来卖月饼比起来，这一次不再遮遮掩掩，用不着了，从村里人叫葡萄名字的亲切劲儿就知道葡萄是有脸面地回来了，或者说是被家人和村里人原谅之后名正言顺地回来了。

飞鸽牌自行车车轮一直轻快地往赵根细家滚去，后面是一样轻快的赵连根像一个长跑运动员一样不紧不慢地尾追而来。赵连根没有出声，他害怕车子停下来，害怕语言打破这样的好心情，腿脚有力的双喜就是赵连根心里崇拜的英雄形象，他盘算着几年之后自己也能像双喜一样，后座上带上翠翠驰骋在失马科村里的大路上。

葡萄和双喜直奔家里，他们要先把东西放下再往地里找自己的娘老子，葡萄还不知道母亲已经是村里的会计了，放下东西后，和碰见的村里人嘘寒问暖。葡萄脸上是有光的，这是葡萄自己给自己争来的光，不管别人怎么说，以前的例子都是这样，但凡和人跑了的女子，只要跑了之后和娘老子见过一面，不管怎么说都等于是获得了谅解，葡萄得以名正言顺地和城里人双喜在一起了，葡萄感到了作为已婚女人的幸福。

气喘吁吁的赵连根跑到葡萄跟前，葡萄亲切地叫了一声他的小名，慌乱的赵连根抬起头用陌生的眼光看了眼城里人双喜洁白的牙齿，赵连根蓦地明白了姐姐葡萄为什么非要嫁给一个条件并不算好的城里人的原因了。双喜咧着嘴，带着讨好的笑，比起过去那阵子戏场上送给他们兄弟三人冰棍儿吃的双喜真有点判若两人，不过赵连根还是站住了，低着头对葡萄说："大在地里割庄稼，妈在大队部，两个弟弟在打谷场和村里人拉碾子……"

赵连根像汇报工作一样把家里的情况给葡萄说了一遍，葡萄鼻子猛地一酸，觉得赵连根已经长大了，虽然她明白他们俩不是一个老子，但却是一个娘，所以在葡萄眼里是没有什么区别的，葡萄说："连根我知道了。"葡萄说完就把网兜里的红塔山香烟拿出来给赵连根一盒，赵连根推开说："我不吃烟。"葡萄说："和大姐还作假，都十六的大后生了还不吃烟？"双喜也是殷勤地帮助葡萄往赵连根手里塞烟。赵连根接了，像一股烟一样跑回地里。

葡萄和双喜在枣台住了几天，村里人为了讨好茅缸，都请葡萄和双喜到家里吃饭，葡萄获得了阳光下的婚姻生活。葡萄欢欢喜喜地一走，赵连根就坐不住了，自打去年认祖归宗失败后，他就像变了个人，除了去镇子上赶集外，就撵戏场，那是和翠翠的约定，不过翠翠碍于赵连根的特殊身份，不敢违拗自己的父母。赵连根偷偷把家里的谷子卖给粮站后，去供销社用卖谷子的钱买来翠翠喜欢的东西讨翠翠欢心，他用十斤谷米换来一条围巾送给了翠翠。

翠翠在家不敢围，一逢赶集上会就围在脖子里，围巾是天蓝的，是翠翠喜欢的颜色，翠翠脖子上围着天蓝色的围巾后总是问赵连根一句话："你什么时候和家里断绝关系？"这话让赵连根很为难，认祖归宗已经没有可能，如何去断绝关系。一筹莫展的赵连根开始嫉恨家庭，嫉恨家里的每一个人，特别嫉恨的仍然是赵根细，谁让我和你一样姓赵呢，其实赵连根不懂自己真正的仇人应该是谁，等赵连根明白了这一切，估计也不会这样一筹莫展了。翠翠出去了几回，脸上的表情让家人感到了不安，这不安是从翠翠一天夜里抚摸那条天蓝色的围巾开始的，翠翠的家人知道翠翠有心上人了，起初翠翠的家人不知道这是哪个后生送给翠翠的，不过能送这样贵重礼物给翠翠的，必定不是一般关系的人。

每逢赶集上会，翠翠和村里的姑娘媳妇们一走，翠翠的娘老子也会抽空跟着去，一两回后就弄明白了。其实一到集市，除了骡马市交易最红火外，私底下各村的男女交易比骡马市的交易还要繁荣。翠翠和赵连根就是这里面的一对，当年割猪草的翠翠和赵连根已经不是村里流着鼻涕的小孩子了，他们也不会玩过家家那些小儿科的游戏了，他们也是在旺柳镇的角落里开始真正意义上的男女交易。翠翠的娘老子掌握了情况后，便要和翠翠挑明，其实村里的姑娘们大都在戏场上有自己的私情，她们不约而同地坚守着一个原则，就是谁也不把对方的事情张扬出去，逐渐的，等到翠翠的事情快到了不可收拾的地步，翠翠的娘老子就像当年一样对翠翠说："要嫁人我们不反对，但你不能嫁给没名没姓的赵连根！"

翠翠知道抗争没有结果，她毕竟不是城里的女孩子，也不是葡萄那样的姑娘家。翠翠一瞬间彻底死心了，死心后的翠翠安安静静地在家待了一些日子，翠翠待在家的日子里，枣台的赵连根坐立不安，与翠翠正好是两个极端。

虽然翠翠淡然地待在家里不出门，也不再到旺柳镇的集市上和赵连根见面，但她心里是无法忘记赵连根的。翠翠记得最后一次在山上割猪草，赵连根在草丛里抱住了自己，那以后，两个村子的孩子们都知道赵连根已经和翠翠说过悄悄话了，翠翠就是赵连根的了，一夫一妻制，别人不会再打翠翠的主意了，就在赵连根把家里的粮食一次次拿到镇上的粮站变卖之后，赵依根发现了这个秘密。

为了在家中树立起自己的威信，赵依根决定要把这个秘密告诉他们的母亲茅缸，但怎样告密又不至于被赵连根怀疑，笨拙的赵依根决定去问问他们的化学脑子弟弟赵继根。赵依根原以为能在弟弟面前讨得万全之策，没想到等他把自己的想法和盘托出，就遭到了赵继根的讽刺和轻蔑："背地里算计人的人不是好东西。"

赵依根没想到弟弟会这样藐视自己，虽然讨主意失败了，弄得很没面子，但赵依根不死心，还是想把事情揭穿，赵继根意识到了事情的严重性，倒卖粮食可不是小事，在一个以粮食为生计的家庭里等于是犯了死罪。

十二岁的赵继根已经意识到了事情的后果，所以想抢先一步找到成天耷拉着脑袋的赵连根，和赵依根一样害怕自己哥哥胜过害怕自己老子的赵继根选择了讨好自己的哥哥。“喂！”这是赵继根放学后突然对着赵连根发出的信号，赵连根没反应过来，平时在自己面前细声细气的赵继根怎么敢用这样的语气和自己说话，赵连根黑着脸瞪了弟弟一眼，赵继根见自己的信号起到了作用，只是赵连根还没有理解自己的意思，为进一步表明今天的特殊情况，赵继根只得对赵连根说：“我找你有话说。”赵连根已经走出几步，放下镰刀说：“有屁就放，还以为你是镇上的干部了，吃了闻太师屙下的了？”

赵继根聪明反被聪明误，在郁闷的赵连根面前依旧卖关子，惹得赵连根抓起镰刀，用刀柄狠抽了赵继根几下，这下疼得嗷嗷乱叫的赵继根说：“我为你好，你倒打我，我不说了，赵依根要给大和妈告你往粮站卖谷米的事情……”赵连根一听情况不妙，连忙捂住赵继根的嘴把他拖到牛棚里，赵继根被捂住嘴，又怕赵连根打他，嘴里呜呜叫着，赵连根拧住他的耳根说：“你别出声，我不会害你。”赵继根虽然疼，但见赵连根这样说，便也不叫了，只是流着涎水说了赵依根的秘密，赵连根对赵继根说：“你别吵，不要给大和妈说，我给你用萝卜换吹鼓手家的那本三国。”

赵继根一听满心欢喜，连连点头，赵连根又叮嘱赵继根不要对任何人说起这事，赵继根也是满口答应，因为想看三国并且想拥有那本线装书早成了赵继根梦寐以求的事情。赵连根安抚好赵继根，就径自往粮仓走去，不一会儿，赵连根满头大汗出了粮仓，把赵继根叫到跟前耳语几句，赵继根不停地点着头。

吃晚饭的时候，只有赵连根一人在村里四处游荡，他等着赵继根的信号。刚刚十四岁的赵依根把村里小学念完后就和赵连根一样辍学了，念完村里小学是四年级，以赵根细的水平也只能教到这里了，五年级要到旺柳镇中学去念。已经当了三个月劳力的赵依根感到了庄稼人的不易，表现是从吃饭开始的，念书那会儿，赵依根喜欢学他们的哥哥赵连根，因为赵连根能把饭直接咽下喉咙，就像是倒进去的，因为劳累一天的赵连根总等不上吃饭，特别是晚上这顿饭。

已经是半个劳力的赵依根不用专门学赵连根吃饭了，自己也是迫不及待地往肚子里倒，嘴里还吧唧吧唧的。茅缸一见便骂，骂的第一个人是赵根细，第二个人是赵连根，第三个便是赵依根了，茅缸说：“以前一个，吃了就停尸丧，这下好，几年下来，成三个了！”类似的话，赵根细只当耳旁风，赵连根也无所谓，赵依根不让了，想把碗砸了解气，但是他不敢，赵连根不敢，他更不敢了，所以赵依根吃完饭就肚子疼，赵依根不知道是把气吃进肚子里了，是赵继根告诉他的，赵继根说：“吃饭的时候不能带气，如果把气带进肚子里肚子就要膨胀，气就会把肚子撑破！”

赵依根找到病因后对赵继根顶礼膜拜了，所以赵依根和赵继根商讨主意检举哥哥的罪行。这天晚饭前赵继根和赵连根商量好后，便对赵依根说："他今天没回来吃饭？"赵依根只顾狼吞虎咽，赵继根又用胳膊戳戳赵依根，对他挤眉弄眼，赵依根会意，嘴里的饭没咽进去就对赵根细和茅缸说："赵连根把粮食卖了给翠翠买好东西！"

赵根细和茅缸没听清楚赵依根说什么，赵依根又重复了两遍，没等茅缸发火，赵根细就丢了饭碗在外面叫唤赵连根，赵继根一看这阵势，按照赵连根事先的安排也开始呼唤赵连根。赵连根听见了，快步往家走来，还没等上坡，赵根细就迎面上来了，起初手里提着镰刀的赵根细觉得镰刀在已经长成大人的赵连根面前显得渺小不值一提，他神经质地左顾右盼了一回，操起碾盘上的木棒便向赵连根挥过来，红了眼的赵根细并不说话，倒是茅缸跟着吆喝起来，茅缸的骂声响彻整个枣台，在寂寥的夜晚像唱戏一样飘荡在村庄里，致使开始吃晚饭的庄稼人都端着饭碗走出了自己的家门。

赵连根一边躲闪一边质问，赵根细已经累得不成样子，连急带气的赵根细打不着赵连根，见村里人都前来观战，只好坐在碾盘上用手指着赵连根，嘴里骂着："一个都没养成，一群白眼儿狼，吃里扒外的王八羔子……"看热闹的村里人不知道究竟发生了什么事情让茅缸和赵根细如此大动肝火，能把赵根细老师气到这份儿上的事情还真不多见。

跑到屋顶躲避的赵连根双手叉在腰间，等待气氛被酝酿起来后，他对下面的人群说："今天大家都在场，给我评评理，我究竟犯了什么罪，这样往死里整我？”村里人听赵连根说得凄然，一起追问起茅缸和赵根细，茅缸干号一声说：“不是我们要他的小命，是他自己太过分，把粮食卖给粮站，换了钱给失马科的狐狸精买东西……”

茅缸这话一出，村里人一片唏嘘，屋顶上的赵连根像只猴子一样抓天动地，赵连根一边喊冤一边要茅缸去粮仓看，赵依根早把粮仓打开了，村里人都要进去看，赵依根说：“进来几个代表就行了，都挤进来站不下。”进来几个代表，一起往盛放粮食的囤子前走来，见装谷米的两个囤子都满满的，赵依根说：“前几天上面盖着帆布，这个囤子明显下去一截的。”

说话中已经后悔了，后悔自己刚刚的告发，村里人一见这情景，都说是赵依根诬告，小孩子的小心眼儿，估计是兄弟两个平时有点小过节导致的，都一起出来散去了。赵连根洗白了自己的冤屈，像头撒欢儿的小叫驴一样跑上了田埂，一边跑一边呼天抢地。茅缸慌了，只好和村里的几个人一起追赶，赵根细已经用尼龙绳子把赵依根五花大绑在院外的槐树下，茅缸和村里人把赵连根哄回家，赵根细要把诬告的赵依根活活打死，众人怕出人命，一起夺下赵根细手中的牛鞭，被松开后的赵依根像霜打了一样默默地回到了屋里，一头钻进被窝去了。

赵连根的诡计是在事情过去几天后被戳穿的，大意的赵连根本以为做得天衣无缝，他在囤子里做了手脚，把两块大石头放进囤子，原本以后可以找机会把兜售出去的粮食想办法掩饰过去，可是“三光老赵”是闲不住的人，在春节前一个人像老鼠一样在粮仓里把赵连根放石头的囤子里的粮食倒出去放到另一只囤子里，那只囤子大，这只空出来等来年放玉米，后来他发现了囤子里的两块大石头，赵根细的脸顿时凝固了。春节前的赵连根饱受了赵根细积攒多年的皮肉之苦，不过赵连根没有哼一声，赵连根想，只要你不把我打死，等我出去后永远不再回来。

果然，赵连根这小子随了何广福的脾气，他在过年夜里出走了，家人以为赵连根出去耍牌了，试想哪个人会在快活得像和女人睡觉一样的大年夜里戚戚然出走呢？可是他一走就真的走了，同时还传达出的一个信息是，赵连根是被逼走的，他不想姓赵但也不能如愿以偿地去姓何，所以他别无选择。

第二章

大年夜里赵连根出走了，出走的时候赵青梅就在家里，但赵青梅不知道赵连根会出走。春天到了，地里的庄稼开始可劲儿地生长，地里的庄稼就是十八九的年轻人，村里的老年人对透支自己年轻的男男女女说："人一辈子就好活个年轻，老了实在没意思！"夏天的时候，知了在树上没完没了地叫，被村里人称为秀女的赵青梅回来了。

和往常寒暑假回来相比，这一回情况发生了变化，往常回来时间很短，赵青梅就坐在向阳的那间屋子里学习。这几年，村里人几乎忽略了赵青梅的存在，没人和她多说话，她也不和别人多说话，来去都是悄无声息。这一次回来后，事情不同了，接连考了两次中专都失败了，赵青梅像败下阵来的队伍一样溃不成军，往常腼腆地和人打招呼的赵青梅连招呼也不和人打了，她彻底把自己关在了那间向阳的屋子里，一天一天在灶膛里烧掉自己的书本和作业本，一本也没留。

大概一个月后，村里人看见赵青梅出屋了，俗话说人活脸树活皮，赵青梅是没脸没皮了，第一个出去上学的姑娘，考了两年都没考上，或许祖坟里就没埋进去这样的风水。赵青梅心里是压抑的，一下子就要待在村里了，转了一圈还是回来了，嫁人吧，还小些，做裁缝吧，不喜欢，否定自己的赵青梅气馁了。

吃公家饭的镇干部贾子建对赵根细说："让赵青梅代你教书吧。"这倒是好事，虽然当老师没什么待遇，但总比完全做一个受苦人要强，让赵青梅当老师也是支书王医生的意思，于公，赵根细该退下来了，五年级的题他就不会做了，所以就让赵青梅顶替了吧，"三光老赵"已经快五十岁了，从解放初十几岁的毛头小子，断断续续地教了三十年。于私，赵青梅就是一朵含苞待放的鲜花骨朵，谁见了不怜惜，一次王医生抱紧茅缸的时候嘴里不由得叫出了赵青梅的名字，茅缸觉出不对劲，但没有说什么，事后王医生解释说："替青梅愁，看那孩子可怜，想给她找个出路，顺口说了。"

一入秋，村里常年在外的王石匠回来了，他婆姨青穗不敢和贾子建好了，贾子建也不好意思光临青穗的炕头了。一日王石匠佯装出去耍牌，贾子建就对青穗动手动脚，王石匠杀了个回马枪，见青穗自己动手脱衣服，青穗没想到丈夫这时候会回来，王石匠便骂道："死样，一对狗男女！"说着就揪住贾子建的领口要送镇上去。贾子建不愧是公家人，心里虽然慌了，但嘴比鸭子的还要硬，死活不去，王石匠说："我一个庄稼人，不怕丢饭碗，你要是不答应我的条件，我不会轻饶你，去镇上告你一个强奸妇女罪！”

公家人贾子建被王石匠抓了小辫子，身上没带钱，只好给王石匠打了三个月工资的白条，很长时间没再来枣台，王石匠常年在外，枣台也没土地，就带青穗去了她娘家避风头。贾子建再来的时候，喝酒后在大队部摸了一把茅缸的大腿说：“让赵青梅跟我走，我给她找个工作。”茅缸说：“除了在枣台当老师，接她大的班，还能去哪里，能成公家人？”贾子建说：“先在枣台当老师，我想办法给她转正，转正后就能到镇上的学校去了。”茅缸问：“是真的不？”公家人贾子建朗声一笑说：“你不知道啊，我成旺柳镇的教育专干了，先让赵青梅教着，会有出人头地的那一天的。”

命运把赵青梅稀里糊涂地安排在枣台的小学校，赵青梅也就稀里糊涂地回到了这块土地上。不过这老师和他父亲赵根细一样，不是公家的老师，仍然是农民，只不过她不干农活罢了。从当老师的第一天起，赵青梅就树立了一个理想，就是好好努力，成为真正的人民教师，有贾专干从中帮助，相信那一天会实现的，赵青梅坚定了这样的想法，便请贾专干给自己题字，题什么字呢，其实贾专干的字还是不错的，和他的人品有出入，人品不行，字不错，这其实并不矛盾，反而有些关联，流氓才子，或许这才是真理。

在赵青梅身上，贾专干还是收敛的，有时候他莫名地觉得赵青梅是林黛玉，不是鲍二家的，茅缸和青穗有点鲍二家的意味，敢对林黛玉有想法，或者敢对她有不敬，估计等于送她去死。有文化的人就是不一样，能分析问题，虽然在青穗的炕头上没有分析好问题，导致被王石匠黑了一把，要了他三个月的工资。贾专干精了，不能逢人就上，要知己知彼百战百胜，对赵青梅，再有好感也不能霸王硬上弓，赵青梅只有十九岁，自己三十五岁，在赵青梅眼里自己是叔叔辈，要是稍有不慎，估计赵青梅是接受不了的，到时候羊肉没吃上反落一身臊。对赵青梅这样的姑娘，得采取持久战，有目的地渗透，潜移默化，提笔写字的时候，贾专干的书生意气还是表现出一些，思索一番，就在宣纸上写了一行字：梅花香自苦寒来。

赵青梅觉得好，一是有励志意义，再是和自己的名字吻合，赵青梅眼里放出喜悦的色彩，这是赵青梅回来后第一次开心地笑，贾专干看在眼里，心里得意扬扬，这时候他突然想亲一下赵青梅，不为什么，不往那方面想，只是单纯地想亲一下，因为赵青梅的纯净是别人不能比的，她就像青藏雪域那一朵圣洁的雪莲花。

枣台是贾专干新官上任的最后一站，往往最后一站比较安稳，比较踏实，想待几天就待几天，贾专干自己能做主。晚上在王医生家喝酒期间贾专干问赵青梅老师怎么没来，王医生说我们喝酒，她是女老师，自然不来了。

贾专干说："看你说的，女人怎么了，女教师怎么了，谁规定女人就不能喝酒了，男人能做的女人也能做，再说喝酒也是工作嘛，不要把喝酒只想成是男人的事情，我这个教育专干第一次来检查工作，她这个当老师的不来陪，这到哪里能说得过去？”

王医生一听便让人去叫赵青梅，传话的人很快回来，说赵青梅梳洗一下就来，茅缸支走传话的人后把赵青梅叫到外头安顿了几句，安顿完后还是不放心。赵青梅有些焦躁地说：“妈你不要啰唆了，哪能像你想的那样？”茅缸急道：“你一个姑娘家懂什么，我过来人了，什么没经过，这男人啊，哪个不是花花肠子，天下乌鸦一般黑，你记住了，我现在说的这些你能明白？再说他又是你的上级，和你套近乎的机会多的是，理由有的是，罢了罢了，我不说了。”

赵青梅倒没有多想，赵青梅和母亲茅缸不一样，还是一棵小白菜，甚至连小白菜也不是，就一花骨朵而已，规规矩矩读书想成为公家人的赵青梅还是一块未开垦的处女地。茅缸见赵青梅脚步轻盈，能判断出她的心情，愉快、甜美、简单。茅缸唉了一声，心想操心有什么用，安顿的话无非一句：不要单独和贾专干在一起，不要给他那样的机会。这话要是葡萄听了，就明白接下来的事情了，要动手动脚了，还不能反抗，半推半就，最后就进入主题了，完事后不能告发，不能检举，还要装得若无其事，慢慢地就昭告天下了，这事藏不住，除非你压根儿就没做，谁也不敢强加给你，这事一旦做了，不公开就不刺激，感觉索然寡味，一传播出去，被众人的嘴添油加醋后再回来体会，那效果就不一样了。

但赵青梅不理解，不懂人心隔肚皮的道理，表面上冠冕堂皇人模人样，可背地里的事情赵青梅就不懂了，赵青梅的想象力达不到那种地步，因为她还是一块未被开垦的土地，还是生瓜蛋子。在她眼里王医生是村里最德高望重的男人，贾专干是旺柳镇年轻有为的教育专干，根本不存在母亲担忧顾虑的那些事情。

赵青梅来了，快到院外故意咳嗽了一声，给王医生家出消息，一进大门，见王医生和贾专干都站在门口迎接，赵青梅有些害羞，两个领导都出来迎接，场面大了些，自己担不起，犹豫了一下，在当院站住了。贾专干就说："赵老师，你可是咱旺柳镇最年轻的教师啊，要说你是老师可以，说你是学生谁能不信。"贾专干说完就大笑起来，揭开门帘让赵青梅进屋，赵青梅不好推辞便进来了，一进来王医生就出去了，说要给他的坐骑骡子上草料，上完草料后又去蹲茅房，拖拖拉拉的就是不见回来，赵青梅被贾专干的溢美之词弄迷糊了，连客气谦虚的话也轮不上她说。

贾专干今天没喝多，就为和赵青梅说话，就为表达自己对赵青梅的欣赏，赵青梅这块土地要润物细无声，要慢慢滋养，滋养到一定的时候就好了。赵青梅是嘴边的肥肉，但不能急着下口，要做好了，味道四溢了再入口，贾专干做到了，虽然心里也二五二五的，但不能，他知道赵青梅不是青穗，不是茅缸，不能，再想也不能。赵青梅不知道贾专干会是那种男人，除非当面撞见她才相信，就贾专干和赵青梅两人在屋里说话，公私兼顾，赵青梅觉得贾专干像兄长，像长辈，对自己的关怀，她有些感动了，受感动的赵青梅鼻子酸酸的，眼角溢出泪花，贾专干都看见了，火候到了，贾专干说："好好干，才刚开始，今年把你评成咱旺柳镇的先进，对以后转正有好处。"

赵青梅眼泪一下子忍不住流出来了，流泪的原因是自己没能顺利地考上师范，不能成为公家的教师，退一步，只好当农民，但是接替了父亲的工作，可以好好干，想办法转正，转正的事情全凭贾专干，贾专干就是自己的恩人，救命稻草，要是真的能转正，几年，十几年以后，赵青梅都愿意。要是转正了，贾专干要她做什么她都不会拒绝，真的不会拒绝，即便是要和她睡觉，想到睡觉，赵青梅想起了母亲的话，不禁打了一个激灵。

事情就是这样，到时候自然而然就到那一步了，可她不相信贾专干是那样的人，即便不是正人君子，也是光明磊落的教育专干。人和人就是有区别，念过书的赵青梅不知道女人要怎么给男人报恩，这世上只有父亲兄弟有血缘关系的男人，你可以欠他的人情，欠他的恩情，不用回报，他们不需要，为你做这些是他们乐意的，谈不上回报不回报，没这么一说。但是，其他男人，你要是欠了他的，或者他乐意为你做一点事情，都不是随随便便的，都是有目的的，哪里有无缘无故的爱，哪里又有无缘无故的恨，这人情早晚要还的，恩情更不要说了，怎么还，赵青梅不知道许仙和白娘子的故事，蛇要报恩历经艰险修炼成人，要嫁给许仙，要和许仙睡在一个被窝里伺候许仙，还要为许仙生儿育女。贾专干不是许仙，他有家小，赵青梅不是白娘子，但早晚要陪贾专干睡觉的，即便贾专干不明说，到时候赵青梅怕也身不由己了。

临走前王医生还在外面没回来，他了解这个贾专干，不到火候，不可能发生那事，再说发生那事也不是在他家，应该是在大队部的屋子里，见赵青梅出来，王医生反倒闪在了牛棚后。赵青梅是带着感激和满足走的，感激的是贾专干会为自己转正的事奔走，满足的是贾专干欣赏自己，女为悦己者容，赵青梅下决心要把学生带好，成绩要排在整个旺柳镇的前三名，到时候让谁也没法说嘴。

赵青梅没有说一句客气话，只是使劲地向贾专干点头表示自己的决心，赵青梅走后，王医生回来了，贾专干就无辜地对王医生说："王支书你看你，赵老师一来你就躲了，幸亏她是个老实孩子，要不还以为你为我们开绿灯呢。"王医生感叹道："青梅这孩子笨啊，这么好的机会巴结领导都不会，得要人教，换了葡萄，早自己上劲儿了。"

葡萄上不了劲儿，不是不想，是不敢，葡萄有了，老呕，呕了一个月突然就不呕了，饭量加大了，闲下来的葡萄不再和双喜出去做小买卖了，有些理直气壮地来到了枣台。葡萄坐着双喜租来的面包车，玻璃窗拉下来，外面的人都能看见里面坐的人，里面坐的人是城里人葡萄。葡萄不说话，对着每一个人微笑，算是打招呼，正好是星期天，赵依根和赵继根跑到面包车跟前的时候葡萄刚好下了车，葡萄怀上才两个月，根本看不见肚子，虽然没肚子，但葡萄天生就不是一般人，她还是用手扶着后腰，赵继根问：“大姐你病了？”赵依根骂道：“笨蛋，大姐怀上了。”赵继根又问：“村里人不是说你不生养吗？”

葡萄被赵继根的话逗笑了，葡萄说：“傻兄弟，哪有不会生养的女人，是时间没到。”赵继根傻乎乎地说：“是啊，都说大姐奶大屁股圆，怎么会不生养呢？”赵继根这话把双喜逗乐了，但是没好意思表现出来，葡萄在赵继根的光头上拍了一巴掌说：“净瞎说，十几的后生了还不懂事。”葡萄这次回来有点显摆，赵青梅看着就不顺眼。葡萄不理会赵青梅，葡萄一直觉得赵青梅就是假正经，死要面子活受罪的那种类型，倒是茅缸欢喜了，面包车里拉来了旺柳镇平常也买不来的好吃的，各人都有份。

赵继根看着那扇猪后腿就流口水，虽然葡萄和赵青梅之间没多少好感，但还是给赵青梅买了流行的牛仔裤，赵青梅看也没看就说：“城里人穿的，我穿不出去。”葡萄笑道：“你不是城里人，好歹也在镇上念了几年书，还是死脑筋牛脾气。”

赵青梅就是牛脾气，死犟死犟的那种，葡萄做不通赵青梅的工作，就把牛仔裤丢在箱盖上。赵青梅出去了，只有赵依根和赵继根嚼着牛奶糖，赵继根故意让白花花的口水流出来。茅缸穿上了葡萄从城里百货公司买来的大翻领桃红上衣，茅缸这时候才理解葡萄想嫁给城里人的原因了，还是城里好啊，全家人都穿上了葡萄买来的衣服，赵根细也不例外，不过在家试穿之后就脱下了，一身灰色中山装，崭新崭新的，赵根细舍不得穿，庄稼人穿新衣服都糟蹋了，当新女婿的时候穿过一次新衣裳，那也是和别人借来的，赵根细的心思不在这上面，在庄稼地里，只有在庄稼地里他才踏实，仍然要席卷村里的牲畜粪便，要不别人就不把他当“三光老赵”了。

双喜忙生意，饭后就回去了。为了养身子，葡萄喜欢待在大队部，那里闲人多，又有村干部，有话题说，这样不寂寞，当然还打牌，这是葡萄的强项，她还给村里的小媳妇讲城里的荤段子，听得小媳妇们脸红红的站不住。葡萄说：“怕什么，都生过娃娃的女人了，又不是没见过男人。”

不过葡萄不明白，有些事只能做不能说，葡萄回来之后村里的老年人都觉得不是件好事情，以前和葡萄好过的后生大都结婚了，但他们现在还是觉得葡萄好，争着抢着和葡萄耍牌，怀孕的女人还耍牌，带坏了枣台的风气，不过热闹了很多人，庄稼人夜里不再寂寞，竟然是因为一个葡萄的到来，甚至连年老一些的人看见葡萄都能唤起他们年轻时候的激情。

何广福的儿子何大壮回去对婆姨说：“啊呀，葡萄的胳膊就像只罐子。”还用手比画了，何大壮的婆姨是个只知道干活的妇女，地上啐一口骂道：“骚货，狐狸精，祸害！”一时间村里夜里也红火热闹了，像过年和正月那几天，好多壮劳力都把心思放在葡萄身上了，壮劳力们和自己媳妇吵架的次数增加了，他们柜子里的私房钱少了，矛盾便蔓延了。葡萄不管这些，他们都是自愿的，管不住自己能怨谁。快活得忘乎所以的葡萄不知道要发生大事了，葡萄回来已经二十天，谁也不能动的葡萄热闹得忘记了自己是女人，这在葡萄懂事以来还是初次，葡萄忘记了，可城里的双喜没忘记，双喜本来以为自己能熬住，但是他没熬住，他做了对不起葡萄的事情。双喜看上的女人叫香客，名字是一个众人皆知的名字，人就出名了。

香客丈夫开火车，一连几月不回家，火车就是他的家，天南海北的像一条蛇一样游走，开火车的人苦了，但把挣来的钱全给苦了的老婆拿回来了，所以哪个男人拿钱给她是不能让她动心的。撩逗她的人不少，可是没有一个能得手。葡萄走后双喜对香客动了心，但是双喜知道以自己的情况是不能上手的，和双喜一起的年轻人知道香客的身价很高，至于高到什么地步，又没有个确切的数字，都说世事如天秤，不是撬不起来，是砝码不够，做生意的人最明白这个道理。

香客常常抱着半岁大的儿子买东西，大概平时要的东西都是上午买好，下午以后就不出来了，独居的女人是非多，香客估计是担心这一点，所以早早关门哄孩子。孩子一睡香客就看书，先是趴着，趴着不舒服就躺着，看到最后睡不着，想着开火车的丈夫。想丈夫没用，丈夫不在身边，有时候香客默默地抱着枕头，把枕头想象成丈夫，越想越不是滋味，自己忍不住哼哼几声，要命的压抑，像决堤的洪水一泻而出，势不可挡，就那么一念之间的事情，很仓促，连喘息也容不得，后来觉得枕头小了，就把被子卷起来夹在双腿间，还是不行，大坝就要决堤了，洪水气势汹汹地冲击着大坝，香客发出了埋怨的叹息，一声声叹息过后就是哭泣，哭解决不了问题。

逐渐的，香客不再想自己的丈夫，丈夫像是天方夜谭，洪水冲击大坝的时候，香客罪恶地想男人，什么男人都行，只要是男人就好，只要让大坝决堤就好，洪水刹那间席卷一切，地动山摇，香客把这种罪恶感保持到天亮。

天一亮香客就理性了，要等丈夫回来冲毁大坝，她要像土地一样淹没在丈夫这汪洋大海里，别的男人是不能的，香客知道走这一步很简单，但是走出去就回不来了。香客重复着这种矛盾，夜晚和白天成了两个人，口碑颇好的香客赢得了周围邻居的赞叹，这么好的媳妇，打着灯笼也找不着，一个人安安静静地抚养孩子，能熬住，不简单啊。

香客厌恶这种口碑，立块贞节牌坊才好呢，香客心里这样怨一句，望眼欲穿，丈夫这一走就是两月，看情况还得个把月，丈夫也是歉意的，更是无奈的，撩逗的人见没戏，逐渐就忽略了她。他们没耐心，想吃好的没耐心是吃不上的，香客的耐心是不走出那一步，撩逗她的人在倒计时，只是倒计时是个未知数，只有一个人没有忽略她，那就是双喜。双喜的暗示香客是知道的，香客也知道葡萄坐娘家去了，但是在香客眼里，双喜不是那号男人，在双喜眼里香客更不是那号女人，可就是两个觉得不可能发生什么的男女酝酿着一场将要发生的事情。双喜平时不喝酒，在大多数人眼里双喜是个务正的年轻人，或许金无足赤，人无完人吧，双喜也有他的弱点，没弱点就是神了。

双喜是在一次酒后第一次敲香客的门的，双喜听太多人说香客的门是敲不开的，双喜也敲不开，这本来很正常，天底下又不是只有香客一个女人，香客的身价可能就是因为没人能敲得开她的门，这一点有足够的吸引力。香客听出是双喜，就对双喜说：“这样不好，你打听去，我从来没给任何人开过门。”

双喜知道香客说的是实话，双喜是生意人，知道天秤的道理，不是撬不起来，是砝码不够，砝码够了不信你能稳稳当当的，按平时的规矩或者行情，估计有两张大团结就够了，双喜先从门缝里插进去两张，香客听见了，双喜说：“你开门。”香客就是不开，再放一张还是不开，要按平时，双喜就应该撒手了，费了三张大团结，就当是买路钱，这次不开下一次。可是双喜不这样，借着酒劲儿，双喜头脑昏昏沉沉地接连往门缝里塞着大团结，双喜不知道自己究竟放了多少张大团结，总之半寸厚的大团结就要一张一张打水漂了。

抱着赌博心理的双喜已经没有退路了，最后一张放进去以后，双喜有些绝望地对香客说：“再没了！”这时候双喜有些黯然，走也不是留也不是，正要走，门开了，香客趿拉着拖鞋掀开一点门帘悄声对双喜说：“你回来。”

从古到今背地里偷腥的男女有的是，说大了，恩爱夫妻一方出了这样的问题，可能会导致离婚，也可能折腾一段就和好如初。犯错误不怕，怕的是犯了错误不知悔改，那可就不好了。说小了，这号事情，看得淡的看得开的男女把它当作喝凉水，当蹲一回茅房送一回屎尿。偷鸡摸狗的事情都是背地里做的，只要没被发现，没被揭穿，悄悄地过去了，早上醒来才知道是一场噩梦，阳光还是照进现实中来了，该干什么就干什么，一切向前看。

但是双喜的天地没有见阳光照进来，这时候枣台的葡萄还在困倦的睡梦里，成天耍牌，又怀着身子，能不累才怪，熟睡中的怀孕女人葡萄不知道要发生大事了，发生大事的潜在原因是早上醒来的双喜意犹未尽地又要了一次香客。双喜暂时忘记了自己在天秤这一端放下的砝码了，甚至连砝码本身也忘记了。

昨夜是酒醉要香客，要了几次不知道，早上醒来又要，要的过程中香客舒坦得有些羞羞答答又有些戚戚然的，总之是一种满足得溢出来的那种舒坦。身体上，心理上，每个毛孔里都冒出香汗来。昨晚的双喜是野性的，混沌的，虽然他知道身体下面的人是香客，是他寂寞时候渴望已久的女人，但他醉了，酒这坏东西，醉了的双喜不知道自己究竟要了几次，清醒以后双喜有些遗憾，遗憾自己忘记了昨晚的快感，就问香客自己昨晚怎么样。香客头往枕头边扭了一下，不好意思地对双喜说：“还问，三次，像个没见过女人的后生一样贪婪！”

双喜听了香客的话，力气更大了，激烈地冲击着香客，香客感到双喜面目狰狞，这表情是香客渴望的，也是畏惧的，男人在喜欢的女人身上没有要命的，双喜两手抓住炕沿不停地开垦着这块土地，就在忘乎所以的时候，突然幡然醒悟，开垦香客这块土地的代价太大了，双喜一惊就不行了，要是代价不大的话，一夜三次确实够本了。双喜像着凉时筛糠一般问香客：“我那些钱呢？”

香客还在梦幻中，没想到双喜突然起来了，坐在自己双腿之间，两手抓住自己的大腿，香客像从梦中醒来一样反问双喜："什么那些钱，你就给了三十块。"双喜急了，双手不由得掐住了香客的脖子，但他没有用力，而是祈祷一样对香客说："那可是五百块啊，你要我命，你还我，你要不还我，我现在就掐死你。"香客看了一眼身边躺着的孩子，感到双喜的话阴森森的，原本香客准备在双喜走前把钱退给双喜，不属于自己的不能要，毕竟双喜醉了，毕竟自己第一次给一个男人开了门。

那么多的钱，是该分批拿的，一次给估计任何男人都受不了，双喜又是生意人，看银钱重，但香客没想到双喜会这样绝情。香客咳嗽了几声，虽然双喜没用力，但还是感到嗓子难受，咳嗽完后香客坐起来了，要是双喜能告饶，她现在也会把钱退给他，但是双喜依旧不依不饶和她要钱。香客受了刺激，昨晚的快感一刹那荡然无存，冷冷地对双喜说："给了的东西要收回去，你还算男人吗，再说我真的就收了你三十块，你要是后悔了我还你，我也就不要这三十块，你拿上滚出去，永远别再让我看见你。"

双喜一听这话更急了，嘴唇哆哆嗦嗦地说不出话来，口吃的双喜手反倒灵活了，再一次把双手放在香客脖子上，眼睛里放出凶光，用眼神质问着香客，香客闭上眼睛扭头不理双喜，双喜突然开口了，真正的大事要发生了。

双喜脑子里乱哄哄的，但他出声了，双喜像是给香客讲故事一样对香客说："五年前李寡妇是怎么死的你知道吧，李寡妇死的时候你还在学校上学，城里最美的李寡妇是被人用石头砸死的，死得那叫一个惨烈，到今天还是无头案，公安局那帮笨蛋的智商还破不了案，你知道她是被谁砸死的吗，被人砸死后下身还插了根纸烟，叫她不从，死有余辜！”双喜滔滔不绝地给香客讲故事，这其实不是故事，是事实，是一桩无头案，五年前轰动城里的无头案，稍微有点记忆的人都知道。

这一下香客慌了，比起刚才恼怒的双喜，现在平和的双喜才是可怕的，香客说：“谁不知道李寡妇那事，你讲这些有什么意思，不就是一死吗，大不了也被你砸死了事。”双喜傻傻一笑说：“谁都知道是被人砸死的，可是谁都不知道是被什么人砸死的，所以是无头案。”香客反问道：“你知道？你吓唬谁，你要是知道，赶紧去公安局报案，说不定还给你披红挂绿游街呢。”

双喜哈哈一笑说：“那李寡妇是被我砸死的，谁让她犯贱，只给别的男人分开双腿却拒我十里的。”双喜说这话的时候香客的心都提到嗓子眼儿里，她感觉呼吸困难了，但又佯装镇静问双喜：“就为那点钱，你编这样的故事给我听，想吓唬我也行，只是你这样我不信你，你哪来的胆量？”双喜恢复到了刚才的冲动状态，再一次掐住香客的脖子说：“我是把她砸死后从南河蹚过去的，公安局勘察现场的时候我正在家里换衣服，我换完衣服就到了现场，他们到了河边就没我的脚印了，我蹚过南河的时候李寡妇可能还活着，但我不能回去再砸她的脑袋，那样我可能就暴露了，不过那婊子还是死了，血流了一大滩……”

双喜一边说一边用力，这时候的香客心里真是怕到极点，脸涨得通红对双喜说：“你放手，我就是和你开个玩笑，你的五百块钱我都还给你。”双喜一听立马放开了香客，香客按住胸口努力让自己平静下来，又把手放在脖子上，然后指着灶台说：“就在那下面，拔起锅就是了。”

双喜赤条条跳下地拔起锅，钱果然在里面，不用数估计也没少，这一下双喜咧嘴笑了。他用大拇指把钱划拉了几下，跳上炕，抽出三张放在香客的枕头边，香客躺着，看也没看那三张大团结，叹口气对双喜说：“就为那点钱，还编故事吓唬我。”双喜说：“不那样你能把钱退给我，不过李寡妇的事情你可别当真，我是胡说的，情急之下想出来吓唬你，千万别当真啊。”双喜其实后悔把埋藏五年的秘密说给香客，在双喜眼里女人都爱钱，香客肯定不会当真，看样子只是害怕自己掐她的脖子。香客心里咚咚跳个不停，表面上依旧很镇静，还问双喜什么时候再来，双喜亲了一口香客的脸蛋说：“会来的，就这几天，心肝！”双喜走了，出门前还对趴在枕头上的香客挤眉弄眼，双喜一走，香客感觉去了趟鬼门关。

阳光下的双喜案发五年后第一次把自己的秘密告诉了香客，为的是吓唬她，为的是酒醉后的那五百块钱，不过他还是后悔得想抽自己嘴巴子，双喜知道香客的生活习惯，下午双喜又来了，想安抚一下香客，让她不要把自己的秘密说出去，双喜这样的行为有些不打自招。香客门上铁将军把门，双喜有些吃惊，夜里再来，依旧是这样，不过在香客门口漫无目的等待香客回来的时候，冲过来几个人扭住了他的胳膊，他们说他们是公安局的便衣，双喜有些无辜地说：“逮我干什么，我犯了什么罪？”便衣说：“有人检举你，李寡妇的事情，五年前，跟我们回公安局接受调查。”便衣的话没有任何商量余地，双喜脑子里轰然一片，大事发生了，天塌下来了。

天塌下来的时候葡萄还在耍牌，这天夜里的输赢比较大，不过葡萄本人没赢多少，葡萄不知道发生大事了，对于城里有记忆的人来说，五年前城南李寡妇离奇死亡案将像普通人死了都要入土埋葬一样，不会有告破的那一天了，但是双喜的一次偷情导致了真相大白。

双喜是禁不住审问的，当晚就招供了，天不亮就传遍了整个城里，人们见面都兴冲冲地说告破了，看来是李寡妇地下有灵，公安局的人带着双喜从他家后院挖出了那件的确良衬衣，其实双喜砸死李寡妇的时候身上的血并不多，等他蹚过南河以后血迹几乎没有了，回到家的双喜脱下了那件带有他罪证的衬衣埋在了地下。公安局的人当年排查到南河西岸的时候就断了线索，只好望河兴叹了。

事情一撂就是五年，熟悉双喜的人都不相信双喜会干下这等伤天害理的事情，寻根究底，城里人都感叹人心隔肚皮，不过李寡妇已经死了，双喜也落网了，人们最关心的事是公安局五年之后是如何找到双喜的，关注的角度一转，再要找香客的时候香客早躲得无影无踪了。那天双喜走后，香客起码出了几身水，在家犹豫了半天就去公安局报了案。

香客是细腻的女人，试探了几次，明白双喜说的不假，要是不报案，香客往后吃不下睡不着，睡着了也是夜夜噩梦。香客觉得双喜就是一颗定时炸弹，无法知道他会什么时候爆炸，但是一旦报了案，自己的名誉就不保了，对不起开火车的丈夫，对不起孩子，以后还可能被人用嘴嚼来嚼去谈论不休。香客毕竟是香客，她的名字就与众不同，名字就是虔诚的女人，她毅然走进了南关公安局的大门，她坚信双喜的话是真的，她这样做肯定不是诬告，检举完后香客连家也没回，坐上火车往丈夫工作的城市去了，她要在那里有新的生活，城里人怎么谈论她已经无所谓了。

公安局的人说你是证人，香客说自己不在场，算什么证人，公安局的人说要是属于诬告呢，香客说："我用女人的直觉告诉你们，他说的是真的。"后来公安局的人明白香客的心思，她要保名节，也没追究她通奸的事情，比起五年前的无头案，通奸就算不得什么了。

警车是鸣叫着开进枣台的，警笛的尖叫使得庄稼人惶恐地放下手中的劳动工具，他们像鸭子一样伸长脖子看着几个干部模样的人从警车上下来，还弄不明白发生了什么事情，干部们就进了大队部。起先以为是来抓赌的，谁也没想到他们连赌博的事情问都没问，就把葡萄架上了警车。茅缸不知道发生了什么事，一手按着肚子喊真要命，等警车开出枣台，茅缸感觉晕晕的，赵根细也是，庄稼人安静了一会儿突然开始嚷嚷起来，都在猜测葡萄犯了什么事儿，去旺柳镇赶集的人回来说，城里发生了一桩大案，被砸死五年的寡妇案告破了。

旺柳镇的人不知道犯人就是葡萄的丈夫双喜，但他们知道犯人就是几年前常到镇子上来卖冰棍儿的那个人，那个人叫双喜，赶集回来的人说葡萄一定是和双喜杀人的事情有关系，即便没关系，葡萄也不会全身而退，因为她是双喜的婆姨。

茅缸一听就傻了，她的呼叫声让人感觉砸死李寡妇的不是双喜而是葡萄，茅缸不知道骂了多少城里人的坏话，一人骂不解气，还让赵根细和赵青梅姐弟几个都骂。赵青梅毕竟大了，比较理性地告诉茅缸，五年前大姐葡萄绝对和双喜没有认识，所以砸死李寡妇也绝对和葡萄没有关系，赵青梅以为这样一安慰茅缸会消停一些，可是茅缸非但没有安静下来，反而骂道："你懂你娘的脚，我不是怕大姑子和杀人有关系，我难过的是大姑子成了寡妇，肚子里的孩子成了遗腹子啊！"茅缸哭干了眼泪，又骂赵连根，说赵连根活不见人死不见尸的，都走了大半年了也没个音讯，赵连根出走后就像断了线的风筝，飘荡在哪里根本打听不上。

葡萄被带走了，赵连根自己跑了，让家里人担心，第二天茅缸便要去城里看葡萄，被赵青梅拦住了，赵青梅说葡萄被公安局控制了，这时候见也见不上，再急也不在这几天，各人自有天命。茅缸又是一顿咒骂，骂完后想起了赵连根，眼下赵连根不在跟前，茅缸就去何广福坟前哭了一场，茅缸哭道："短命的啊，你早早爬起来见阎王，害苦了老娘，呸，你这短命的啊，你一人清静了，可苦了老娘我啊……"

几天以后，从旺柳镇传来消息，卖冰棍儿的要吃枪子儿了。这几年很少枪毙人，人们好像遇见盛大的事情一样蠢蠢欲动，闲着的人都想去看枪毙人，这一回枪毙的不是别人，是枣台的女婿汉。枪毙人只在电影上见过，能不能看上还是两回事，害怕白跑一趟，不管别人去不去，赵根细一家是要去的，他们不和村里人一样去看热闹，他们要看葡萄怎么样了，会不会被牵连，肚子里还怀着孩子呢。

怀着孩子的葡萄被带去问了话，无非就是双喜这几年的情况，有没有异常，是不是瞒着不报，葡萄哭得像烂泥，一把鼻涕一把泪抓在手里，葡萄感到委屈，委屈的不是自己被带到公安局问话，而是双喜竟然有这样大的秘密自己竟浑然不知，女人怕被欺骗，但谎言要天衣无缝也罢。

最恼人的是中途来个晴天霹雳，这一回葡萄不再相信双喜了，被公安局的人带去见双喜的时候，葡萄心里真是万马奔腾，狂乱的葡萄想一下子逮住双喜活活揭了他的皮吃了他的肉。双喜一头飘逸的头发不见了，成了电灯泡，电灯泡下整个一张吊死鬼脸。葡萄咆哮起来了，葡萄的腔调自小就像了茅缸，葡萄的咆哮没有使双喜感到一点吃惊或者害怕，反倒是葡萄最后自己平息下来了。

双喜像一尊石像一样坐在葡萄面前，隔着铁栅栏，歇斯底里的葡萄想伸手去抓双喜的脸，被身边公安局的人拦住了，葡萄突然感到很累，她不想再做无用功，而是把手放在肚子上问道：“这小东西怎么办，你想过没有，他出生后我怎么向他交代？”葡萄一句慢条斯理的质问让双喜像被锥子扎了一下一跃而起，双喜似乎要冲出来一样冲到铁栅栏前，不过他很快就定在那里了，慢慢地又坐回到自己的座位，半晌，双喜带着绝望对葡萄说：“他和我一样的命，注定都是孤儿！”双喜说完站起来，拖着脚镣走向里间，葡萄见状兀自瘫软在地上，葡萄真的认命了，感觉自己裤裆湿湿的，坐过的地上像一张地图。

枪毙犯人双喜是在离城七里叫作七里铺的河滩上，或许是出于杀一儆百的考虑，积压了五年的无头案终于告破了，整个城里都显得扬眉吐气。城里人都觉得双喜该枪毙，双喜简直就是色魔，报应来了，和双喜同时被枪毙的犯人加起来十几个，齐刷刷地跪在七里铺的河滩上，他们是游街后被带到这里的，游街的时候城里人像正月十五闹秧歌一样欢跃，羊群一样从城里的沟沟巷巷里走出来。

双喜背上插着“流氓杀人犯”的牌子，字写得有些扭扭歪歪，和双喜此时的精神状态一样，行刑的武警战士一律戴着墨镜，显得威武，随着指挥员的命令同时开枪，看热闹的人等待着一声声枪响，都捂住了耳朵，但是只听见一声枪响。因为他们不知道，行刑的武警战士必须在指挥员的命令后同时开枪，所以就一声枪响之后，十几个跪在河滩上的人同时往前一扑就歪在河滩了。

葡萄听见枪响后像一头发情的母牛一样往前冲，茅缸抱着葡萄，打架一样撕扯在一起，枪响之后葡萄再一次瘫软了，葡萄的理想破灭了，不再恨双喜了，她觉得双喜就是一个骗子，只图了自己一时痛快，想起一起走村串巷卖冰棍儿那些劳累又浪漫的日子，葡萄满腹委屈地趴在茅缸怀里嘤嘤地哭开了。葡萄一哭，茅缸也哭，哭够后葡萄随茅缸一起回到了枣台，赵根细和赵青梅姐弟三个都站在村头的大槐树下，老远看见茅缸搀扶着葡萄蹒跚地往回走。

发生了这样的大事情，对于赵根细一家来说是惨痛的，最难过的是赵青梅，因为葡萄的一件事，她连自己的学生也管不住了，他们不知从哪里学来的顺口溜，编排着赵根细一家，其他人还罢了，赵根细什么事也没发生一样在村里拾粪，孩子们围着他叫唤着“三光老赵真丢人，赔了夫人又折兵”，赵继根听见，追赶他们骂道：“你们他娘的懂什么，我大不是周瑜，我大姐也不是孙夫人，你们只管损人，都搞不清什么意思就胡乱编排人……”已经熟读三国的赵继根一边追一边和他们解释，但是没有人听他扯淡，依旧吼喊着“三光老赵真丢人，赔了夫人又折兵”，后来变成了这样更加完整的编排，让赵继根简直无言以对了，“三光老赵真丢人，赔了夫人又折兵，茅缸敞开人人上，葡萄剥开人人舔……”

在王医生身体下突然失宠的茅缸听见这样的编排也无奈了，文化人王医生和何广福不一样，他是打一枪换一个地方，熟悉之后就闪人，导致茅缸像个断奶的孩子般茫然失措。紧接着王医生让村里另外的女人当了会计，算是和茅缸彻底划清了界限，还有传言说赵青梅的老师也快当不成了。贾专干适时来枣台检查教学工作，肯定了赵青梅的成绩，贾专干还强调了一句："全旺柳镇的学校都归我管，全旺柳镇的教师谁当都是我说了算！"

不过这话不是公开说的，是私底下当着茅缸和赵青梅的面说的，这一次贾专干没在大队部住，也没在王医生家吃饭，例行完公事就在茅缸家吃了饭，吃完饭就回镇子上去了。贾专干走的时候赵青梅把他送到村头，贾专干对赵青梅说："好好干，会有转正机会的。"贾专干的话每每让赵青梅感到振奋，加上家里发生这样的事故，一冲动，赵青梅就想扑进贾专干怀里哭上一场，在这个家庭里，遇上这样的事情，赵青梅一直感到自己是无辜的，但她毕竟是家庭的一分子，一家人就是有福同享有难同当，除非你主动和他们脱离关系，像赵连根一样走得无影无踪，什么也不知道，什么责任也不用承担。

贾专干完全看透了赵青梅的心思，但是他依旧表现出了一个领导和长辈的风度，没有越雷池一步，和最初的想法一样，火候不到，对赵青梅这样的好苗子，一定要做到润物细无声才好，赵青梅的理想是成为公办教师，这是她不会改变的立场，能帮助她实现这个理想的人就是他贾专干了，他要赵青梅像条蛇一样缠绕在自己身上。她就是一条美女蛇，她不是茅缸，不是青穗，也不是自己不识字的老婆，对她，只能采取渗透的方式，否则她一时转不过那个弯就前功尽弃了，所以贾专干在村外没有迎合赵青梅的依赖，虽然这个依赖在赵青梅来说是单纯的。

贾专干走了，不过他来一回还是有效果的，毕竟茅缸的会计被下了，赵青梅的老师没有被下，茅缸被冷落了，在家照看葡萄，葡萄的肚子逐渐有型了，不过葡萄一点也提不起精神来，葡萄有些后悔当初一门心思想成为城里人的想法了。不过自从双喜被枪毙后，葡萄回枣台已经一个多月了，她没有梦见过双喜，双喜的形象在她眼里和心里都是模糊的，甚至记不起他的声音了。

葡萄平静地坐在炕上，茅缸给她端吃端喝，赵青梅看在眼里，讨厌起葡萄来，有时候葡萄还要赵依根和赵继根两个弟弟给她端尿盆，葡萄小便也在屋里，赵青梅看不惯，自己一人住在了小学校。赵青梅甚至有和这个家庭断绝关系的念头了，尤其见不得葡萄，葡萄知道赵青梅对自己有看法，采取的办法就是视而不见听而不闻，两人相互掐着，茅缸都看在眼里，有一天茅缸突然说："大和尚都不知道死活？"

家人才蓦地记起了这个人，但都没有说话，到哪里去找，除非他自己回来，但是走不远，能走到哪里去，要是外面吃不上，或许会出乱子，但是没有任何消息，大家心里都不是滋味，但谁也没说什么。茅缸叹息几句，有些埋怨赵根细，说："真不是亲生的啊！"赵根细从来不理会类似的话，吃完饭就去隔壁睡觉了，赵根细睡得早起得早，睡觉后的赵根细鼾声如雷，茅缸便骂道："一吃就去停尸丧，唉，没一个能靠上！"

死去的何广福靠不上，绝情的王医生卸磨杀驴，分居的赵根细就是劳动工具，茅缸寂寞了，有些气馁和自卑。翠翠失踪后，翠翠的家人来和茅缸找事，争斗过程中葡萄西瓜一样的肚子被踢了一脚，葡萄流产了，是纠纷发生后几天才出现的状况，茅缸伺候了葡萄一场小月子，小月子以后的葡萄恢复得很好，鲜亮鲜亮的皮肤，让村里的姑娘小媳妇们不得不羡慕葡萄了。她们或许才知道葡萄为什么能那样让男人们老的小的都欲罢不能。

赵连根出走一个月头上，翠翠家知道了，对翠翠看管严了，翠翠起初不出去，赶集都由娘陪着，怕翠翠出事，怕被赵连根那小子缠上。翠翠娘在戏场上也是紧紧攥着翠翠的手，不过翠翠上茅房的时候翠翠娘就放松了警惕，其实翠翠娘忽视了一点，她和翠翠在明处，赵连根幽灵一样在暗处，在暗处的赵连根买通了失马科的姑娘，给翠翠带去了信号。

翠翠回来后一时间不再看戏和赶集，家人以为翠翠收心了，但是他们不知道翠翠在酝酿着和赵连根一起跑的计划，为了让这个计划密不透风，翠翠使了障眼法，娘老子劝她赶集也不去了，不久翠翠自己主动说要赶集，家人说好，就让翠翠去了。翠翠到了旺柳镇的集市上，把车子寄放在供销社一个熟人那里就走了，翠翠坐在一个去城里的男人的自行车后座上，到半路上翠翠就上了赵连根的车子后座。

赵继根开学后到旺柳镇的中学上学了，赵继根这小子书没白看，虽然数学不怎么理想，但语文考了整个旺柳镇第一名，作文也是作为范文在镇上的教师会上念过的。这让赵青梅很激动，写作文的人是赵继根，念作文的人是赵青梅，安排赵青梅念作文的人是贾专干，当老师的姐姐在全镇考试总结会上念弟弟的范文，这自然是一件骄傲的事情。赵青梅念完赵继根的作文后连自己也感叹赵继根的水平了，从小时候睡在炕上摆个太字就知道他不简单。

全镇升学考试总结会一开，教育专干贾子建就说要去城里继续开会，私底下通知了赵青梅，贾专干说：“你是重点培养的苗子，去城里见见世面，以后转正了，到旺柳镇来教学，教得好的话就有进城的机会……”贾专干的这些话足够让赵青梅亢奋，被领导赏识并且另起锅灶照顾自己真是幸福。很少进城的赵青梅起初有些害羞，不敢和城里人说话，赵青梅参加的总结会是在城东一家不大不小的招待所举行的，开会的只有两个人，就是贾专干和赵青梅，起先安顿好后，贾专干出去了，回来后对赵青梅说事先通知的会推迟了，晚上只好住招待所里了。

赵青梅对这话深信不疑，就住下了，不过晚上怎么住，她没有考虑这些，这些事情都有贾专干负责，他是领导，又熟悉出门的种种事情。赵青梅和贾专干出去吃完饭回来后有些困，就忘形地在招待所里铺着白床单的床上躺下来，不过躺下后有些难为情，因为领导贾专干还坐在窗户前的单人沙发上喝茶，赵青梅陶醉在幸福里，女人一幸福智商就低了，她仍旧没有想晚上怎么住，一间房一张床，贾专干没说，没说就是已经准备妥当了，或许他会在另外一间房里住，房间里城里的味道让赵青梅有些迷惑。

天色一黑，赵青梅甚至有点想让贾专干也躺在自己身边来，就是躺着，什么也不干，赵青梅什么都不会干，不懂，不明白，贾专干喝足茶水后对赵青梅说：“不早了，你休息，我出去找地方睡。”赵青梅一听这话一跃而起，几乎有些着急地拉住了贾专干的胳膊，带着苦求说：“就住这里，你走了我怎么办，我可从来没在招待所里住过啊。”赵青梅有些被抛弃的感觉，眼泪一下子涌出来。

贾专干见火候差不多了，忙说那好那好，顺势就抱住了赵青梅，赵青梅一下子释然了，她抱紧了贾专干，身体软软地倒在了白床单上面，贾专干双脚交替蹬掉自己脚上的皮鞋，鼻息粗重地吸住赵青梅的嘴唇。

赵青梅早熟了，只是这块土地还没被人开垦过，是贾专干润物细无声滋养了她两年，这块土地是贾专干精心培育下来的，土地被长久滋养后水分很大，不过这块土地只能开垦不能下种，这块土地被滋养了两年后有些迫不及待地等待着被开垦，虽然她并不知道被开垦的滋味，但她渴望着。铁犁铧试探了一下虚实，土地有些痒痒的，土地痒的时候水分更大了，像泉水往外冒，都是润物细无声的结果。铁犁铧感到了湿润，这是培育的结果，未被开垦的土地感到了撕裂的疼，这是铁犁铧最兴奋的时刻，铁犁铧一进一出，土地的嘴巴张开了，疼痛缓解了，这时候的赵青梅是放纵的，也是野性的，不停地叫着贾专干的名字，无师自通地咬住贾专干的肩膀说：“要，要……快，我要，给我，给我……啊，给我……求你！”

铁犁铧被怂恿着不要也不能了，到最后铁犁铧自己出来了，披了一件雨衣，披了雨衣的铁犁铧加快了开垦的速度，疾驰闪电过后，土地带着沙哑的兴致激烈地求助铁犁铧的脊背。

铁犁铧毕竟是老辣的，他开垦了太多的土地，他是理性的，铁犁铧最后一句话是：“没事，不要紧，都射进避孕套了。”

赵青梅熟了，关注赵青梅的人说去城里开会前赵青梅走路夹得紧紧的，是处女无疑，回来后赵青梅是张开的，屁股一拧一拧的，拧到一定高度向上卷，要是她不穿裤子的话，能看见她的宝贝从底下拧到屁股那个地方。赵青梅不知道这些，这些话是贾专干镇上的熟人喝酒时给贾专干说的，贾专干好色也好酒，听别人这样说赵青梅他没生气更没发火，倒像是回味一件美事一样斜着眼睛问他的熟人们：“你们谁看见我收拾人家赵老师了？”大家说：“你带她去城里了。”贾专干说：“我带我妈去城里了，我也能把我妈给收拾了？”贾专干这话有些欲盖弥彰，他的舌头像探子一样在嘴边溜了一圈，有些语重心长地说：“这世上的好女人多了，咱能收拾了几个啊？”

王医生远离或者说抛弃了茅缸这块熟悉的土地之后，茅缸的地位下降了，下降之快让茅缸都有些回不过神来，从生完赵青梅以后何广福理直气壮地爬上了这块肥美的土地，那几年茅缸都被改了称呼，那都是权力带来的结果，开垦了几年生下了三个带根字的儿子，就把他们赖给了赵根细，因为他们和赵根细是连着，依着，继承着的根脉。何广福不管这些事情，和他没有关系，权力的继任者王医生同样带给了茅缸权力的好处，何广福和王医生打了点时间差，不过那是改朝换代的时候，茅缸没有被权力的宠幸中断过。

一晃就是二十年，最近几年，王医生熟悉了茅缸这块土地，他另觅了新欢，从身体上和精神上都和茅缸断得干干净净，真是比狗舔过的还干净。一年后茅缸渐渐又被人叫回她的小名了，二十年过去后，茅缸感到了空前的失落，失落时的茅缸从葡萄身上看见了年轻时候的自己。

秋收时候的庄稼人几乎没有了炕头那点事情，不是男人累了提前睡觉就是女人困了下面张不开，拒绝一切探视，不过在充满诱惑的秋天里，他们还是在忙得不亦乐乎的时候把茅缸放在嘴边过嘴瘾，男人们总是要咂咂嘴，感觉像吃了美味一样余味无穷。当然葡萄也是他们永远不能放下的话题，茅缸和葡萄母女两个让他们津津乐道，他们的婆姨们虽然反对，但也是脸上红红的泛着光，到晚上，下面不再是闭着的了，湿润了，期待着，她们也要，不要的话对不起自己，她们没有茅缸和葡萄那样的福气，想要谁都能要，理直气壮的，好像都是她们自己的男人一样，没有好意思不好意思，她们想不明白同为女人，为什么茅缸和葡萄的下面总是张开的，里面泛着泉水，汩汩地往外冒。

熟悉的土地，一年又一年，开垦来开垦去，都一样的感受，没有开垦过葡萄的男人们想过葡萄的身体，但葡萄已经注定不是枣台的人，葡萄注定是城里人的女人。他们很多人把自己箱底的那点钱多少都奉献给了葡萄一些，那是通过赌博奉献的，没能沾上葡萄一点光，葡萄照样往外奔，城里不去了，不管怎么说城里是葡萄的伤心地，葡萄不想舍近求远，葡萄的目标是旺柳镇。

旺柳镇不大，是个村镇，但有集市，有铁匠铺和理发店，有食堂和供销社，所以旺柳镇不寂寞，虽然和城里比起来，旺柳镇前街的人放一个屁，后街的人都能闻到味道，但旺柳镇依旧像它的名字一样充满着生长的渴望。葡萄的第一任丈夫，就是那个被镇上人熟知的卖冰棍儿的人死后再也没人记起过他，但是当葡萄来到旺柳镇赶集的时候，那个已经在地下卖冰棍儿的人重新回到了人们的记忆里。

葡萄一时间几乎成了整个旺柳镇的名人，以前和双喜一起卖冰棍儿的人都和葡萄是熟人，他们要葡萄重操旧业，葡萄头一昂说："被卖冰棍儿的人骗了还卖冰棍儿，我娘老子就没给我脑子吗？"葡萄说这话是真的，双喜死后葡萄很少再想起他，肚子里四月大的血肉蛋子葡萄更是忽略了，又没有见过是什么样子，说不心疼那不是真的，但葡萄是现实的，真实的，她明白要在旺柳镇立足就得找一个吃公家饭的人。

最初给葡萄介绍的人是旺柳镇中学的老师，他是赵继根的语文老师，文质彬彬的，和赵继根关系不错，主要原因是赵继根作文写得好，自然关系就不错了。当要和葡萄见面的时候，老师有些难为情，特别是在赵继根面前，赵继根倒不以为然，反而大大咧咧的。老师三十出头还没结婚，镇上的裁缝都看不上他，觉得他不够率性，女人不喜欢窝窝囊囊的男人，女人需要能征服她们的男人，就是没有正当职业也不是问题，所以喜欢赶集看戏打架斗殴不务正业的人都娶了好老婆，旺柳镇的公家人反倒找不到好的，所以有人感叹一句："好女人都让驴日了！”这话是真的，所以葡萄这样水性杨花的女人竟然要给老师介绍了，腼腆的老师老远问给他介绍的姑娘是哪一个的时候，介绍人指着穿高跟鞋的葡萄说就是那一位，话还没说完老师就闪在后头了。他的脸红了，有些尴尬地说："走，那还能成咱的婆姨，趁早别找绿帽子戴了，丢不起那人！”

和老师没弄成，又给介绍了供销社的会计，会计是新来的，葡萄不熟悉，一进供销社门就见会计噼里啪啦地打算盘，葡萄心一动，觉得还是满意的，假装羞涩的葡萄和会计面对面说了一阵话，都是过来人，拣主要的都说了，葡萄走的时候会计也没从椅子上起来送她，只是象征性地站起来握了握手。

葡萄对自己的婚姻看到了希望，可是第二次再见面，会计没看见葡萄，会计的一条腿短一条腿长，用旺柳镇人的话说，就是供销社的会计有特长，他的右腿特长。葡萄失望了，不过失望以后的葡萄在旺柳镇上开起了理发店，理发店一开，生意火爆，葡萄的铺子开在前街，后街也有一家老字号，是穿牛仔裤的一个男人开的，生意一下子被葡萄给顶住了。葡萄到哪里都是红人，葡萄的志向不在土地上，在城里，起码也在镇子上。

白天葡萄给人理发，夜里这块骚动的土地耐不住寂寞，一到夜里葡萄就关门，先是和镇上的三教九流一起跳舞，葡萄舞姿硬，愿意和她跳舞的人多，跳累了就休息，休息下来的土地还是寂寞的，但葡萄是有选择的，不够标准的人不能上葡萄床，但凡公家的她都不拒绝，甚至一视同仁，只要够了她的标准就行，三教九流也行，但标准要高过公家人，因为镇上的公家人挣得并不多，葡萄甚至带一些照顾他们的成分。

不久竟有人上门提亲了，是旺柳镇颇有名望的退休老教师沈爱民，儿子叫沈国庆，刚从城里的一所中专学校毕业，分配到旺柳镇的邮政所，不过他不是邮递员，是坐办公室分发信件的。沈国庆还没有和女孩子接触过，刚从学校毕业稚气未脱的毛头小子第一次来葡萄店里理发就看上了葡萄，奶大屁股圆的女人身上散发着成熟女性的光彩，这光彩让处子之身的沈国庆欲罢不能，理完发梳子掉进了沈国庆的衣服里，沈国庆有些尴尬地想自己用手掏出来，葡萄捏住了他的手，两人在镜子里交流着彼此的表情，葡萄自己伸手进去掏出了梳子。沈国庆的心跳突突地，超过了正常人平时的力度，葡萄明白了沈国庆的心思，晚上葡萄没事，没跳舞也没让平时的人进来，而是来到了邮政所，在沈国庆的宿舍里葡萄毫不忌讳，当晚两人就待在一起，葡萄用自己的身体引导了未出茅庐的沈国庆。

葡萄成熟的土地让另一个混沌的人知道了什么是女人，沈国庆较真儿，第二天就要他老子托人说媒，沈爱民没想到自己的儿子是这样饥不择食的男人，好说歹说沈国庆就是不听，一边要他老子托人说媒的沈国庆傍晚就钻进了葡萄的被窝，葡萄故意说沈国庆不是诚心的，新鲜劲儿过了就闪人了，谁知沈国庆一听竟然拿起剃刀割自己的手腕以示忠心。

葡萄信了，夺下剃刀的葡萄再次向沈国庆分开双腿，把沈国庆莫名其妙的脑袋推到自己两腿中间，沈国庆觉得世界上就剩葡萄了，离开葡萄这块土地沈国庆连死的心都有。葡萄嫁给沈国庆让赵青梅感到了危机，和很多男人一样的想法，赵青梅觉得好男人都娶了赖女人，好女人都嫁了赖男人，虽然赵青梅没听过男人嘴里一句“好女人都让驴日了”是多么的无奈，但作为女人的赵青梅还是动心了。

赵青梅天真地以为自己和贾专干马虎上是天衣无缝的事情，不过动了心的赵青梅还是给提亲的人说了一句：“等转正后再说！”赵青梅拒绝别人的这句话让人家感到了她的清高和虚伪，反问她的人问道：“什么时候转正，要是不能转正不嫁人了吗，八十不转正八十不嫁人了吗？”

连续几个都被赵青梅以这样的话回绝了，茅缸看好的几个旺柳镇上的后生都被一句话回绝了，茅缸感到惋惜，赵青梅却不以为然，只要有贾专干在，就能转正，这就是真命题，赵青梅顺理成章地渴望贾专干开垦自己，贾专干是卖力的，水到渠成地趴在赵青梅身上，贾专干是满足的，他不再或者很少临幸自己的老婆了，自己的老婆不水，不湿润，在自己老婆身上纯粹是尽义务，一到赵青梅身上，贾专干就野性了，是只野兽。

贾专干每次和赵青梅发生关系都是在城里的招待所，几乎还是同一间房子，一起出去是借开会和学习的名义，这个名义太有些冠冕堂皇了。旺柳镇的人都说贾专干太假了，不过舍得在城里开房也是让人羡慕的一件美事啊，进城，先吃好的，吃饱喝足了，回房间洗澡，又不是和自己的老婆，自己的老婆这块土地熟悉了，能洗出什么花样来。

旺柳镇人猜想得不错，贾专干每次带赵青梅进城都是这样的，不过怕处有鬼，还是来查房的了，招待所的人说他们和公安局的人关系硬，但再硬也得例行公事，刚洗完澡就迫不及待地上床了，听见敲门声了，真要命，有些恼火的贾专干大声问是谁的时候，房门就被打开了，是戴大盖帽的，贾专干一惊就扑哧射到了白色的床单上，还不到戴避孕套的时候就射了，是被吓出来的。

贾专干脸上白一阵青一阵，被子里的赵青梅筛糠一般浑身湿透了，戴大盖帽的说："起来！"很严厉，没有一点商量余地，贾专干在旺柳镇的威风顿时像秋风扫落叶一样荡然无存，心想你们站在跟前怎么起来，怎么穿衣服。戴大盖帽的有些不耐烦，估计是见这种事情见得多了，又厉声说："给你们一分钟时间穿好衣服！"说完就出去了，赵青梅觉得天都塌下来了，贾专干也这样觉得，不过贾专干嘴硬，又要安慰赵青梅，嘀咕道："还能把人的球咬下来！"说这话明显底气不足，穿好了，连一分钟也没用，够快的，戴大盖帽的就进来了，坐在单人沙发上，一个做笔录，一个问："多大，哪里人，是不是夫妻，是夫妻有没有带结婚证？"贾专干原本想说是夫妻，但要结婚证肯定拿不出来，戴大盖帽的不耐烦，一个对另一个说："带走！"

被带到公安局以后贾专干才知道正是"扫黄打非"期间，这下撞枪口上了。贾专干一下子蔫了，像他的铁犁铧在雨衣里唾了一口之后耷拉着脑袋。赵青梅这时候悔断了肠子，她没想到竟然会栽在这里，原本以为永远天衣无缝，但是她确实栽了，栽就栽在她的天真、自负上头了。来城里赎人的人拿着镇上的保证书，上面盖着红章大印。人是赎回来了，但回来就别想安宁，贾专干倒好，男人犯这事没什么大不了，他那个不会写自己名字的老婆羞得出不了门，别人怎么看这事贾专干无所谓，只是替赵青梅感到尴尬。

贾专干和赵青梅是分开来写的检查，贾专干的文笔是不错的，写完觉得能交差，时间，地点，人物，故事情节，大致就是按照这样的套路写下来的，写的过程中贾专干甚至有些陶醉于那样的氛围，也为大盖帽的突然袭击感到气愤，一紧张，像喝醉后突然呕吐一样直接喷了出去，喷得一塌糊涂，当然检查里没有这样具体的细节描述，好在是喷在了白色的床单上，没有喷到赵青梅的肚子里，要是喷进肚子里那还有麻烦事，虽然没喷进去，但赵青梅害怕了，她老是感觉肚子里有贾专干的小蝌蚪在游动，一天没写出一个字来，晚上要开大会做检查，赵青梅莫名地想起了弟弟赵继根的作文来，赵继根的作文写得棒极了，要是这检查让上中学的赵继根写就好了，不过这样一想，赵青梅恨不得扇自己两耳光。

镇上的葡萄和赵继根都知道了这事，宣扬这事的人就距葡萄不远处，其实嘴上在动，什么也没说，因为大家都知道了，该添油加醋的早添油加醋了。葡萄佯装没看见，给别人剪头的时候看着镜子里的人，学校里的赵继根如坐针毡，见他不理会，后面的人就用圆规扎他，起先赵继根忍着，后来扎疼了就喊叫出来了，一下午赵继根的背上屁股上不知道挨了轻重不等的多少下。

赵继根一下子想到了连坐这个词，不过他还是很有男子汉气概的，虽然疼，虽然喊叫了，但就是不搭讪，不表态。

写不好检查的赵青梅有些沮丧，但还得应付差事，可她预料得轻了，这么严重的事情，都惊动公安局了，能轻易过去吗，贾专干开房间的钱是不是公家的还要查，不光是作风问题，还有是否存在贪腐行为，要一并清查，不能手软，这是镇上决定的，晚上做检查开批斗会，不是在会议室，而是放在学校的大操场，这更让赵青梅想不到。赵继根被一群学生连拉带扯往前台走来，灯光下的赵继根的脸红彤彤的，像小时候割猪草回来后的情形。赵青梅一下子心酸了，眼泪扑簌簌流了一地，她想出声却出不来，赵青梅觉得弟弟比自己还要委屈，没有人出来阻止他们的行为，大家都觉得这是理所当然的，只有这样才能达到教育和警示的效果，按照女士优先的惯例，先是赵青梅念检查，后是贾专干，不过两人的检查有些出入，主持会议的镇长说不够深刻，要继续深挖原因和细节。

赵青梅傻了，贾专干也傻了。临时让修改，就当着大家的面，口头修改，一问一答，大致吻合了。问到戴大盖帽的进来时他们什么情景，两人都不说话，连问了几次还是沉默，群众不让了，犯错了还假正经，还一副无辜的样子，只好由贾专干回答。贾专干说是光着的，下面就一片嘘声，光着的，自然是光着的了，三岁小孩也能知道这一点，又问赵青梅，赵青梅点头默认，又问洗澡时是一人还是两人，贾专干说是一人，讯问的人又问，一人怎么搓背啊，贾专干只好回答是两人一起，再问赵青梅，回答是两人一起，这样的问话使得学校里每个角落都弥漫着一股淫荡的气氛。

镇长毕竟经验丰富，说火候到了，不要毒害了祖国的花朵和未来，检讨做完了，散会了，赵青梅感觉自己是光着身子开检讨会的，不过检讨会后她没有被开除，仍旧回到了枣台当她的老师。贾专干也没有被降级，也好好的，就是丢人丢大了，人活脸树活皮，丢这样大的人比任何处罚都要严重，赵青梅心里一时间恨死了贾专干。不过恨是恨，心里还是忘不了他，要转正，还得靠他，再说毕竟是他亲自开垦了自己这块清丽的土地。

第三章

发生了这样的事情，赵青梅在村里的声誉几乎一跌千丈，不过上头没换老师，村里人也无话可说，村里人重新把过去对茅缸和葡萄的评价挂在了嘴边，村里人说有怎样的娘就有怎样的孩子，过去以为赵青梅是特例，看来这世上哪里有特例，只是还不懂，不会，时间到了不懂的懂了，不会的会了，是遗传的结果。一心要转正成为公家人的赵青梅硬着头皮继续教书，倒是茅缸得了几天心疼病，失势的茅缸感到自己很可怜，不过青穗回来茅缸多少感到了些安慰，因为村里数青穗能和自己合得来，虽然她是青穗的婶子。

冬至这天，青穗和王石匠回到了枣台，在娘家住了大半年的青穗脸上光彩照人，王石匠还是那样，年轻轻的就一副老气横秋的样子。青穗回到枣台带来一个石破天惊的消息，她说自己在外面看见过赵连根，茅缸问青穗看见赵连根时候他是什么样子，青穗说打了个照面赵连根就闪人了，分明是不想和她说话，茅缸相信青穗说的是真的。

葡萄不常回来，赵青梅自己在学校起灶，和这个家庭好像没多大关系，茅缸知道赵青梅难过，但和赵青梅谈不来，倒是葡萄能和自己谈得来，但是又见不上。赵依根大了，话少了，和茅缸更是无话，赵继根在旺柳镇上中学，礼拜天也不回来了，他不喜欢劳动，只喜欢看书，礼拜天就寄居在葡萄家，和他的大姐夫沈国庆很能合得来，合得来的理由是两人都爱看书。

青穗在枣台的热闹红火仅次于葡萄，青穗回来无疑给村里人填补了葡萄不在时候的寂寞，青穗让村庄有一股亢奋，王石匠不管青穗和村里人怎样，大概就是看不惯她和旺柳镇来的干部马虎。王石匠安顿好青穗和三岁多一点的孩子就出去闯天涯了，冬天里王石匠干的是细活，主要是给方圆百二十里的人家錾碾磨，庄稼人冬天用碾磨磨米面，磨豆腐，所以一到冬天王石匠的生意就火了。

王石匠一走，青穗就耐不住了，当天下午就感到寂寞，不过自从和贾专干东窗事发后，青穗收敛了。在娘家大半年都有王石匠陪着，王石匠给周围的一家大户破石头，白天破石头晚上回家住，细活没开始，自然不用远离。青穗命里注定不能没有男人，王石匠一走，是非就围绕在青穗跟前了。村里人无法闲下来的嘴从葡萄身上转移到了青穗身上，连村里和赵根细一样年龄的老光棍代三也喜欢和青穗开玩笑。

青穗不拒，大小男人都成，没人能管得了她的这个自由和爱好，给孩子喂奶时大大咧咧地解开对襟夹袄，露出粉嘟嘟的奶头，还要用手把奶头捏捏，一点羞涩也没有。不就是那么两个粉团吗，是女人都有，别人这样想，青穗自己也是这样想，所以青穗是开放的。村里看青穗给孩子喂奶的人中间只有代三最明显，但青穗心里绝对不会对代三有什么看法，倒是有一个人让青穗感到了难为情，这个人就是整天循规蹈矩和自己的“三光老赵”父亲一起下地干活的赵依根。

赵家兄弟三人中数老二赵依根最乖静，呆头呆脑的模样，其它两个都不是省油的灯，快十八岁的赵依根看见青穗胸前那两个粉团后脸都红到了脖子，冬天里的赵依根感到棉袄里冒出细细的汗珠，躲开了青穗的那两只粉团，像做了贼似的惴惴不安。

茅缸看不出这些，赵根细更看不出，在茅缸眼里赵依根和自己的丈夫是一类男人，这类男人只会种庄稼打粮食，其他事情与他们无关。赵依根身体结实，这点绝对像了他的生父何广福，不过看见青穗的粉团之后，至少有两天时间里，赵依根见到青穗都是绕道而行，他觉得青穗意识到了自己的丑态，但是晚上睡觉靠着青穗让自己睡安稳的赵依根还是不得不见青穗，不见青穗的感觉就有孩子看见奶而吃不上的那股子难受。

天一黑赵依根就上炕睡觉了，比过去睡得早了大概一小时，这是茅缸没有发现的，赵依根一人睡在朝南的那间放杂物的屋里，本来他和赵根细可以睡一起，可是他觉得那样不方便，已经习惯了一人睡觉的赵依根总是等不到天黑。

天一黑茅缸也出去了，茅缸出去主要是要牌，被冷落的茅缸迷上了耍牌，常常是夜不归宿，只听见赵根细在粮仓里窸窸窣窣的赵依根躺在杂物间恍恍惚惚，手伸进自己裤裆时总是轻声呼唤着青穗，眼前晃动着青穗胸前被孩子双手捧住的粉团。

赵依根手握自己竖起来的铁犁铧，总能想起旺柳镇骡马市上配种的那匹儿马，儿马的主人人称“大骡子”。赵依根觉得自己的欲望是从看儿马配种开始的。他从配种的场面上勾起了自己的欲望，“大骡子”每次都是在关键时候抓住儿马的生殖器塞进受种的母驴体内，母驴最终还是生下了骡子，驴生骡子两张皮，大概就是这个道理。

握住自己铁犁铧的赵依根总能记起儿马的生殖器，就像吊下来的倭瓜，那样子足够雄壮。赵依根渴望“大骡子”的那只手，引导儿马的生殖器伸进一个让人眩晕的地方。赵依根想起儿马的时候感到两腿中间奇痒难耐，他仰躺着的身体突然成了一张箭上了弦的弓，箭射出去以后的弓刹那间松弛了。

这时候肚皮上冰凉冰凉的赵依根有些沮丧地打扫了战场，黑暗中赵依根的脸扭曲变形，打扫完战场的赵依根是匮乏的，进入梦乡和青穗苟合去了。梦里的赵依根是只虎，青穗就像只猫，乖巧地任凭他摆布，鸡叫三遍赵依根总是要伸懒腰打哈欠，突然心里嫉恨起自己的哥哥和弟弟了。他们两个逍遥快活了，只留自己在家种庄稼。赵依根嫉恨最多的不是赵连根，毕竟人家赵连根不受他的供养，加上自小惧怕赵连根，最可恶的就是三和尚赵继根，就因为他喜欢看古书才不用劳动。

想起这些赵依根心里不平衡了，给牲口铡草的时候不小心铡掉了赵根细的指甲，茅缸倒像是变了个人，在赵根细受伤的日子里给他提高了伙食待遇，还在戏场上用三斤小米换了一碗羊肉，自己却连闻都没闻一下。又叫赵青梅回家，赵青梅不理，气得茅缸骂道："究竟是不是老赵家的孩子了，你大受了这么一回伤，也没见你问候几句，真就为个转正吗，转了正又能咋样，真真的嫩妈，姑子照庙的，你道你清高，不也是人家的一只尿盆子吗？"

听见母亲的诅咒，赵青梅趴在小学校的床边哭了，抬头看见贾专干的亲笔题词：梅花香自苦寒来。一阵触目惊心，赵青梅还是回家了，不过她没有在家吃饭，其实打小赵青梅就因为茅缸的影响而有意无意地疏远她，进而疏远这个家。她的心思就是转正，没考上就只能盼转正，转正前赵青梅铁了心不管自己以外的任何事情，不过和贾专干发生那事后，赵青梅和母亲茅缸、大姐葡萄一样名扬四海了，但清高的赵青梅总觉得她和她们还是有区别的，至于区别在哪里，她自己也说不清楚。

表面是老师其实是农民身份的赵青梅固执地坚持着自己的想法，终究有一天会转正的，到时候就能扬眉吐气了，所以眼下她含糊地处理着自己身份的事情，只要有贾专干在，转正肯定没问题，已经教了两年了，两年都是整个旺柳镇的先进。发生那事之后已经有一段日子了，贾专干没来检查工作，也没通知要开会或者有什么考试，赵青梅感到孤零零的，在村里人眼里一直规规矩矩的赵青梅一下子什么也不是了，用她母亲茅缸的话说就是别人的一只尿盆子罢了，是尿盆就不干净了，即使你再狡辩也无济于事，不过这并不影响给赵青梅介绍对象的事情。

这时候的赵青梅比过去更理直气壮了，还没等媒人开口她就那一句：“等我转正后再说，现在不谈，皇帝的儿子我也不嫁！”媒人知道赵青梅的秉性，假清高，要是转不了呢，八十岁转不了八十岁也不嫁人，赵青梅知道媒人的意思，就说：“是八十转正不了也不嫁人，再说我能不能转正我自己比谁都清楚。”

媒人无语了，不就是仰仗一个贾专干吗，给人家当尿盆子，不羞不臊，转正了就是香饽饽了，不见得吧，转正了也还是个臭老九而已。赵青梅拒人千里的态度让很多明白人看见了她的将来，转正毕竟是个未知数啊，不过也好，她有贾专干犒劳，有个自己心仪的男人在自己下身进进出出的就不寂寞了。

又有人开始给赵依根说媒了，说媒的人说赵依根老实，是能靠得住的男人，务庄稼的一把好手，赵依根还在炕上握住自己的铁犁铧想青穗，但他知道想青穗是幻想，现实的赵依根知道自己的命运不会像哥哥和弟弟那样波澜壮阔，注定是平淡无奇的，所以他同意了别人的保媒。媒人先是给他介绍了邻村的两个姑娘，赵依根嫌一个个子太低，另一个头发遮住半张脸，连抬头的勇气也没有，在最远只到过旺柳镇赶过几回集的赵依根看来是没见过世面的表现，媒人一度觉得赵依根眼高。

其实现实中除了不靠谱的青穗以外，赵依根确实看上了村里一个姑娘，名字叫燕子，对赵依根也有意思，燕子的父亲是个吹鼓手，婚丧嫁娶都离不开他。枣台一带的人最忌讳和三种人结合，一是腋下有狐臭的，再就是吹拉弹唱的吹鼓手，三是不着边际的死戏子，燕子属于第二类人的子女，但是相互有意的男女顾不得这么些臭婆娘的裹脚布了，他们要冲破这种世俗，就像葡萄和双喜、翠翠和赵连根那样，但赵依根不是赵连根，也不是敢和人玩命的双喜，他就是一个老实巴交的庄稼人，和燕子私底下用眼神交流过好感的赵依根以为自己这辈子可以和燕子同床共枕，可是没等媒人拉纤，茅缸第一个站出来反对。

茅缸的煞有介事让赵依根哭笑不得，赵依根心想你有什么资格反对我的亲事，尿泡尿照照自己的样子吧，不过这话他说不出口，但他能隐隐感觉到母亲可能会坏了自己的好事，所以总是用挑衅和鄙夷的眼光窥视着茅缸。茅缸能看出赵依根的心思，又发狠话说："你不嫌吹鼓手脏，吹鼓手的孩子能好到哪里去，吹得涎水直流，看那鼓起的腮帮子，你不膈应吗？"

赵依根没觉得吹鼓手有什么膈应的，更不觉得吹鼓手的孩子有什么膈应的，那都是娘老子牵绊子女亲事的借口。燕子是很自尊的姑娘，她看上了赵依根，在她看来整个枣台没有哪个后生能像赵依根这样本分，念过书，起码会写自己的名字，身体壮实，有苦水，嫁这样的男人不会委屈了自己，但是看见赵依根逐渐逃避自己眼神的时候，燕子伤心了，决定叫媒人约见赵依根。媒人把话传给赵依根，赵依根却闪人了，说好是在村外那片小树林里见面，燕子独自一人等了大半天也没见着赵依根的影子，其实赵依根是矛盾的，原因是以自己的软弱肯定拗不过茅缸，茅缸不同意就无法拿出彩礼给燕子家。

茅缸是家里的掌柜，但赵依根是绝对不会放弃燕子的，赵依根在土地爷面前发过誓要娶燕子当老婆，可是当燕子约见自己的时候他感到手足无措了，要是见了就得答应，答应后母亲这里肯定通不过。优柔寡断的赵依根最终还是爽约了，但这并不代表他拒绝了燕子，并不代表顺从了母亲，他要斗争，因为他是内敛的人，他要考虑一个万全之策。赵依根在制订长远计划，害得燕子一人独自等到天黑也没见着他的影子。

燕子被前来寻她的吹鼓手老子和哥哥兴旺痛打了一场，燕子的哥哥兴旺是个木匠，村里多数人家的门窗家具都出自他的一双巧手。兴旺还没结婚，不过他不愁结婚，他还是村里少有的共产党员之一，就凭这觉悟，挑拣着找对象。被痛打的燕子得到了这样的忠告：“永远不和婊子门里的人攀亲！”

燕子一气之下毅然嫁给了和自己哥哥一起学手艺的一个木匠。燕子心疼到极点，虽然心里想的还是赵依根，但她没有给赵依根留一点余地，木匠那边来了高头大马，燕子娇美的身体坐上去，赵依根躲在后山走马梁上看见了，他想喊燕子，但是终究没有喊出来。燕子骑上高头大马一直消失在另一座山的下面，看不见了，这让赵依根想起小时候在山上割猪草的事情，那时候赵继根为了寻找太阳的归宿竟然调动了好多伙伴的好奇心，大家翻过一座山后才发现太阳向另一座山落下去了，长大后的赵依根才明白燕子就像落山的太阳一样，他这辈子是寻不见了。

赵依根沉默了，消沉了，没人敢和他说话，他就是枣台的瘟神，人见人躲，世上最是能说话而不说话的人可怕。起初赵依根等待着燕子回门，但是燕子没有回门，不知道为什么会这样，后来听说太远，回门就取消了，赵依根听到这个消息冷笑了半天，导致茅缸和赵根细也是大眼瞪小眼，不敢和他说话。

茅缸要赵青梅劝说一下，被转正冲昏头脑的赵青梅已经不食人间烟火，她没有搭理茅缸，而是把茅缸独自一人丢在办公室里去上音乐课了，气得茅缸出来骂道："二姑子，看把你神气的，等转正了还不知道怎么样，肚脐翘到天上去了！"赵青梅只当没听见，她在隔壁的教室里带领学生们唱歌："也许我告别，将不再回来，预备……唱！"

用村里人的话说，茅缸生下的五个子女中没有一个能让人看得过去，赵根细做出来的两个女儿葡萄和赵青梅就不要说了，何广福做下的三个儿子也没一个像样的，老大赵连根不认赵根细，出走了，还拐跑了邻村的翠翠；老二赵依根表面上规规矩矩，但死灰灰也是冒烟的，死灰灰这样性格的人才可怕，就像会叫的狗不咬人，不会叫的狗真咬人一样；老三赵继根学得好，古灵精怪，要好绝对是棵苗子，要不好绝对是个祸害，因为他太聪明了，只有聪明人往往走了两个极端，不过茅缸这样的人注定是这样的命，老了，不值钱了，不新鲜了，赶上何广福在的时候，你看茅缸那二五样，和王医生马虎那些年也是，今非昔比了，村里人闲暇时候都这样感叹。

腊八这天夜里，一家人吃罢饭，其实是三个人吃饭，赵青梅还在学校独自起灶，茅缸响亮地打了几个嗝，开始收拾碗筷，赵依根起身往青穗家走，年底王石匠揣满腰包回来了，王石匠也好赌，不过输赢不大，完全是喜欢的那类型。王石匠一回来，赵依根就有理由去青穗家了，每次赵依根都会在别人不注意的时候热辣辣地看一眼青穗的胸脯，想象着里面的粉团，没人会注意赵依根的行为，只有青穗心领神会，但青穗在赵依根这里是矜持的，她知道赵依根是好奇女人的身体，不能让他陷进来拔不出去。

青穗虽然不算正派女人，但她和茅缸好，村里人隔辈分的女人间一般不开玩笑，但青穗和茅缸不忌讳，开起来恨不得一个捏另一个的屁股才过瘾，碍于这些原因，青穗不想让茅缸的儿子赵依根陷进来，现在是好奇，早晚赵依根会成熟的，成熟后就不会再幻想自己了。赵依根的处子之身不能在自己这块土地上浪费了，赵依根知道没有机会，只是不来青穗家心里能憋出芽子。

腊月初十这天后半夜，和茅缸同睡一屋被村里人叫秀才和化学脑子的赵继根还在油灯下看古书，学校里不允许，放假回来两天，可以放开来看了。茅缸翻身骂了一句："有什么好看的，也不怕把眼睛看瞎！"赵继根心满意足地溜进自己的被窝，炕头暖烘烘的，趴了大半夜看书身体实在吃不消，睡下后还在回味着古书里的情节，自己忍不住嘿嘿笑出声来，惹得茅缸又一句骂："都成书呆子了还看，能看得转正了？"

同样的后半夜里，赵依根和赵继根两兄弟带着不同的满足睡觉了，赵依根的满足是伴着对青穗的幻想，他永远也不能明白弟弟赵继根的那种愉悦来自什么地方，甚至在赵依根眼里赵继根几乎就是个傻瓜。熟睡的枣台在临近过年时死沉沉的，后半夜了，连狗都睡熟了，就等鸡叫头遍了，冬日里熟睡的庄稼人大都还在搂着自己的老婆取暖呢，这是最奇妙的时候。

不过今天在鸡叫二遍之前村庄隐隐传出了狗叫，好像是从何广福家那边传来的，俗话说狗仗人势，没有人狗也仗狗势，一个一叫一群都叫，传染似的，狗一叫鸡也跟着瞎起哄，一时间村庄就醒来了。何大壮起夜，蹲在茅房里拉屎，拉完出来顺便给牲口上草料，发现那头和他一样壮的公牛不见了，何大壮一惊没了困意，看样子不是挣断缰绳跑的，牛不是猪，随意不会跑的，母猪怀春的时候往往用嘴掀开盖板跑出去卖弄风骚，牛绝对没这个毛病，庄稼人都知道这个道理，应该是牵出去的，再看时大门虚掩着。何大壮脑子一热，冷也顾不上，跑出自家的院子大叫："来贼娃子了，快逮贼娃子啊！"何大壮的声音比狗叫还要高，牛就是庄稼人的命根子，没有牛等于没了收成，谁家的牛壮实就证明谁家的光景日月过得好，这几乎是一个事实。

一听何大壮的求救声，男人们都起来了，他们提着马灯出来了，大家一嘀咕，知道应该往哪个方向追，大致看清了牛脚印，不是一个人，几个人的脚印混杂在一起，寻了一会儿就看不见了。天明的时候村里人自发组织的寻牛队伍到了旺柳镇的公路上，眼尖的人看见路边停靠着一辆大卡车，远远地看见牛被人牵上了车厢，牛撅着屁股不上去，几个人就往上推。大家一起追来，偷牛贼分明意识到了，慌乱地往驾驶室里挤，一个眼尖的不由得叫道：“那不是赵连根吗？”为了让人相信自己的话，连问了几次，大家其实都看清楚了，急得何大壮叫道：“赵连根，我是你大哥何大壮啊，我们可是亲兄弟啊，我认你这个亲兄弟了，你回来姓何吧……”何大壮这样呼叫的时候大卡车一溜烟跑远了，急得何大壮蹲在地上捶胸捣背，大家一起劝说，起码知道牛被谁偷走了，但是知道了又有什么用，何大壮有些绝望地哭起来。

自从何广福死后，风水就转走了，只知道受苦的何大壮没有继承他老子何广福的本事，他只能做一个本分的庄稼人，庄稼人丢了牛等于丢了命，回来的路上何大壮有些疯疯癫癫的，他对村里人说：“看来赵连根这小子真聪明，知道偷我家的牛不会有事，因为我们是亲兄弟啊！”回来后的何大壮首先在赵根细家里排揎了一阵，还顺手拿起一只碗摔在地上，从赵根细家出来后何大壮又来到了学校。赵青梅正在上课，见何大壮进来，她已经知道了发生的事情，脸上露出了怯色，但还是和何大壮点点头，何大壮大大咧咧地站在教室门口对讲台上的赵青梅说：“论关系，我和赵连根是亲兄弟，你和赵连根也算是亲姐弟，可是咱俩没什么关系，你姐姐赵葡萄我睡过，她左奶头子上有一颗黑痣，不注意看不见，是她坐在我身上屁股一抬一抬的时候我看见的，不信你自己去看，今天我把话撂这里，要是赵连根那狗杂种不把牛给我送回来，你就像赵葡萄那样在我身上坐一百回我就不要牛了，我何大壮也是男人，是男人就说话算话！”

何大壮说完直奔旺柳镇，他要到镇上告状，谁知镇上的干部和他要证据，何大壮一听绝望了，情急之下就和干部动手了，夜里在一间黑灯瞎火的办公室里被打得鼻青脸肿，打完就把他放了。何大壮几十里山路上摸着回来的，何大壮的号叫让入夜的枣台以为何大壮的婆姨死了，等村里人弄明白事情以后，何大壮已经站在小学校的大门外了。赵青梅已经进入了梦乡，她总是晚上九点准时上床睡觉，听见何大壮的叫声赵青梅慌乱不已，她知道何大壮这时候来是什么意图，赵青梅想呼叫，但是叫不出来，村里人都来看热闹。茅缸也来了，但赵根细没来，他没有因为这事打乱他的作息时间，他压根儿觉得这事和自己没有什么关系。茅缸见赵根细不和她一起去给赵青梅解围，走出院子又折回来骂道：“别的不说，现在是赵青梅遇到了麻烦，赵青梅不是你做下的吗？”

换了别人给赵青梅制造麻烦，赵根细一定会来的，可这人是何大壮，在赵根细看来这是他们内部的事情，只有自己是外人，所以赵根细不理不睬的，气得茅缸一边跑一边骂道：“死灰灰也学会气人了，死灰灰气人比厉害人气人更厉害。”何大壮要翻墙进来和赵青梅睡觉，急得茅缸拉住何大壮说：“好歹冤有头债有主，这事和赵青梅有什么关系，婶子和你说，今天婶子给你保证，要是我那大和尚赵连根不把你家的牛还回来，我就是卖了自己也会还你一头一模一样的牛，婶子一个女人家，也是说话算话的……”

不等茅缸说完，何大壮的婆姨就骂道：“你那老卖货能值几个臭钱，拿什么还我们家那头牛！”茅缸在众人面前也不顾面子不面子的问题了，想骂死去的何广福也张不开嘴，何广福瘦弱的老婆也来劲了，当年何广福青天白日爬上茅缸的炕头她也没敢对茅缸怎么样，这一回得理不饶人了，两手攥住围裙，一头朝茅缸的肚子上撞过来。茅缸没有动，倒是把她自己给闪倒在地，何广福瘦弱的老婆委屈地哭开了，这委屈估计也有二十几年了，她的哭泣和她的身体一样虚弱。

村里人不好再围观，都出面解劝，王医生躺在炕上不起来，夜里他嫌冷，茅缸让赵依根去叫，不见赵依根的影子，茅缸叫道：“都死得变驴了，一个都靠不上，这都是报应啊！”又叫赵继根，赵继根在人群中，不知道怎样才好，其实化学脑子赵继根在这个家里靠不上，都知道他爱看书，不过关键时候茅缸还是想起了他，茅缸要赵继根去叫王医生出面解围。

这时候茅缸四面受敌，真觉得连一个都靠不上，王医生也不会站在她这一面的。赵继根奉命来叫王医生的时候王医生早做了准备，头上捂着湿毛巾，说话连点力气也没有，急得赵继根说要是支书不去，怕出人命。王医生鼻子里哼了一声说：“能出什么狗屁人命，都是有力气没处使，死不了人，亏你和我一样是化学脑子，自己想办法，我一去就等于经公了，一经公何家的人越威风了，这样，让你妈只说软话，不要还手，他们也闹不到哪里去！”

等赵继根气喘吁吁跑来，茅缸已经被何大壮一家老小压在地上了。趴在茅缸身上的人是何大壮，趴在何大壮身上的人是何大壮的婆姨，趴在何大壮婆姨身上的人是何广福的老婆。几个人压得茅缸上不来气，不过谁也没有动手，何大壮后背两个女人虽然瘦弱，但也帮助何大壮尽量把身体压在茅缸肥美的土地上。何大壮的下面立马硬起来了，一直晃动到茅缸大腿上，他不安分了，脑子里没有了丢牛的事情。背上两个瘦弱的女人被力大无穷的何大壮甩来甩去，但她们依然顺着何大壮的身体顽固地趴在他身上。赵继根和赵青梅拉不开，茅缸更是嗷嗷叫，后来茅缸明白了何大壮的用意，两手抓住他的肩膀配合他，等何大壮下面突然扑哧一下松懈后，像当年何广福一样四平八稳地趴在茅缸肥美的土地上了。

泄了火力的何大壮一点力气也没有了，茅缸心里也痒痒的。虽然表面上是一场厮杀，但等于茅缸和何大壮意外地干了一回，瘫软的何大壮大骂自己的母亲和婆姨，两个瘦弱的女人以为何大壮累了，都起来了。何大壮不好一人再趴在茅缸身上，茅缸知道今天的战斗结束了，裤裆里湿湿的，一直顺着大腿往下流，站起来的何大壮不像刚才那样理直气壮了，指着坐起来的茅缸，指着但是不知道说什么才好，后来丢下一句众人莫名其妙的话：“你等着，完了再收拾你！”

折腾大半夜的事情结束了，茅缸有些疲惫，心里仍旧痒痒的，回到家里茅缸让赵继根去和赵根细睡，赵继根以为茅缸累了，心情不好，就和赵根细睡了。茅缸站在外面骂道：“老和尚二和尚还能睡得着，老娘差点被人给害死，唉，都是靠不上的种！”

骂完后茅缸使劲唾了几口就回去了，一上炕就脱光衣服钻进热烫烫的被窝。茅缸不知道这是好事还是坏事，赵连根偷牛的事情何家人绝对不会善罢甘休，可恶的何大壮无意间让茅缸感到了痒痒，不过茅缸想到公牛在自己身上那种感觉的时候，她出声了，茅缸的声音像在乞求别人放过自己那样，在隔壁和杂物间的父子三个以为茅缸被压疼身体发出了呻吟。

发出呻吟是好的，起码知道疼，知道疼就说明没事，这是化学脑子的赵继根从同为化学脑子的王医生那里听来的，所以就放心地睡去了。

茅缸一早醒来倒尿盆，见何大壮站在自家院外，一见茅缸出来，何大壮想躲没来得及，茅缸故意咳嗽了两声，何大壮站住了，问茅缸：“婶子昨晚没事吧？”问这话的时候何大壮有些难为情，茅缸心领神会，四顾无人对何大壮说：“事大了，能没事，回来难受了一夜，翻来覆去睡不着。”

何大壮看出茅缸的意思了，左顾右盼了一回，有些笨拙地在茅缸屁股上捏了一把就走，做贼似的。茅缸想笑但没笑出来，知道何大壮欲罢不能了，茅缸就对着匆匆离开的何大壮叫道：“怎么说你们也是亲兄热弟的，事情归事情，情谊不能丢。”

有两天何大壮没再来闹事，村里人觉得奇怪，一头牛啊，就这么了事了，不过反过来想，村里人以为何家人想明白了，终究何大壮和赵连根是亲兄弟，折腾能怎么样，只要他赵连根不死，早晚要给何家人一个说法，说起来都一庄一院的，何况还隔着这样一层关系。谁知村里人的猜测都错了，何大壮矛盾着，不知道怎么办才好，男人被情欲冲昏了头脑，自己不在家里提丢牛的事情了，两天里何大壮家的两个女人没有忘记这事，成天在他耳边嘀嘀咕咕，何大壮说自己在想办法，光凭着急蛮干是不行的，想了两天都没想出办法，两个女人不让了，背着何大壮来到赵根细家，她们每人手里拿着一根牵牛绳，一先一后进了院子。

赵根细不在家，茅缸正在做饭，赵依根去青穗家里看赌博，只有赵继根在屋子里看书。何家的两个女人有些理直气壮地站在院子当中，最先是赵继根看见的，他将书一丢，出来双手叉在腰间把住门，俨然一夫当关万夫莫开的气势。何家的两个女人朝着赵继根喊道："滚一边去，书呆子！"

书呆子赵继根没有被她们吓倒，反倒气势汹汹地往前跨了一步，回头看看屋里做饭的茅缸，茅缸知道她们来者不善，只好解掉围裙笑着迎出来。何家两个女人一见茅缸，真是仇人相见分外眼红，恨不得压住茅缸痛打一顿。茅缸说："嫂子你和媳妇都来了，快屋里坐。"两个女人几乎同时说："谁进你那屋子，还怕脏了我们的鞋。"

茅缸无话可说，只好尴尬地站在原地，赵继根跑出去找赵根细和赵依根，自己一人应付不了这么大的事情，茅缸感到无助，心里直骂赵连根，但是骂有什么用，她知道这事必须找一个解决的办法，毕竟丢牛不是小事情，问题的严重性茅缸心里很清楚。看着何家两个女人眼里冒火，茅缸也有几分胆怯，毕竟过错是自己的，虽然村里人都知道赵连根是何广福的后人，但毕竟无名无分的，何家人怎么会认这事，见了赵连根估计会把他活剥了皮才解气。

茅缸后退一步，何家的两个女人就向前一步，就那么对峙着，虽然何家人多了一个，但在高大肥壮的茅缸面前她们还是不敢贸然前行。何广福的老婆给儿媳妇使了个眼色，何大壮的婆姨就清清嗓子叫道："三光老赵真丢人，赔了夫人又折兵，茅缸敞开人人上，葡萄剥开人人舔，青梅酸疼男人心，只认公家不认亲……"后几句是新加的，茅缸听完前几句以为没事了，没想到又来了新句，这样的编排让茅缸输了胆子，饭在锅里闻见了煳味，一直飘进两个瘦弱女人的鼻子里。

何大壮的婆姨连续骂了几遍，有点口干舌燥，又示意自己的婆婆，何广福的老婆接住儿媳妇的口气又骂上了，听得茅缸毛骨悚然，因为两个女人骂人没有一点表情，一边骂一边往门口走，就是不敢近前。茅缸扶住门框看着大门口望眼欲穿，就是不见家里的男人们回来。

何家的两个女人见骂得差不多了，一起冲上来往门窗的梁上挽绳子，她们要上吊，要给赵根细家挂肉门帘，分明是要以死相逼了。茅缸慌了，拉一个不行，拉两个顾不来，急得放声喊叫，喊叫声惊动了村里人，大家见要出人命，都不敢再看热闹，七手八脚把何家的两个女人拉开了，何家的两个女人俨然一副不死不罢休的架势，等何大壮跑来，老赵家的几个男人一个也没回来，赵继根没能耐叫回来任何一个，赵依根在看赌博，对前来的赵继根说："自家人牵走自家的牛，能算偷吗，不过是两个女人不懂事在那里唱戏罢了。"

赵继根无法，只好去叫赵根细，赵根细正在满世界拾粪，对他的央求充耳不闻，赵根细虽然表面上不在乎自己被戴了绿帽子，但当茅缸因为赵连根偷牛的事被何家人攻击的时候，赵根细表现出了绝对的麻木不仁，就让他们去闹吧，是茅缸的报应来了，想起这些赵根细对茅缸没有一点同情心，活该，谁让你不守妇道了。

化学脑子赵继根面对家里这样两个男人，感到了空前的绝望，他跑回来的时候，院子里正在上演与学校那次同样的一场戏，原本何大壮想把自己家的两个女人劝回去，但是两个女人铁了心要和茅缸闹。一过完年开春没有牛怎么办，到时候不得把嘴挂起来吗，何大壮拗不过两个女人，她们把何大壮往茅缸身上推。何大壮已经没有了刚丢牛那几天的勇气，他不敢真的在茅缸身上使劲，但是身后两个女人的叫骂声惊天动地，不得已何大壮还是把茅缸压在地上，茅缸这一次很顺从地躺下了，给人的错觉是茅缸就范了，不敢抗争了，其实是茅缸精明，知道不这样何家的两个女人不会善罢甘休。

茅缸躺下后何大壮就压在了茅缸身上，和前一次一样，何大壮还是没有控制住自己，立马起来了，很快很快，但是何大壮没有像上次那样大呼小叫，只是身体在动，顶得茅缸痒痒的，想让他进去，以他这样的状态，应该一下子就进去了。茅缸发出了压抑的呻吟，何大壮无声地趴在茅缸身上大动，背上的两个女人管不住自己的嘴巴。没能让茅缸上去，作为男人何大壮感到了无奈，背上的两个女人还在谩骂，何大壮发火了，骂道："都给我滚下来！"两个女人被何大壮骂得大眼瞪小眼，不过还是下来了，显得很不尽兴，何大壮看了看周围看热闹的人群说："都滚回去，有什么好看的！"

何大壮一人急火火往家走去，夜里何大壮和自己火柴棍儿一样的婆姨睡觉了，第一次把他的婆姨折腾得透不过气来。何大壮的婆姨过门后估计这晚才真正做了一回女人。何广福死后，何大壮的两个姐姐都远嫁到外面，很少回娘家，得来的彩礼给何大壮娶了现在的老婆，不过和奶大屁股圆的葡萄比起来简直扫何大壮的兴，所以过门几年来何大壮的心思都不在老婆身上。没能进到茅缸肥美的身体里的何大壮心里幻想着刚才趴在茅缸身上的感觉，把壮实的身体压在了自己瘦弱的老婆身上，让他老婆第一次明白做女人原来可以这样惊心动魄，完事后何大壮沉闷地叹了几口气，像一头公牛一样打起了呼噜。

赵连根在家人眼里和枣台人眼里等于是石沉大海了，既然回来偷牛，就说明他在外面绝对过得不好，试想，赵连根没有手艺，出去能干什么，只有偷盗最便捷。翠翠家人哭着来枣台跑了几回，知道没辙，气得直骂翠翠眼瞎了，和什么人不好，偏偏干这样的丢人事，哪天赵连根坐牢了，翠翠怎么办。茅缸四面受敌，一点办法也没有，何大壮家的两个女人没有一天消停的，何大壮急得没法，只好又来找茅缸想办法解决。

茅缸说要是一时找不到赵连根，就用自己家的牛，一句话提醒了何大壮，不过茅缸家的牛就像赵根细一样瘦弱，还有病，所以何家的两个女人压根儿就没想过把她家的那头病牛拉去，赵根细家也没有什么像样的值钱东西可以抵那头牛的价钱。一直僵持到过年，何大壮家的两个女人又来了，看来这年过不成了，锅里炖着猪肉，何家的两个女人一进院子就一起吐痰，嘴里骂道："还有心情吃猪肉，一家子贱货，还不把我家的牛还回来，要能让你们过好年，我们吃你们屙下的！"

一见何家的女人前来闹事，赵根细家的三个男人都灰溜溜地站起来躲出去了，对何家的女人来说这样更好，她们树敌从来都和这三个男人没有关系，矛头直指茅缸一人。茅缸有些气急败坏地拿着勺子冲到门口说："你们还有完没完了，回去问你家的男人，看他怎么说，我不和你们这些头发长见识短的女人理论了，叫他来和我说，他说要怎样我都答应，哪怕我去城里当婊子挣钱也会把你家的牛还上的。"茅缸的身体能把她们两个都装进去，两个女人面面相觑，处在进退两难的境地，有理的变成了无理的，打不过茅缸不敢和她打，但是骂人她们是高手，婆媳俩对视一下，异口同声喊叫道："三光老赵真丢人，赔了夫人又折兵，茅缸敞开人人上，葡萄剥开人人舔，青梅酸疼男人心，只认公家不认亲……"

这话一直传到学校赵青梅的耳朵里，赵青梅过年也不回来吃饭，一心想着转正的赵青梅听见村里人对自己的编排，眼泪一下子涌出来，放寒假的时候她想去旺柳镇赶集，试图见一见贾专干，但是事情刚过去，不能不回避，她知道贾专干也是无奈的，何时能转正，当了两年老师的赵青梅第一次感到了气馁，不过既然选择了这条不归路，只能是背水一战愿赌服输了。赵根细教了三十年书没有转正，是因为他把接力棒交给赵青梅以后才有了转正的政策，赵根细没赶上趟，所以他注定不能进公家的门，赵青梅相信等过了这股风头贾专干会给她想办法的。

想到这里赵青梅感到了温馨，她想贾专干了，想起每次在城里招待所贾专干带给自己的感觉，赵青梅的奶头一下子硬起来了，这让她不由得趴在床上抱紧了枕头，她抱住枕头在单人床上不停地翻滚，感觉自己怀里抱着的不是枕头，是贾专干抱着自己的身体。贾专干火烫的身体在她的体内燃烧起来，一瞬间烈焰把过年夜里的赵青梅的身体点燃了，被贾专干开垦过的土地熟透了，熟透了就不能中断他的耕耘，没有耕耘的土地火烧火燎的难以冷却下来，她心里召唤着旺柳镇的贾专干，来吧来吧，心里只有你这个唯一，意乱情迷的赵青梅发出绝望的叹息声。

大年夜里村里人听得最开心的就是何家两个女人嘴里的顺口溜，像孩子们背诵课文一样一直延续到学校大门口："三光老赵真丢人，赔了夫人又折兵，茅缸敞开人人上，葡萄剥开人人舔，青梅酸疼男人心，只认公家不认亲……"委屈和耻辱包围了赵青梅，她想冲出去和她们理论，但是没有那样的勇气，毕竟人家的编排也不是无中生有，就装没听见，她把头在床沿上使劲磕，骂声消失后赵青梅打开了房门，她看见院子里丢进来好几只破鞋。

大年夜里的何大壮等待两个出去征讨的女人回来，没好气地一人睡下了，两个女人一起骂何大壮立不起来，没有男子汉的血性，何广福的老婆捶着胸口说："老家禽早早爬起来死了，丢下个没骨气的顶不上事，人家都骑到脖子上了连个屁也不敢放，一天就知道停尸丧。"何大壮在被窝里用手指堵住了自己的耳朵，何广福的老婆骂完没力气了，又叫儿媳妇骂，儿媳妇学着婆婆的腔调又骂了一回。何大壮忍受不了，出去到村里要好的人家躲去了，急得两个女人追出来骂，何大壮头也不回跑出院子，两个女人像哭丧一样在院子里相互搀扶着，一直到村里人吃罢晚饭以后才累得住了声。

何大壮没有理由和茅缸理论了，急猴子何大壮第二次在茅缸身上泄火后不满足这样的方式了，在自己火柴棒儿似的婆姨身上使了一回劲就没再上心，那是茅缸的替身，但替身毕竟不是本人，怎么能和茅缸比。大过年前一两天，何大壮鼓足勇气来找茅缸，茅缸知道何大壮的心思。茅缸也想，被权力冷落的茅缸在何大壮身上看到了希望，这希望还是因为赵连根偷牛引来的，何大壮径自来到茅缸家门口示意茅缸出来，茅缸出来了，何大壮向她呶呶嘴，就往村头打谷场旁自家的洋芋窖走去。茅缸会意，跟在他后头，一转过小树林，何大壮四顾无人就跑过来把茅缸抗在肩膀上。

茅缸肥壮，但何大壮的力气更大，趴在何大壮肩膀上的茅缸感到了何大壮的火力，何大壮扛着茅缸也没喘大气，几乎一脚踏开了洋芋窖上的木栅门。洋芋窖很大，里面铺着一条黑羊毛毡，是用来堵栅门防冻的。看来何大壮事先早有准备，何大壮把茅缸肥壮的身体丢在羊毛毡上，太阳照进来，茅缸的脸映得红彤彤的，茅缸感到了何大壮的鼻息，像被惹怒的公牛一样气势汹汹的要用尖角顶人。茅缸自己把棉裤褪到膝盖上，何大壮把脱下的裤子扔到一边又把茅缸的棉裤也扒了，扔掉茅缸棉裤的时候何大壮出声了：“不脱掉能把人累死！”

何大壮像前两次趴在茅缸身上一样立马硬起来了，抵在茅缸下面感到了水黏糊糊地包围了他。茅缸见何大壮闪起来了，知道快了，突然问：“牛的事怎么办？”何大壮浑浑噩噩地问什么牛的事，茅缸呻吟着重复了一句，何大壮要上去了，但他听明白了，什么也不知道了，听着自己在茅缸肥美的土地上撞击出噼里啪啦的声音时，何大壮有了成就感，这种成就感冲昏了他的脑袋，他用自己的肚皮拍打着茅缸的肚皮，有些埋怨地说道：“什么牛不牛，都是些球事，不管它了！”

第四章

正月天，枣台的女子们都回来给娘家父母拜年了。燕子回来了，因为远，都省了回门，但第一年必须来拜年，不能再说远近的事情了。葡萄回来了，和沈国庆像当年和双喜那样回来了，村里人看谁家的女儿回来拿的礼物重，这是一个话题，因为礼物的轻重，嫁出去的女儿们在他们嘴上有了高低和比较。

葡萄向来大方，在娘家人身上舍得，不光舍得，赵继根在旺柳镇就经常在她家吃饭，赵继根不喜欢劳动也嘴馋，葡萄的大方又让她在正月最悠闲的时候重新成了人们茶余饭后的谈论对象，要是人人都不在乎自己的脸面，或许都能像葡萄一样活得自在。看人家燕子，多规矩，多不显摆，可惜燕子嫁给了远处人家，俗话说肥水不流外人田，燕子流到外人的田间地头去了。

村里人感到遗憾，但转念一想，她毕竟是吹鼓手家的孩子，看来老天爷不能让你一人事事如愿的，人都有软肋，说着说着又说到了青穗身上，其实青穗和茅缸是一类人，倒是青穗的妹妹粉莲的到来让村里的后生们沸腾了，不去青穗家看赌博的后生也去了，他们是去看粉莲，穿喇叭裤的粉莲就像一朵香飘十里的鲜花一样招引来了枣台的后生们。

青穗是过来人，见情形不妙，想让粉莲住几天就回去，谁知粉莲也是爱热闹的姑娘，一住就不走了。青穗私底下问粉莲："咱姐妹总不能都嫁给枣台的男人当老婆吧？"不想粉莲听后一点也不以为然，说都嫁枣台有什么不好，又不是一女二嫁了。青穗一听粉莲的口气就知道粉莲在枣台有相好了，只不知道是哪个，看上粉莲的人多了去了，粉莲看上的人却只有一个，这个人就是吹鼓手家的儿子兴旺，其实按理说兴旺比燕子年龄大，哥哥不结婚妹妹不能先出嫁，但是碍于燕子和赵依根的事情，只能特事特办了。

燕子先于哥哥出嫁没有给吹鼓手家带来什么坏影响，虽然兴旺是哥哥还没结婚，其实不是兴旺不结婚，也不是兴旺长得不好看，兴旺属于美男子里的数，身材魁梧，面目俊朗，秀才学木匠一拨就转，只是一来吹鼓手自身的名誉多少使兴旺的婚事受到些影响，二来兴旺眼高，一般姑娘他看不上，不过和粉莲可谓一见钟情。那天粉莲一人风尘仆仆来到枣台，兴旺也是刚从外面干活回来，粉莲问路，兴旺说你随我来，就这样粉莲被兴旺送到青穗家，换了别人穿喇叭裤，兴旺可能会觉得不自重，但看见粉莲穿喇叭裤，兴旺竟有些心花怒放。粉莲那身材真是美极了，村里姑娘媳妇穿裤子都很宽大，屁股根本看不出什么效果，粉莲的屁股一扭一扭的，看得真真切切，兴旺像被什么戳了一下浑身一激灵，他没有和粉莲一起进青穗家的院子，因为兴旺从来不参与赌博，再则要是把粉莲送进青穗院子，兴旺怕人说他的闲话。

粉莲不走也是冲兴旺，心仪粉莲的人多了，就有人来说媒了，青穗笑说自己做不了主，粉莲不管什么人来说媒都不动心，只装看赌博，大大咧咧的，让人感觉很容易接近又十里十里的沾不上边。赵依根也蠢蠢欲动，燕子一出嫁，赵依根茫然了些日子，虽然想过青穗，但毕竟粉莲是未出阁的大姑娘，赵依根为了让茅缸托人给自己去说媒，主动和家里人接近，像只小狗一样嗅在茅缸跟前。

茅缸也觉得赵依根该成家了，赵依根不喜欢在外面瞎跑，务庄稼确实是一把好手，看见村里人娶媳妇，赵依根总是显得很失落，从来不去参加闹洞房之类的活动。让谁去做媒合适，茅缸想到了王医生，不过王医生是不会帮自己这个忙的，想到了王蛮喜，就去和他说了，王蛮喜在村里的威信仅次于他那当支书的老子王医生，只不过他长年在外，一般人不好接近他。茅缸买好了烟酒让王蛮喜带上，王蛮喜来到青穗家，见他老子王医生正坐在青穗家的炕上咳嗽。青穗端茶递水，王石匠在给王医生敬烟，王医生虽然咳嗽连天，但还是烟不离嘴。王蛮喜见王医生在，不好进门，是王医生开口问他有什么事，王蛮喜支支吾吾，王医生就对王石匠说："蛮喜在外面比我有能耐，名声也比我大，就是我教了他一点本事，在我面前老是唯唯诺诺的。”

王蛮喜一听更不好意思了，不过还是进来了，犹豫了一下，就说是茅缸婶子托他来给赵依根说媒的，不等王石匠和青穗说话，王医生就哈哈大笑着对王蛮喜说：“你这狗崽子迟了一步，人家粉莲已经是兴旺的婆姨了。”王蛮喜一听，吃惊地看着王石匠，王石匠谦卑地对王蛮喜说：“阿叔已经当媒人把小姨子说给兴旺了。”

王蛮喜只好知趣地出了王石匠家，把事情给茅缸说了，茅缸唉了一声说那就算了，婚姻自有天定，赵依根已经知道了，恨不得拿刀抹了自己的脖子，一气跑上山头放开嗓子干号到眼冒金星，又去村头一脚踢翻那只被王医生称为镇村之宝的石狮子，这石狮子有几十年历史了，在枣台不可侵犯的地位根深蒂固，踢翻石狮子的赵依根先是狠劲地唾了几口，解开裤带爽快地给石狮子洗了一澡，一泡尿浇在石狮子身上之后赵依根还不解气，猛喝了一气水，攒足尿又跑到王医生家固定打水的井旁，解开裤带一边尿一边骂道：“都狗日的，看上你妹子你们不同意，看上粉莲又被你抢了先，狗日的，你阴阳怪气的也不是什么好人，老子让你们饭里吃出老子的尿骚味！”

做完这两件事赵依根心里稍稍舒坦了些，夜里睁大眼睛想着粉莲握住自己的铁犁铧，心里把兴旺骂了好多遍，但这事也怪不上兴旺啊，或许就是命运吧，赵依根一时间感到空洞洞的，身体里面没有东西了，想出也出不来，仿佛一下子跌到了万丈深渊。赵依根的反常让茅缸感到自己的儿子就剩下一个只爱看书不爱劳动的赵继根了。

没几天葡萄走了，燕子也走了，嫁出去的姑娘泼出去的水，她们自然要回去。姑娘们一离开，村里顿时寂静了，不过几天后又热闹了，正月十五这一天兴旺要娶新娘子，新娘子就是粉莲。谁能想到吹鼓手的命运这么好，青穗和娘家人私底下都说一个嫁给了石匠，一个嫁给了木匠，都是匠人，好是好，有这么好的手艺比种庄稼强，只是听起来都是匠人，粉莲说："怕什么，又不是书匠，再说吹鼓手也不是那有狐臭的，身上一股花椒味。"

粉莲嫁给兴旺后两人好得难解难分，村里人一时间都在议论粉莲炕上的本事，这话自然也传到了赵依根的耳朵里，赵依根听见这话真想一头在墙上撞死。自此以后赵依根心里只有一个敌人，那就是兴旺，哑巴一样的赵依根彻底灰心了，看上兴旺的妹子燕子，燕子远嫁了，看上粉莲，粉莲却成了兴旺的婆姨，赵依根不懂得这是造化弄人，是赵继根给他说的，赵继根说这是造化弄人，赵依根听了骂一句"你少放臭屁"，再不理赵继根。行动畏首畏尾的赵依根决定像他老子赵根细一样被人遗忘，这是他有意识的表现，其实心里是一浪高过一浪的，暂时自己和自己对骂，把自己想成是兴旺，夜里一边握住自己的铁犁铧一边和兴旺骂架，就是没东西了，怎么弄也出不来，赵依根觉得自己被掏空了，是自己的手做的好事。

最想给赵依根说亲的人是茅缸，但是赵依根已经不再理会茅缸的好意了，和赵青梅一样，赵依根也想脱离这个家庭，但是他没有大哥赵连根的勇气，也没有二姐赵青梅的清高，更没有大姐赵葡萄的胆量，但是赵依根在一天下午吃罢饭还是对茅缸和赵根细说："我想分家过。"茅缸一惊说："我的娘啊，这个家怎么你们了，跑的跑散的散，别不识好歹，才多大就翅膀硬了，有你们哭的日子。"最后茅缸还是抹了把眼泪对赵依根说："你可不要后悔。"

赵依根搬出杂物间，一人抱着铺盖住进老光棍代三家。代三一人寂寞，见赵依根前来搭伙，很是开心。村里人都说赵依根可能看破世事了，要学代三打光棍。茅缸捶胸捣背，气得睡在炕上骂死去的何广福，又骂出走的赵连根，茅缸躺了两天，几乎茶饭不进，茅缸第一次感到自己老了，起不来，浑身疼，颈骨都要断裂了。学校已经开学，赵继根去旺柳镇的中学上学了，赵青梅也开学了，但是开学不开学都一样，这个家和她没有什么关系。

茅缸突然感到了空前的孤独，青穗做了好吃的给她端来，茅缸觉得这个村里只有青穗和自己是一心的，可惜粉莲没有和赵依根成为两口子，才导致赵依根这样消沉，要是附近有庙，估计赵依根会义无反顾削发出家的，想到这里茅缸便骂道："大小和尚，照庙的姑子，一个个都不算人，白养了你们。"

骂着骂着就岔了气，青穗又给揉背，茅缸唉声叹气了一上午，对青穗说："赵依根没那命，粉莲那么好的姑娘，跟了兴旺好，跟了我这二和尚过不了，再说也不是我这二和尚能驾驭了的主，算了算了，我就这样的命，和尚姑子的都绝情，我还操心有什么意思。”

九九又一九，犁牛遍地走。何大壮家里又乱了，别人家犁地，自家的牛还不见踪影，两个女人和何大壮装死人，何大壮没法，只好来找茅缸商量办法，茅缸起不来，躺着和何大壮说话，这一回何大壮不再那样和气了，情急之下的何大壮像他家两个女人那样对茅缸咄咄逼人。茅缸身体软软的，何大壮也不看她，只说怎么处理这件事，茅缸说：“上次洋芋窖里不是都说清楚了吗？”何大壮有些懊恼地说：“当时是同意了，过后就后悔了。”茅缸说：“怎么说赵连根也是你亲弟弟，不行再出去找找看能不能把他找回来，找见他人你和他理论。”何大壮说：“这么大的世面，找他不等于大海里捞针吗，我才不上你当！”

茅缸家的病牛犁地不行，何大壮也是铁了心不要那头牛，僵持不下，何大壮知道赵根细家没有什么值钱的东西，茅缸的身体他也看不上了，看不上的原因很简单，就是熟悉了。何大壮不再来骚扰茅缸，眼看着庄稼人把地都快犁完了，自己束手无策，何大壮要赵青梅像赵葡萄那样在自己身上坐一百回才肯善罢甘休。

何大壮的叫唤声让上课的孩子们感到毛骨悚然，赵青梅无奈，只好让孩子们散去，自己一人来应付可恶的何大壮，茅缸知道何大壮到学校找赵青梅惹事，蜡黄着脸来到了学校，站在大门外当着村里人的面吼道：“你今天要是敢动她一根汗毛，老娘让你血溅五步！”威严得让何大壮不敢造次。何大壮出来了，对着村里人说丢牛该不该赔，村里人都说冤有头债有主，要是茅缸解决不了，就去旺柳镇找公家，再说村里人都知道赵连根和何大壮是亲兄弟，何大壮不理会这些，就要赵青梅拿身体来偿还。何大壮的婆姨一听这话一头撞在了何大壮身上，何大壮不动，他的婆姨披头散发接连撞了几次就没力气了，坐在地上哭爹骂娘，何大壮说："不还牛可以，睡一次十块，睡回来为止。"

村里人粗略算了一下，睡回来估计要好几十回，怀上怎么办，毕竟何大壮不是贾专干，不会用避孕套。赵青梅脸上无光，关了门不理村里人，第二天赵青梅去了旺柳镇，她去找贾专干了，发生那事后第一次和贾专干单独面对面。赵青梅是找贾专干帮忙的，她要求贾专干利用手中的权力把自己调整到邻村失马科，这在贾专干来说是分内之事，时间长了都要调整，和贾专干关系不好的老师可能被调整到离家最远的村庄，这是贾专干的权力，也是本分，主动要调离本村的人还没见过，因为这样一来教学之余务农就不可能了。

但赵青梅不怕，她是一人吃饱全家不饿的光棍，赵青梅眯起眼睛头仰在贾专干肚皮上说："我们还是注意点影响比较好，我算不得什么，一个民办教师，你是公家人，给公家干也不容易，我不能毁了你的前程。"赵青梅的话让贾专干很纳闷，不过贾专干体会到了赵青梅的冷淡，不敢得寸进尺。

赵青梅当天就去了失马科，失马科的老师老孔来到了枣台。老孔是个瘸子，翻两座大山每天都骂骂咧咧，心里不舒服的时候就打学生，赵青梅到失马科获得了不错的待遇，办公室兼宿舍干干净净，她把贾专干的亲笔题词“梅花香自苦寒来”小心翼翼地挂在办公桌对面的墙壁上，时时提醒自己不能懈怠。

失马科是派饭吃，每天中午饭由学生家轮流派送，失马科人的热情让赵青梅感到了温暖，不过每天晚上瘸子老孔回来，满村子都听见他的吐痰声，老孔骂贾专干，骂赵青梅，骂枣台的学生。瘸子回来还要务庄稼，要不几个孩子喝西北风了，不骂人才怪，害得赵青梅不敢出校门。不几天赵青梅的名誉就臭了，不怪老孔老师散布，失马科的人对赵青梅老师一家的事情也是了解的，起码赵连根拐跑了翠翠，编排赵根细一家的顺口溜是老孔传来的。第二天一早赵青梅起来吹口哨，不见孩子们来上学，打开大门见学生都站在墙外，嘴里一齐开始朗诵：“三光老赵真丢人，赔了夫人又折兵，茅缸敞开人人上，葡萄剥开人人舔，青梅酸疼男人心，只认公家不认亲……”

赵青梅一下子傻眼了，她不知道自己是怎么跑回办公室的，学生们像有组织一样齐声朗诵，劲头十足一点也不亚于集体朗诵诗歌，赵青梅趴在桌子上哭了一上午，不得不起来上课，要转正就必须有成绩，忍辱负重的赵青梅开始上音乐课了，按照课程安排是这样的，没有办法临时改变，本来她无论如何也唱不出声，但是没办法，她要自己坚强起来，勇敢起来，她给低年级学生教的歌原本是《血染的风采》，但是没有教这首，临时改变了，教的是《小草》，赵青梅沙哑的声音清唱了一遍：“没有花香，没有树高，我是一棵无人知道的小草，从不寂寞，从不烦恼，你看我的伙伴遍及天涯海角……”

唱到最后赵青梅反倒释怀了，音乐这东西就是能感染人，唱完心里敞亮多了，虽然此后没有了先前的风平浪静和受人欢迎，不过风波还是平息了。看赵青梅也不是什么不可饶恕的人，所以村里人就把她原谅了，像什么事情也没有发生一样，顺口溜戛然而止，只有老孔老师的唾骂声不绝于耳，赵青梅习惯了老孔老师的叫骂，心里也觉得歉疚，毕竟人家瘸子一个，翻山越岭的，赶时间回来务庄稼，养活几个孩子，对老孔老师的怜悯使得赵青梅又想到了自己，不知道家里怎样了，从老孔老师嘴里传来的消息多半有夸张成分，特别是有关何大壮要求赔牛的事情。

老孔老师说何大壮已经锁了赵根细家的粮仓，还说要来失马科睡赵青梅，结结巴巴的好像何大壮已经把赵青梅睡了似的，这话传到赵青梅耳朵里是傍晚，庄稼人耕地回来牵着自家的牛，老孔老师说都是因为何大壮家丢牛的事情，说何大壮家丢了牛，赵青梅家丢了人。失马科的人见赵青梅一个姑娘家不容易，就劝老孔老师收敛些，得饶人处且饶人，老孔见村里人胳膊肘往外扭，再不传播枣台的事情了，这倒使赵青梅断了自己和家人的消息。

其实自打赵青梅急匆匆一走，何大壮就泄气了，只有漫无目的地来找茅缸寻事。茅缸身体垮了，起不来，起来也是半死不活的，何家的人成天来找事，茅缸见家里没人能出来扛着，只好让赶集的青穗给旺柳镇的葡萄稍口信，茅缸对青穗说：

“你对大姑子说，家里没人了，被人欺负死了，她大姑子要是还能记得我这娘，就回来帮我解解围，要不我就被逼上梁山了。”

青穗到旺柳镇上给正在理发的葡萄诉说了茅缸的苦恼，葡萄听后说声反了就随青穗回到枣台，青穗一路上压不住怒气冲冲的葡萄，葡萄没有回家，而是直接去找何大壮。葡萄一直把何家人引到村里的打谷场上，那是村里人茶余饭后谈古论今的地方，到打谷场以后葡萄问何大壮：“你家谁是掌柜？”

何大壮见葡萄双手叉着腰，俨然一个孙二娘，骨头先软了几分，不过还是往前走了一步说：“当然是我，我大不在了我当然是掌柜了。”葡萄说：“既然是掌柜就能替一家子做主，我只和你一人对话，一是一二是二，要是敢反悔摸摸自己头上的夜壶有几个！”葡萄的气势明显要大过何大壮，葡萄又说：“正月我来坐娘家没见你放一个屁，既然今天要了断咱就把事情说清楚，说起来村里人都知道，我那三个弟弟和你是一父二母，赵连根自然就是你亲弟弟，亲弟弟偷了亲哥哥家的牛，等于是炕角拾尿盆，是不是偷还不能定论，就是偷了，也是你们老何家内部的事情，你三番五次不饶人，要是经公了，自然有公家说了算，找不回赵连根的话你闹也是白闹，听说你要睡赵青梅，怕你睡不上，你以为你家还是那时候，狂妄什么，你睡了我几回，你给我一分钱了没，咱今天新账旧账一起算，谁给谁钱还说不准呢。”

不等何大壮说话，何大壮的婆姨“妈哟丢死人了”一头撞在何大壮身上，这是何大壮的婆姨的惯用手段。葡萄见何家内讧，又对村里人说：“都知道我大懦弱，家里现在没人，我妈又病着，欺负到头上来了，不给点颜色看是不行了，今天不了断我就不回去！”何大壮被家里一老一小两个女人围攻，里外不是人。葡萄步步紧逼，急得何大壮抱住脑袋蹲在地上直求饶，家里的女人见何大壮没戏了，葡萄过来照住何大壮屁股踢了一脚骂道：“没骨气的种子，就这点悍性还敢欺负人，我话撂这里，牛是你亲弟弟赵连根偷的，也是你亲眼看见的，再要找事来旺柳镇，老娘我随时等着你。”

葡萄一阵骂，何大壮抱住脑袋不起来，家里的两个女人相互搀扶着哭哭啼啼地回去了，葡萄正要离开，何大壮突然吼道：“你再让我睡一回我就不闹事了！”何大壮本来是想给自己找回点面子，给自己台阶下，谁知葡萄折身回来也不避讳众人，一把脱下自己的裤子躺在麦堆上，对着惊慌失措的何大壮厉声说：“你过来，你不过来你就不是何广福做下的！”村里人见葡萄突然当众脱下了裤子，像蹲茅房那样简单，一起吓得跑开了，掩了自己的眼睛生怕葡萄追来，葡萄见众人散去，呸一声提起裤子回去了。

葡萄的惊天之举确实煞了何家人的威风，村里人觉得葡萄比母夜叉孙二娘有过之而无不及。葡萄走后，何家人再没来闹事，补救的办法就是和别人家借牛犁地，给一点上好的草料给牛养精神。何大壮一家再没提丢牛的事情，不过心里谁都没忘记，何大壮想，什么兄弟不兄弟，再见你赵连根，我把你劈成两半才解气呢。何家的两个女人更是憋得胸口难受，何大壮的婆姨连何大壮碰都不让碰一下，急得何大壮没法，又想找茅缸，但是茅缸下面干了，连一点心思也没有了。

粉莲平常就在青穗家里看热闹打发时间，兴旺不和王石匠一样一出去就不回来，总是半月二十天的回来犒劳粉莲，这样一来粉莲自己不寂寞，兴旺把粉莲放家里也放心，虽然兴旺定时回来犒劳粉莲，但兴旺毕竟不像城里人那样有礼拜天可以自由支配。兴旺不按规律回来的时候，粉莲就有些耐不住，不过兴旺的办法不错，兴旺知道男人不在的时候女人会怎样，女想男隔层纱，太容易了，只要你自己乐意，即使自己半推半就，别人也会趁虚而入。

粉莲有了，一有之后兴旺也就没有规律了，偶尔回来长，偶尔回来短，不过回来都是为了看粉莲的身子。吹鼓手一家乐坏了，说能从粉莲的呕吐判断她怀的是小子。粉莲不能再去青穗家看热闹了，囚犯一样被婆婆监护着，生怕有个闪失。吹鼓手的老婆肚子也腆起来了，燕子嫁了好的，兴旺娶了好的，不腆才怪了。没人能接近粉莲了，粉莲呕了个把月就好了，闲来无事就到青穗家里看热闹，吹鼓手的老婆说那样孩子早早也学会了赌博，粉莲说："要按这样说，兴旺怎么就没当吹鼓手呢？"吹鼓手的老婆听了，私底下告诉了兴旺，兴旺劝粉莲耐住性子，粉莲恼了，不过粉莲有身子，看热闹只是为解闷，不会出什么问题。

想起青穗和贾专干的事情，兴旺对粉莲还是有些不放心，在兴旺看来粉莲和青穗差不多的性情，好在粉莲有了，兴旺不担心，间或回来看粉莲，每次回来都给粉莲买麻花。粉莲在青穗家看热闹的时候手里捏根麻花放到嘴里吮上面的咸味，看得村里的孩子流口水，粉莲就拿出来散给孩子们。

青穗家的女儿园园大了，很是招人喜欢，粉莲其实也想要一个女儿，兴旺在外做活，心里想着粉莲，偷偷回来看见粉莲在路上吮麻花，兴旺就过来抱住粉莲，兴旺出去久了，粉莲有些不好意思，挣脱兴旺，兴旺一夜没说话，觉得粉莲心里有鬼，不过怀着身子，粉莲不会，夜里也没碰粉莲。粉莲知道兴旺小心眼，屁股往兴旺身上蹭了蹭，兴旺还是不理，一早就走了，粉莲醒来见兴旺被窝里没人，粉莲没想到兴旺竟这样小气，一天睡着没起来，加上婆婆指桑骂槐，粉莲闷头哭了好久。

婆婆也没给她做饭，粉莲委屈地跑到青穗家哭诉，青穗要找吹鼓手的老婆理论，粉莲拉住青穗说那样只能火上浇油。逐渐的粉莲晚上也不回家住，就住青穗家，王石匠回来粉莲也没回家，这下吹鼓手的老婆火了，托人叫兴旺赶紧回来，兴旺一大早急急忙忙赶回来，吹鼓手的老婆就哭了一阵，说粉莲不像样。

其实兴旺赌气离开就后悔了，但他又是极要面子的人，没法给自己一个台阶下，话捎到兴旺做活的地方，兴旺一夜睡不着，天不亮就回来了。兴旺先是听了母亲的哭诉，没听完就来找粉莲，见青穗正和粉莲睡在一起叽叽喳喳东家长西家短，王石匠在地上拉风箱烧水，烧水后屋子就暖和了，青穗姐妹俩就能起来洗漱了。拉风箱的王石匠显得很开心，风箱拉得呼呼响，没看见兴旺，园园看见了，就说姨父来了。

几个人一愣，有点转不过弯来。兴旺像受了委屈的孩子，走也不是站也不是，粉莲和青穗都是光着身子睡觉的，肩膀半露出来，没有一点难为情，兴旺一时间想杀了王石匠。王石匠先是傻傻地看着兴旺，见兴旺一脸茫然，自己不由得弹簧一样从地上蹦起来，就要兴旺回来坐。

兴旺傻笑一下，见青穗羞愧地把头放进被窝里，粉莲裹住被子坐了起来，兴旺眼里冒出眼泪，说了句“你们这日子过红火了”就跑出院子，王石匠见兴旺跑了，知道兴旺难过到家了，只好跑出来追兴旺，一边跑一边给兴旺说好话，兴旺头也不回直跑回自己家，睡在被窝里瑟瑟发抖，又伴着呜咽就是不出声。

吹鼓手的老婆见兴旺这样，知道自己没虚说粉莲，也跟着兴旺哭，见兴旺不起来，又骂兴旺窝囊，兴旺哭了好长时间，只是没出声，想粉莲回来，要是粉莲回来气就消了，委屈也没了，不就是在自己姐姐家住了吗，男人不在，很正常的。可是盼望的事情没实现，粉莲没回来，兴旺中午起来凄然地站在院外等粉莲，就是看不见粉莲的影子，这下轮到吹鼓手的老婆骂人了，兴旺心烦意乱，吹鼓手的老婆骂人的时候和吹鼓手吹唢呐一样不知疲倦。兴旺气急，就对母亲说：“我求你别骂了，你再这样没完没了的话我一头撞死给你看！”

吹鼓手的老婆不压事，见兴旺拿自己的婆姨没办法反倒拿自己出气，吓唬自己，一下子委屈了，围裙揩一把鼻涕骂道：

"你大出去卖艺不回来，你出去做活不回来，老娘孤苦伶仃的没人可怜也就算了，你管不住自己的老婆，倒拿老娘出气了。"说着就一屁股坐地上号开了，急得兴旺跪地求饶，兴旺虽然委屈，但还知道家丑不可外扬的道理。吹鼓手的老婆就不管这些了，好像别人不知道这事不甘心一样。兴旺难过，只好歇斯底里地喊粉莲，兴旺想让粉莲回来，粉莲不给自己面子，只好自己腆下脸来。

粉莲听见了兴旺的呼唤，不知道该不该回去，青穗就推粉莲，说兴旺就那样的小心眼，但心里是很在乎你的，粉莲只好回来，一进院子兴旺就抱住粉莲哭。吹鼓手的老婆放命一样往外倒气，粉莲看不下，兴旺乞求似的对粉莲说："你再忍忍吧，我把这家的活做完就不出去了，我回来务庄稼陪着你。"

粉莲没说话，冷冷地回到屋里，兴旺又看看院里的母亲，吹鼓手的老婆不再哭闹，像只老母鸡一样病恹恹地出去了。兴旺回到屋里抱粉莲，粉莲推开兴旺，兴旺难过得把头往炕上撞，兴旺想让粉莲说话，开口就行，可粉莲也是一根筋，看见兴旺和婆婆这样大动干戈，有些心灰意冷，转不过弯来，不搭理兴旺，又见兴旺撞墙，就往外跑。兴旺见粉莲要走，抱住粉莲的腿哀号不已，粉莲气急道："至于这样吗，我给谁卖了还是怎么了至于你们这样吗？"粉莲不开口还好，一开口说了这样的话，导致兴旺就想咽气，渐渐放开粉莲的腿，直翻眼白。粉莲也不管，一人出了院子，往青穗家来，青穗见粉莲回来，问什么情况，粉莲说娘俩个放命，好像天塌了一样。

青穗叹息一声，不知道怎么办，王石匠见兴旺这样，早饭也没吃就出去做活了，青穗家开始热闹的时候青穗还惦记着兴旺的情绪，要粉莲回去，说行得端走得正的，怕什么，兴旺气消了就没事了，夫妻常不见，一见面难免这样不适应。粉莲也想回去和兴旺和解，但是看兴旺那样小心眼又想再等等，平时粉莲不耍牌，今天索性也耍了。村里的闲人们知道兴旺家出了状况，不好意思和粉莲耍，粉莲说："耍牌又不是干什么见不得人的事情，再说家务事和你们有什么关系？"

粉莲说着大大咧咧地坐下来，青穗见粉莲这样，本想去看看吹鼓手的老婆，解释解释，但想越描越黑，吹鼓手的老婆本就对青穗有看法，虽然结了亲，但是每次看见青穗总是背地里脚一拧，嘴里还要嘀咕一句："卖屁股货，还假正经，倒忘了和那公家人贾专干的事情了？"

吹鼓手的老婆因为自己是吹鼓手的老婆，在村里多年抬不起头来，所以爱揭短，和粉莲出问题就是这样的心理，看不惯粉莲去青穗家，更看不惯兴旺不在家粉莲还打扮。粉莲一梳洗就是一上午，吹鼓手的老婆心里不知道要骂粉莲多少遍，粉莲打扮完就去青穗家，一去之后吹鼓手的老婆就猜疑粉莲可能会和哪个男人眉来眼去，就想让兴旺回来，但是兴旺在外做活养家，不可能随时回来，吹鼓手的老婆对粉莲的看法大了，有了嫌隙，对粉莲不好了，以前说粉莲怀了小子，最近不这样说了，说是怀了女儿。

因为粉莲的屁股发胖了，女儿家不需要太多营养，粉莲吃进去的好的都长屁股上了，庄户人家的媳妇没有屁股才好，屁股那么招人眼目，自己作为婆婆看了都难为情，何况村里那些眼馋的后生和外来的赌徒。兴旺虽然被叫回来了，可是兴旺窝囊，不敢动婆姨一下，怀着身子不能动，不怀的时候也不敢动。

吹鼓手的老婆灰心了，一人出去割猪草，见了村里要好的人就说粉莲的不好，粉莲在青穗家耍牌，故意看兴旺的反应，玩着玩着连兴旺也忘记了，没头脑地说了一句："耍牌还上瘾啊？"一起热闹的人都笑，说不上瘾的话都在地里务庄稼了。粉莲感叹一声，不过粉莲输了，毕竟不是老手，要到下午粉莲累了，又怀着身子，想吃饭。青穗就给做了三颗荷包蛋。粉莲吃下，胃里热乎乎的。粉莲没上瘾，心想兴旺虽然气量小，但毕竟对自己一心一意，男人家小心眼也不算什么，再说自己又没做什么对不起他的事情。

吃罢荷包蛋粉莲打着哈欠往回走，心想兴旺此时应该醒来了，一进院子就想叫兴旺，粉莲其实心里也想兴旺了，怄气一天了，叫兴旺不答应，粉莲知道兴旺的性情，还没缓过劲来，想起兴旺以前的憨态，不由得想笑，但没笑出来，随口又叫一声兴旺，兴旺躺在炕上，蒙着脑袋，还是不答应，粉莲唉了一声，肩膀倚在门框上，想找一个办法让兴旺出声，就从院里拿来糜子穗蹑手蹑脚往炕边走来，兴旺真能沉住气，依旧一动不动。粉莲知道兴旺大白天不会睡得那么死，快到跟前时不由得咳嗽一声，兴旺就是不动弹，粉莲自己调整了一下呼吸，把糜子穗伸向兴旺的脖子挠，挠过来挠过去兴旺就是没反应。兴旺平时最怕痒痒，今天竟这样无动于衷，粉莲有些心灰，丢掉糜子穗坐在炕沿上对兴旺说："大男人，这点气量还闹什么世事，都一天了，还下不去？"

兴旺依旧不动，粉莲再看时，见兴旺嘴角往外冒白沫。粉莲一着急，扳住兴旺的肩膀摇，兴旺还是没反应，粉莲急了，就叫婆婆，吹鼓手的老婆还在山上割猪草，听不见，就是听见也会装没听见。茅缸和青穗一干人前来看时，大惊失色地对粉莲说："兴旺可不是喝农药了吧？"

兴旺果然喝农药了，他从粮仓翻出给菜地里撒的六六粉，在马勺里和了一把喝下去，好在六六粉有些失效，又或许是因为兴旺命大，一时间还有一口悠悠的气在进出，只是嘴角溢满白沫，脸黑得吓人。众人不知道该怎么办，只好叫青穗去找王医生，王医生下不了地，听说兴旺喝了农药，嘴里骂一句，就对青穗说："拿肥皂水灌下去看看。"青穗一听感激地跑出来，跑了几步像是记起了什么又折身回来，闯进门还没说话，王医生骂道："短命鬼，慌张什么啊？"青穗急得眼泪流出来，心想都要出人命了还这样能沉得住气，半天张嘴问道："用凉水还是热水？"王医生叹息一声说："挨球的，还敢用热水，用水井里的凉水。"

青穗亟亟地跑到吹鼓手家，吹鼓手的老婆被惊动，已经从山上跑回来，一边跑一边歇斯底里地给兴旺招魂。兴旺什么也听不见，倒是村里人听得刺耳了，吹鼓手的老婆生来一副亮嗓，进院就扔掉镰刀和筐子，猪草撒了一地。青穗已经给兴旺和好了肥皂水，众人扶起兴旺给他灌，兴旺牙关紧咬，茅缸又用筷子给撬开来，吹鼓手的老婆一直骂，见众人都忙着救兴旺，自己一屁股坐到地上，拳头捶着地，一声接一声地叫道："我不活了，我不活了……"

肥皂水灌下后兴旺脸色稍微缓转了一些，众人对王医生的方法深信不疑，倒像是给兴旺服下了起死回生的灵丹妙药，都等兴旺反应，只有吹鼓手的老婆不安分。粉莲低垂着头眼泪鼻涕丝丝缕缕往下流，过了片刻，看见兴旺腹部起伏，众人知道有动静了，兴旺像弹簧一样一跃而起，胃里的六六粉一口吐出来，吐得翻江倒海，众人才放下心来。

兴旺第一句话就说："妈你不要怨粉莲，是我自己堵得慌，和粉莲没关系。"兴旺说这话有点安顿后事的感觉，粉莲听得捂住嘴哭不出来。茅缸拉起吹鼓手的老婆说："能有什么大不了的，至于喝农药，粉莲这女子也不是摇头晃屁股的媳妇，折腾起来没完了，看你那死样，天塌下来了吗，遇事一点也不知道压着，不把锅盖掀开来不死心！"

吹鼓手的老婆被茅缸一顿数落，羞得背过身去，又骂吹鼓手死到外面不回来。兴旺缓过来了，手耷拉在炕沿边寻粉莲，粉莲还没从兴旺的任性中回过神来，并不想把手伸给兴旺。茅缸给青穗使个眼色，青穗就推众人，大家一起离开了兴旺家。吹鼓手的老婆也识得眼色，见兴旺缓过来气消了大半，围裙上揩了鼻涕，过来给兴旺做饭。众人离开后，兴旺的手还耷拉在炕沿边，声音戚戚地叫粉莲。粉莲心里叹息一声，违心地坐到炕沿边。

兴旺看着粉莲，眼泪泉水一样涌出来，看眼神是愧疚的，知道自己错了，像个孩子一样要粉莲原谅自己。粉莲长叹一声捏住兴旺的手说："你这要的不是一个人的命，你今天要是有个三长两短的，连我的命也要了，我活一天受人辱骂一天，和死了有什么两样？"

兴旺抓紧粉莲的手放在自己嘴上亲吻，粉莲冷冷地流着眼泪，兴旺心里难过不已，就是找不到安慰粉莲的话。粉莲起身背对着兴旺，兴旺以为粉莲要走，终究是不想原谅自己，其实粉莲不是要走，要走也要等兴旺好起来，毕竟一日夫妻百日恩。兴旺对粉莲的心，粉莲怎能不明白？只是想想兴旺这样狭隘的心肠，粉莲感到了婚姻的危机，往后要和兴旺好好过日子就得处处小心，稍有不对兴旺就可能旧病复发。粉莲站在地上进退两难，吹鼓手的老婆端来一碗热烫烫的荷包蛋，粉莲闻见了老陈醋的味道，很香很香。粉莲喉咙里动了一下，一天粉莲虽然吃了青穗家的三颗荷包蛋，但是闻到醋香的时候粉莲还是来了食欲。

发生了这样要人命的大事，吹鼓手的老婆不敢在粉莲面前表现自己对粉莲的看法了，毕竟粉莲没有做出卖屁股的事情，非得让粉莲去做自己才心甘，那也未免太过分了。端着洋瓷碗的吹鼓手的老婆有意要粉莲给兴旺喂下去，又不便明说。

粉莲看出了婆婆的心思，这也是和兴旺缓解关系的一个捷径，粉莲接过婆婆手中的洋瓷碗，吹鼓手的老婆脸上浮出了笑容。粉莲一下子心软了，她虽然觉得婆婆是好是非的人，但骨子里还算良善之辈，端了饭碗坐到炕沿边，兴旺微闭着眼睛，一手按在肚子上，刚刚呕吐完的胃还在恢复过程中。

吹鼓手的老婆掀开门帘，吐出来的秽物大都吐在脸盆里，屋里弥漫着一股淡淡的肥皂味，粉莲用调羹舀起鸡蛋汤轻轻一吹放到兴旺嘴边，谁知兴旺最是一个心肠小的人，心里的弯还没转过来，又嫌刚才粉莲的冷淡，喉咙里噎着。粉莲见兴旺情绪不高，就对兴旺说："看在我肚里孩子的面上吧。"粉莲一提肚里的孩子，兴旺幡然醒悟了，怄气的时候竟忘了粉莲肚子里的孩子，兴旺自己坐起来，有些迫不及待地想把荷包蛋吃下，粉莲见兴旺缓过来，又担心自己的冷淡让兴旺接受不了，只好面带微笑给兴旺喂下。

兴旺吃了，以为粉莲不再怪自己的小气，但是兴旺这次走极端在粉莲心里埋下了后怕。粉莲心里七上八下的，吃完荷包蛋后兴旺对粉莲说："我不出去做木活了，我回家种庄稼。"兴旺的话让粉莲大吃一惊，兴旺说过几天去外面把工具取回来，兴旺的这个决定看来不是一时的心血来潮，果然兴旺听不进任何人的话，出去把工具取回来了。兴旺要忘记自己的手艺务庄稼，吹鼓手骂了兴旺几句，但又没法改变兴旺的决定。

村里人都知道兴旺的性情，无非是不愿和粉莲分开，无非是怕粉莲出问题。粉莲自然深知兴旺的意图，兴旺重操旧业，务庄稼也是一把好手，天天和粉莲厮磨也没够，村里人开玩笑说兴旺因为怕粉莲卖屁股，丢了手艺回来照看粉莲来了。

粉莲怀着身子，到青穗家来得也少了，粉莲见不得兴旺的小气，兴旺见不得粉莲和赵依根说话，但又不能明说，粉莲感觉到了，反倒大大咧咧的。兴旺旧病复发，心里的疙瘩解不开，常在庄稼地里唉声叹气，感觉粉莲是故意的，原本赵依根就和自己一样看上了粉莲，不等别人说什么，兴旺自己心里先难过起来，赵依根全然不顾这些，反倒和粉莲套近乎，起初粉莲没觉察，逐渐感到了不对劲，赵依根大了胆子，分明是故意要让兴旺生气他才舒服。燕子跟了别人，粉莲跟了你兴旺，赵依根这口气咽不下，和老光棍代三住的时间久了，什么也不忌讳了，屋子里弥漫着一股浓浓的膻味，呛得人不敢进去。

一天夜里赵依根梦见自己双腿被人绑住跑不动，后面有狼追着要吃他，好容易醒来了，双腿真的被绑住了，挣脱不开，大腿中间是代三硬邦邦的东西在进进出出。赵依根感到痒痒的，不由得嗤嗤笑出来，代三见赵依根醒来，慌忙从赵依根身上下来，赵依根动弹不得，让代三把绳子解开来，代三正在兴头上，也不管赵依根，自己又用手搓，惹得赵依根也难受起来，嘴里叫着粉莲的名字。代三很快没了火力，自己一人喘着气，坐起来把赵依根腿上的绳子解开来。代三说青穗要好过粉莲，青穗的屁股比粉莲的大，赵依根说屁股不能光看大，还要看翘不翘，粉莲的屁股在枣台的媳妇里面是最翘的。

从那以后代三和赵依根一老一少两个光棍相互用绳子轮流绑住对方的大腿幻想青穗和粉莲，村里人知道这事是偶然听见的，第二天就传扬开来，代三不怕，赵依根抬不起头来，青穗找茅缸告了赵依根的状。茅缸先是骂了赵依根，后来又骂青穗，说谁让你长得那么骚，青穗无言以对，说长得不好没人要，长得好遭人骂，这事是最后一个传到兴旺的耳朵里的。

兴旺对粉莲的态度来了个一百八十度的大转弯，粉莲肚子大起来，夜里兴旺也不和粉莲睡一个被窝了，两人话也没了。粉莲睡下就叹气，兴旺也不理，一觉睡到天明才下地，成天少言寡语耷拉着脑袋，村里人都说兴旺可惜了，丢了那么好的手艺种庄稼，又说这事不是看不看的问题，靠自觉，一天二十四小时不合眼也看不住，再说粉莲并没有和哪个人马虎，青穗是和贾专干马虎过，但是以后再也没有过，能痛改前非就是好女人。

见兴旺情绪低落，媒人王医生就对兴旺讲了一个故事，兴旺听了更加难过，王医生说，一个男人害怕女人出问题，成天守在女人身边，一天中午去给驴上草料，回来后婆姨说今天你还是没看住，该办的事都办了。男人不相信，女人就说，你去给牲口上草料的时候他从墙上翻进来，把我戳了一下拔出去就翻墙跑了，差点把男人气得半死，以后也不看了，该干什么照样干什么。

兴旺越发烦闷，一时间人瘦了一圈，粉莲肚子渐渐大了，身子重了，兴旺也是爱理不理，粉莲见兴旺这样，就来青穗家蹭饭。青穗是大方人，每次都给粉莲做饭。一天兴旺见粉莲不回家吃饭，自己吃到一半来青穗家找粉莲，粉莲正在吃饭，也不理兴旺。兴旺站了一下，对粉莲说："你和我回去。"粉莲看也不看兴旺一眼，兴旺受了委屈一下流出了眼泪，急得青穗连忙解劝。青穗说都是亲姐妹，怀孕期间来家吃饭没什么大不了，要兴旺不要多心。兴旺抹了把眼泪回来，又想起六六粉，不过这一次兴旺不敢轻易把它喝下，吹鼓手的老婆发现了，过来劈手夺下，呜咽着说自己命不好。

粉莲见兴旺这样不可理喻，肚子疼，不几天身子掉了，干脆住在青穗家坐小月子，兴旺也不来看粉莲，粉莲乐得逍遥，心里不再在乎兴旺的感受，也学起了赌博，坐得时间久了也不起来，小肚子疼，青穗就给粉莲熬红糖水喝。有时候王石匠不在，粉莲每天也不梳洗，一副慵懒的样子，透出几分浪荡，兴旺盼着粉莲能回来，但是粉莲铁了心不回去，也不怕兴旺再喝农药了，兴旺自己忍不住来青穗家找粉莲，粉莲跌了身子后恢复了一月没有什么大碍了，兴旺来后就要粉莲回家，粉莲故意板着脸不理兴旺，急得兴旺脖子都红了，过来就拉粉莲，粉莲坐着没动，反倒当着众人的面对兴旺说："我也不是什么好女人，我们干脆离了好，免得我辱没了你们的名声。"粉莲说这话轻描淡写，兴旺听这话如五雷轰顶，兴旺叫不回粉莲，脸上过不去，出不了青穗家的门，真想扇自己两耳光。

王石匠见兴旺下不了台，把兴旺拉出屋子，兴旺一出门，身体像受凉一样颤抖起来，王石匠知道兴旺的秉性，害怕他想不开，就说晚上我负责把粉莲给你送回来。兴旺一听也不再逗留，捂住胸口跌跌撞撞走回家，吹鼓手的老婆见兴旺回来，脸色难看到了极点，知道是受了刺激，忙扶兴旺睡下，兴旺睡下感到天旋地转，嘴里直嚷心口子疼，吹鼓手的老婆一看兴旺的情绪就哭开了，兴旺心烦，把母亲推开，吹鼓手的老婆就去找王医生，王医生是媒人，两口子不愉快和媒人也有关系，想让王医生去劝粉莲，王医生咳嗽着，对吹鼓手的老婆说：“你不要在我这里流尿水子，死不了人，男人女人就那么回事，你家兴旺小心眼，针尖大的心肠，粉莲又没干什么见不得人的事情，非得闹出点事情才心甘，去给粉莲道个歉，女人都心软，我看粉莲不是不讲道理的婆娘，道个歉别理了，过几天自己会回来的。”

吹鼓手的老婆被王医生一点拨，回来给兴旺教，兴旺身体软绵绵的，想想王医生的话也算公道，调整好心态来到青穗家给粉莲说好话，说完自己先出来走了。兴旺走后青穗也劝粉莲，粉莲叹口气说：“兴旺就是心眼小，这样的男人早晚要出事。”

粉莲难过了一阵，第二天回来了，回来后还是冷冷的，兴旺见粉莲回来，心里踏实了，王医生毕竟是能人，料事如神，粉莲回来就躺下了，兴旺便亲自给粉莲做饭，粉莲起来吃饭也没下地，兴旺就端给粉莲吃。吃完后把碗筷一撂继续睡觉，到晚上也不起来，和兴旺一副没有关系的样子，但兴旺明白粉莲是在怄气，不过能吃饭就证明粉莲心里不是那样排斥自己，半夜粉莲要出去小便，兴旺不等粉莲下地，连忙把尿盆端上来，自己背过身去。粉莲坐在尿盆上畅快地尿了一泡，睡舒服了，嘴里发出快活的呻吟。

兴旺听见粉莲的呻吟，身体马上兴奋起来，掀开粉莲的被子钻进来，粉莲故意躲闪，兴旺脸皮厚了，不管粉莲的冷淡，一双有力的胳膊紧紧抱住粉莲的身体，半晌粉莲叹口气对兴旺说："男人就应该这样霸道才好，成天死心眼想不开能把人折磨死。"

兴旺一刹那明白了粉莲的苦心，眼泪倏地流出来，粉莲和兴旺重归于好，兴旺在庄稼地里也有劲了，不再死心眼，而是要粉莲没事就去青穗家解闷。兴旺想让粉莲养好身子再怀，粉莲也有这份心，毕竟兴旺不是不可救赎的人，就是心眼小了些，是太在乎自己了。

粉莲想到这里释然了许多，就对兴旺说不要老疑神疑鬼，好好过日子才是正经。兴旺打心眼里钦佩粉莲的胸襟，见了赵依根也老远就打招呼。兴旺一开心，粉莲就开心，一开心又怀上了，粉莲还是不会被人碰，只能被人看，好在粉莲怀孕以后兴旺在家，一旦在家就不会有事，兴旺可以一天二十四小时看着粉莲。要说兴旺这人有福气是事实，兴旺的福气自然是粉莲给带来的，粉莲有旺夫相是王医生看出来的，所以兴旺娶了粉莲，几乎是抢先一步，即使是赵依根当初抢先一步也不是他的一盘菜。论个人，兴旺有手艺，论运气，自然是兴旺了，名字也比赵依根的好，加上王医生从中斡旋，粉莲自然非兴旺莫属。

第五章

兴旺的好事是从后山走马梁开始的，正在锄地的兴旺掉进了一个大坑，吓得昏死了过去，昏死的时间很短，就是眩晕。等眩晕过后兴旺只想往上爬，已经明白这是死人墓的兴旺一下子瘫软了，没有在炕头上和粉莲亲热的那股子牛劲了，喉咙里发出嗷嗷的叫声，死人墓年代不长，兴旺走南闯北也懂一点，因为棺椁依稀能看得出，一侧烂掉了，柏木棺材，自然不是普通人能享受得了的。兴旺的大收获是棺椁下方处那只罐子，罐子里装满了袁大头，这样一来兴旺更有理由相信这是清代以后的死人墓，兴旺双手颤抖着捧起那一罐袁大头，指尖掐住猛吹一口气，耳边发出嗡嗡的声音，是真的无疑。来不及细想，兴旺就用上衣包了罐子往家走。

大夏天，兴旺浑身冒汗，几乎像浇地一样，村里人以为兴旺刚从水里出来，但看他是从走马梁回来的，就知道不是从河里要水上来的。问兴旺怀里抱的是什么，兴旺口吃，不敢说，半晌只说是黄土疙瘩，治漏疮用的。兴旺心想真是天上掉馅饼啊，盗墓的成天也盗不出来，还要冒坐牢的危险。好事来了挡不住，兴旺心都要蹦出来了，快到家门口就叫粉莲，粉莲在午睡，睡魇了。

兴旺又叫，粉莲听出是兴旺回来了，使劲想回答，就是醒不来，心想还是没有姐姐青穗家向阳窗户下舒服，睡多久都不会睡魇。家里阴凉，不过翻身后还是答应了一声。兴旺听见粉莲答应，欣喜异常，粉莲的回应使兴旺产生了一种奇异的幻觉。

粉莲坐起身，感觉兴旺的声音和行为都怪怪的，反倒生出一丝怯意，婆婆好像去了地头，粉莲揉着惺忪的睡眼准备下地，兴旺进屋了，眼泪唰啦啦流了一地，粉莲知道兴旺的性情，以为又不对劲了，正想气恼兴旺，兴旺看出了粉莲的反应，没等粉莲出口，直接把包着外衣的罐子送进粉莲怀里。粉莲不喜欢兴旺怪怪的举动，看也没看怀里的东西，兴旺用乞求的眼神看着粉莲，又示意塞到粉莲怀里的东西，粉莲懒懒地揭开来，一手捂住嘴差点喊出声音。

兴旺就势按了粉莲嘴上的手，粉莲眼睛瞪得圆圆的，兴旺把头抵在粉莲头上，粉莲明白了兴旺这样激动的原因了。粉莲有些戚戚地对兴旺说："我的好哥哥，亲哥哥，要人命啊你！"粉莲这话就是和兴旺每次亲热时说的话。兴旺来劲了，两人的心好久没有亲近到这个地步，兴旺一冲动，就想压住粉莲，随手就解自己的裤带。粉莲脸红红的，用手指指自己的肚子，兴旺明白过来，动作夸张地表达着自己的歉意，上边吸住粉莲的舌头。

正难解难分，吹鼓手的老婆回来了，兴旺一着急，想把罐子放到被子里，谁知一慌张，罐子里的袁大头唰啦洒出一地。吹鼓手的老婆听见响动，一掀门帘就进来了，原来吹鼓手的老婆以为兴旺不在，知道粉莲睡着，进来看见兴旺和粉莲正慌里慌张从地上往起捡东西。

吹鼓手的老婆眼尖，又是过来人，见是饷洋，像粉莲见到饷洋时候的表情一样惊讶，只是没有深入，而是装作什么也没看见就退了出来，在自己的胸口上轻轻捶着，嘴里天王老子地叫着。粉莲知道婆婆神神叨叨的，对兴旺呶呶嘴，兴旺探头看见母亲已经走开，就对粉莲说没事。不过无风不起浪，天知道事情怎么就传出去了，这速度让兴旺感到奇怪，更让兴旺奇怪的是如何就走漏了风声，粉莲第一时间就告诉兴旺，是婆婆传播出去的，兴旺坚决不相信，反倒说婆婆媳妇就是一对冤家，自己人怀疑自己人。粉莲不理兴旺，两人又开始赌气，吹鼓手的老婆反倒不闻不问，甚至都假装不知道这事一样。

粉莲看那神气就知道婆婆是故意的，又和兴旺分析，气得兴旺想打粉莲，粉莲是精明人，又对兴旺说这毕竟不是咱们气力苦水挣来的，不如送了吧，找个清静的地方埋掉。兴旺一听越发不能容忍粉莲的想法了，赌气到山上转了一圈。村里人见兴旺一人闲转，知道风言风语不假，要不兴旺怎么会一个人闲转，兴旺被人穷追不舍，只好见人就赌咒发誓说自己真的没有挖出什么宝贝，要是挖出来还假装的话不得好死。

兴旺说这话时明显口吃，朗朗乾坤啊，兴旺感到老天爷就要打雷了，自己就要遭受雷劈了，不过细想粉莲的话，也不是随意说出来的，兴旺知道只有母亲看见了自己的饷洋，别人一概不会看见，兴旺有这个把握，别人只看见他怀里抱着东西汗水淋漓走回家，大晌午的，不到日落回家自然让人感到蹊跷，但也不是暴露的理由，想到这里兴旺就匆匆往家走，想和母亲说开来，琢磨一下到底是什么人泄露了天机。

正好粉莲去了青穗家，兴旺便问母亲怎么看村里人的传言，谁知吹鼓手的老婆一听连连摆手，一副无辜的样子，兴旺又问那天他和粉莲捡东西的事情，吹鼓手的老婆的回答是以为小两口在耍闹。

兴旺无言，只好来青穗家找粉莲，粉莲正被村里的闲人们围住问长问短，急得没法，就说你们要是好奇，就去问我家兴旺，众人见粉莲急了，就知道不假，有人站起来就要去找兴旺，没等出来，兴旺早站在门口说："你们别找了，我自己来了，要问什么尽管问就是。"

众人知道兴旺的秉性，弄不好要翻脸，都讪讪地去了。众人走后，青穗关紧门户问兴旺和粉莲，兴旺半天不说话，青穗说："挖出元宝是好事，我不是眼红，只是整个村里都传遍了，我怕这样下去对你们不利，我也是瞎操心。"兴旺坐不住，没正面回答青穗，青穗心里猜见了八九分，又用目光试探粉莲，粉莲本能地低下头。青穗知道属实，不由得唉了一声，自己感到有些夸张了，又怕兴旺多心，谁知兴旺并没有觉察到青穗的意思，就一个人出去了。不几天王石匠回来了，紧接着吹鼓手也回来了。

村里的焦点一下子就聚集在兴旺一家人身上，兴旺感到空前的恐惧，罐子里的饷洋被兴旺藏了，藏东西的时候粉莲不知道，因为兴旺知道一个人藏东西十个人也找不着的道理，虽然表面上没有人再打探这事，但矛盾就在这里，大家都坐观其变，着急的是兴旺一人。吹鼓手回来后每天都去山顶练习吹唢呐，吹鼓手一直是给自己死去几年的哥哥当下手，被人叫作拉筒筒的，哥哥已死，他自然成了上手，虽然地位高了，但是水平明显不如自己的哥哥，好在他是一个勤奋上进的人，练习的时候总喜欢吹哀乐，惹得村里人一顿臭骂，不几天吹鼓手看见不行了，只好不再去练习。

为了兴旺手里的饷洋，吹鼓手和王石匠开始了他们的明争暗斗，在吹鼓手和他老婆看来，粉莲已经伙同青穗平分了那一罐子饷洋，矛头直指王石匠是从打谷场上歇凉开始的，吹鼓手倒罢了，吹鼓手的老婆有一句没一句地说起了贾专干，王石匠就不自在，走也不是留也不是，后来还是借机选择了离开。

吹鼓手的老婆见王石匠开溜，声音越发高了，一口一声戴绿帽子的，王石匠听不下去了，折身回来问道："你骂谁，谁是那戴绿帽子的？"王石匠不回来还罢，一回来吹鼓手的老婆更来劲了，一跳三尺高对村里人说："世上有拾钱的还没见过拾骂的，谁戴绿帽子谁知道，炕头问问自己老婆那地方就知道了。”

王石匠是粗汉，听不下去，忍了忍说：“常婶子，好歹你家媳妇也是我家青穗的亲妹子，这事别人都不说了，你还好意思拿到台面上，你不嫌丢人我还嫌丢人呢。”不提粉莲还好，一提粉莲吹鼓手的老婆恨不得和粉莲也吵一架解气，就骂道：“谁的女人卖屁股谁知道，不要挑唆别人也跟着干那下贱营生，要是等到现在，我们才不和你们这些不要脸的攀亲论戚呢。”

吹鼓手的老婆只顾自己的情绪，还想骂，王石匠忍不住了，过来推了她一把，没敢用石匠的三分力气就把草鸡一样的吹鼓手的老婆推倒在地。王石匠一见慌了，转身想跑，谁知吹鼓手的老婆敏捷地从地上爬起来直冲向王石匠，王石匠知道躲不开，只好回转身体，吹鼓手的老婆号叫着一头撞向了王石匠，不过还是被粗大结实的王石匠的肚子反弹回来，吹鼓手的老婆叫都没叫一声就倒在了地上，众人围过来，见她脸色煞白，都惊呼不敢出人命。

王石匠早跑远了，吹鼓手的老婆明显是在耍赖，兴旺在家听见出了乱子，也不出来，急得粉莲一人跑到打谷场上，青穗抓起鞋子满村子追打王石匠，粉莲和众人抬了婆婆往家走，谁知吹鼓手不让，强行要把自己的老婆抬到王石匠家的炕头。粉莲本想开口求公公一句，但见吹鼓手铁青着脸，不好说话，直把吹鼓手的老婆抬到了青穗家的炕头。

青穗慌忙倒水，吹鼓手的老婆气悠悠地进出，不过还是能发出声音来，吹鼓手一屁股坐在炕头，也不说话，只是按着老婆的胸口，半晌说道："怕是用不了多久了。"没等大家反应，青穗就干号起来，又要出去撵王石匠回来，王石匠早跑到代三和赵依根两个光棍的屋子里躲起来了。两个光棍正趴在炕头吸旱烟，屋里烟熏火燎的，王石匠一跳上了炕，用被子蒙了头，也不顾呛人的膻味了，倒是把代三和赵依根提醒了，今晚的热闹没赶上，他俩反锁了门，直往青穗家跑去，王石匠闻不得那股味道，想出去反倒不能了，代三和赵依根一溜烟跑到青穗家，屋里挤得水泄不通。

兴旺也来了，兴旺是转移了那一罐子饷洋以后才来的，在兴旺看来不知道多少双眼睛都盯着那罐子饷洋，但兴旺依旧蒙在鼓里，不知道娘老子唱的是哪出。兴旺一来，青穗好像遇见救星一样，兴旺对炕头的娘老子说："都几十岁的人了，还是亲戚呢，什么事化不开，非得这样给众人看。"

兴旺一开口，吹鼓手的老婆就嘤嘤地哭开了，显得很无辜。吹鼓手本人先天爱和调，也跟着委屈起来。众人见是耍赖，知道再不会热闹下去，站不住都散了。兴旺又问王石匠，青穗说跑了，兴旺不言语，又看粉莲，粉莲有些羞愧，兴旺不理他的娘老子，拉了粉莲就走，回到家后掩了门，问粉莲谁还打听了这事。

粉莲摇摇头，兴旺心细，知道众人只说挖出来元宝，并没有说饷洋的事情，看来是自己的母亲透露出去的可能性大，不过兴旺还是把重新埋掉饷洋的事情给粉莲说了，粉莲问："你竟然倒了地方？”兴旺点点头，粉莲说：“那东西，我不知道也罢，还没怎样呢，就四到五处传遍了，是非就来了，看来世人说得没错，人心隔肚皮，夫妻也一样，你第一次藏的时候我不知道，倒了地方给我说，是让我相信你的心还是逼得我背着你去挖开看个究竟？”兴旺无言以对，不过最信任的人还是粉莲。

粉莲真的没有对那些物件动心，但是王石匠和青穗动心了，吹鼓手和他老婆动心了。村里很多人也动心了，古话说得好，人为财死鸟为食亡，一点也不假，就像别人家做饭，吃不上也闻闻，别人的老婆长得好看，睡不上也能看看，或许就是这个道理。兴旺头疼，不就一罐子饷洋，至于嘛，兴旺毕竟不经世事，第二天吹鼓手两口子回来了，是经过王医生调解才回来的，算是经公了，私了估计没门。

王石匠好话说了千遍，就差磕头。王医生又给吹鼓手的老婆检查了，丢下一句“死不了人”的话就走了。村里人说王医生气数尽了，看佝偻的身子就知道，成天晚上见他到后山上练法，鬼知道是做什么，用正在上中学的化学脑子赵继根的话说就是祈天，赵继根说诸葛亮死的时候就干了同样的事情，村里人都说人的寿数是阎王爷那里定好的，能祈求回来吗？赵继根说那就看造化了，村里人又不明白什么是造化，赵继根就不说话了，扬长而去。

有关饷洋的事情，表面上平静了几天，其实暗地里风起云涌，密谋首先是从吹鼓手的老婆开始的，明着要不可能，粉莲虽然大大咧咧，但不可能给，兴旺断然不会给，其实吹鼓手和他老婆最怕的是被青穗和王石匠拿去。青穗有心计，王石匠贪婪，不过饷洋在兴旺手里攥得死死的，吹鼓手的老婆在打谷场上唱的那一出就是和吹鼓手私底下密谋好的，事情比想象得要好得多，就看兴旺什么态度。但是兴旺没什么态度，青穗和王石匠也在密谋，起码他们都和兴旺有关系，中间有一个粉莲的原因，青穗试探粉莲，渐渐的粉莲有些动摇，夜里背着兴旺准备按照他说的位置看个究竟，早被多疑的兴旺逮着个正着，粉莲见兴旺站在身后咳嗽，知道兴旺早发现自己的举动了，不过粉莲还是从容地转过身来，兴旺看着粉莲说："我说的对不，人心隔肚皮，夫妻也不是一心的，那东西是我们俩的，你看有什么用？"粉莲像受了羞辱一样推开兴旺跑回家，粉莲见不得兴旺一副孔圣人的样子，简直虚伪到家了。

粉莲不再理会兴旺，又开始往青穗家跑，嘴里无意间透露了挖出的东西是饷洋，村里人得到证实，王石匠也不出去做活了，就等着和粉莲分一些来。一天夜里兴旺出门了，回来后一脸喜气，兴旺到外面把饷洋卖了个好价钱，一摞大团结到手了，兴旺的心放下了，兴旺把钱交给粉莲，粉莲大吃一惊，这么多的钱，干什么用，兴旺激动地对粉莲说："这钱可以把全村的粮食都买下来。"

不过兴旺并没有真的务庄稼，他是有头脑的人，花钱修整了自己的屋子，又到外面买了一群羊，羊绒利润大，兴旺看中了这点。羊买回来后，兴旺又成了村里的焦点，这不是兴旺的初衷，兴旺害怕自己成了别人嘴里的话题，但是事与愿违，传言兴旺家底有多厚，兴旺的心病又来了，头疼难忍，王蛮喜说兴旺修整屋子得罪了土地爷，兴旺只得请他想办法，王蛮喜说要在土地爷灵位前念七七四十九天，还指定要女主人磕头，没几天粉莲受不了了，肚子疼，又流产了。兴旺难过得流了几天眼泪，村里人就说老天爷不可能让一个人把光都沾了，总要让你有点不舒服才公平合理，对兴旺就应该这样，让兴旺断种，成为秃头和尚，兴旺的难过是从心口子疼开始的。

兴旺心小，每次疼的时候都像是安顿后事一样。粉莲感到害怕，兴旺故意夸大了死的可能性，村里人又说兴旺是得了那一罐子饷洋之后身体开始有毛病的，得了死人的东西，死人撵上算账来了。兴旺一听这话雪上加霜，睡着不想动，粉莲出去稍微久了就感觉苗头不对，粉莲知道兴旺心小，疑神疑鬼的，情绪像个毛鬼神，但还不想兴旺对自己疑惑到这个份儿上。兴旺对粉莲说："你不要接近王蛮喜，那人最是混账，什么事情都做得出来。"粉莲说："我没有。"兴旺说："我是提醒你，不要单独和他在一起，不要让他有机可乘。"

粉莲一听摔了碗筷出去了，兴旺就呜呜地哭，感觉肠子一节一节的不通气，粉莲去青穗家看赌博，兴旺等不及，下地来就晕倒了。吹鼓手的老婆见兴旺晕倒，号叫着咒骂起了吹鼓手，众人听见一起赶来，粉莲不好意思和众人一起回家，躲在青穗家假装若无其事，青穗也不劝，青穗眼红兴旺得了横财，不像以前那样待见兴旺了，对粉莲也是有一句没一句的。众人安抚了兴旺睡下，兴旺见粉莲不回来，央告村里人把羊给他喂好，代三就自告奋勇，兴旺知道代三能靠得上，但因为他是光棍而不想用他，苦于没人可帮忙，只好勉强答应下来。

兴旺天生就不是消停的人，他的人生信条就是活着做遍死了无怨，村里人都说兴旺可能跟上鬼了，手里有了钱就大了胆子，自己想当村支书，列了王家父子几条罪状私底下要人去镇上告王家父子的不是，不过人还没出村，就被王蛮喜截住了，其中就有赵依根，王蛮喜扬言要和每个准备去告状的人算账，赵依根本来是无所事事想去镇上转，没想到和王蛮喜成了仇人。赵依根觉得很不划算，气恨恨地骂私底下出点子的兴旺，兴旺想篡权，一点也不顾及王医生是自己的媒人了。

但是以兴旺的小算盘，如何能斗得过化学脑子王医生，虽然王医生身体不行了，但脑子时刻在转，要收拾兴旺很简单，王医生抓住了兴旺性格上的弱点，就是兴旺天性多疑，和同样喜欢看三国的赵继根一样，王医生觉得兴旺就像三国里的曹操一样多疑，不同的是兴旺疑心的是自己的老婆，男人最怕心眼小，本来好好的老婆，非把她想成是不守妇道的女人不可。

王医生在枣台的皇帝地位在他活着的时候是不想让人觊觎的，所以这个苗头一出来王医生就想把它扼杀在萌芽状态，让想篡位的人死心，轮也轮不上兴旺，在王医生看来赵继根那小子太小，否则是可以担当此任的，把这根接力棒交给化学脑子赵继根是他的愿望，可是赵继根在上中学，或许将来能考出去进公家门，村里没能人，兴旺就跳出来了，王医生心里很不舒服，所以抓住兴旺的软肋想给他点颜色看看。

他假装去镇上告状的事情压根儿就和兴旺不搭边，就是赵依根几个人干的，不动声色的王医生先是散布粉莲和赵依根的谣言，这还不够，又散布她和自己儿子王蛮喜的谣言，这谣言是通过代三传播的，不能直接给兴旺说，直接说兴旺要么自己一头撞死，要么可能把代三给打死。传播的方式不是正面的，而是旁敲侧击，利用给兴旺放羊吹耳旁风，当然王医生是给了代三好处的，这好处对代三来说自然喜不自禁，王医生让代三和村里一个王医生过去的相好睡了，代三睡过之后对王医生是百依百顺，听话的代三尝到了甜头，代三是在给羊喂草的时候故意说出来的，假装是给羊说，假装没看见兴旺走到羊圈前，叹着气对羊说："兴旺这么好的人，婆姨竟是那样的，和赵依根倒不说了，谁知还和王蛮喜，世人都知道了，终究兴旺一人是睁眼瞎。"

代三说这话的时候兴旺就在代三背后，代三心慌，怕兴旺操起棍子抽他的脑袋，但是代三错了，兴旺非但没有说话，更没有操起棍子抽他的脑袋，而是自己悄无声息地回屋去了，反倒弄得代三丈二和尚摸不着头脑，偷看了一眼屋里的兴旺。兴旺直接躺下了，半个身子搁在炕沿上。代三见此情景，知道兴旺听见了，受刺激了。这时候粉莲在青穗家看耍牌，粉莲只做饭，完事就上青穗家赌博。粉莲日子过得圆活，自然闲不住，兴旺等粉莲回来，想和粉莲吵架，左等右等就是不见粉莲回来。

兴旺身子软软的，头晕晕的，想去青穗家叫粉莲回来，又不好去，就让代三去叫粉莲，代三慌慌张张来到青穗家叫粉莲，说兴旺可能身体不舒服，躺着动不了。粉莲正在兴头上，没理代三，代三又跑回来，说粉莲理都不理他的话，兴旺一听就要代三滚出去，代三只好出来，兴旺在屋里叫道：“滚回去，不雇你狗日的了。”

王医生攻心，让兴旺的心病立竿见影，兴旺第一次动手打了粉莲，粉莲捂住脸说自从挖出那罐子祸害，就七事八事的，夜里也不回来，就在青穗家的隔壁和园园住，这下兴旺彻底死心了，加上吹鼓手的老婆耳边吹风，兴旺成天一言不发，吹鼓手的老婆对兴旺说，粉莲很可能和青穗两口子一起算计兴旺手里的钱。兴旺的情绪一落千丈，门也不出，又雇人放羊，日出睡到日落，日落睡到日出。吹鼓手的老婆见情况不妙，又托人捎话让吹鼓手回来，吹鼓手不几天就回来了，见兴旺这样，又骂粉莲和青穗一对狐狸精。兴旺一听，病情加重了一半，吹鼓手亲自来青穗家找粉莲，其实也没说什么，粉莲难为情，自己回来了。这一回兴旺铁了心不搭理粉莲。

一天中午灶膛冒烟，粉莲做饭的时候吹火，呛得泪流满面，吹鼓手见状，进来帮粉莲吹火，粉莲把头稍微往外扭了一点，吹鼓手欠着身，间或和粉莲的嘴几乎要对在一起，这情景被兴旺无意间看在眼里，兴旺看见的不是吹火的事情，他感觉是自己的老子在和自己的老婆亲嘴，还假装躲躲闪闪。兴旺感觉一股热血直冲上头，立马晕倒了。兴旺晕倒的时候叫了一声大，正鼓足腮帮子吹火的吹鼓手听见了，出来看时兴旺已倒在地上。正是大晌午，兴旺眼冒金星，嗓子眼卡住说不出话来，吹鼓手和粉莲七手八脚地把兴旺抬回家，吹鼓手的老婆这几天拉肚子，只顾着跑茅房。兴旺醒来见家里围了很多人，眼睛睁开一半就闭上了。见兴旺醒来，吹鼓手的老婆就哭开了，吹鼓手说兴旺肯定是得了邪病，邪病就要邪看，去请王医生，王医生说让王蛮喜给看，兴旺还不知情王蛮喜就来了。

气急败坏的兴旺把王蛮喜骂出去了，兴旺的胆子随着病情的加重越来越大，王蛮喜被骂得一头雾水。兴旺对着门口呸了一声，说就是死也不会让你王蛮喜看的，你就是看狗屁风水的，连邪病你也能治得？兴旺四肢无力，不过吐痰的劲儿很大，气得王蛮喜头也不回地走了。村里再没能人，吹鼓手说出去请巫神，吹鼓手走南闯北，什么人都见识过，说走就走，不等兴旺反对就走了，一走不回来，兴旺奄奄一息，粉莲吓得都不敢一人和兴旺睡，夜里和婆婆两人一起睡在兴旺身边。

兴旺睡了几天，越想越难过，对粉莲说自己梦见黑白无常了，吓得粉莲躲出去不敢回家，在青穗家哭哭啼啼，等粉莲傍晚回来，不见兴旺，只有婆婆在家里做饭，问兴旺去哪儿了，吹鼓手的老婆说兴旺今天心情不错，拿了绳子去后山砍柴了，粉莲一听放下心来，既然能出去干活，就证明身体好多了，到晚上吃饭也不见兴旺回来，四处叫，都说没见着。

粉莲心慌慌的，背上突然渗出汗水，头发湿漉漉的，到青穗家时，见代三和赵依根都在，粉莲就央告他们到后山看看，两人见粉莲开口，也不顾夜静遇鬼，直接奔后山来了，左等右等不见人回来，粉莲头上又冒凉水了。青穗见粉莲这样，就说是不是感冒了，老流死水，粉莲不说话，心里七上八下，就在粉莲心慌的时候，听见村里一片嘈杂声，听不清楚大家都在说什么，代三和赵依根进门了，对粉莲说：“兴旺在后山上吊了！”

粉莲一听站立不稳，急得青穗连忙扶住。吹鼓手的老婆在给兴旺招魂，一声接不上一声，仿佛也要断气似的。粉莲欲哭无泪，就是上不来气，头上死水直流，像刚洗过头一样。吹鼓手的老婆嗓子喊哑了之后，村里人又让粉莲招魂，粉莲喊不出来，吹鼓手的老婆就骂粉莲，说还是不亲，要是亲的话怎么能不出声。粉莲心里傻笑，晕得站不住，村里人已经把兴旺抬回来了，不过不能进院子，暂时安放在村头的空地上，死在村外的人是没有资格回村的。

等吹鼓手请来巫神，兴旺已经死了两天了。吹鼓手没有像他老婆那样号哭，用袖子揩了一把眼泪说：“我这儿不如女儿开通，早晚会有这一天。”知子莫若父，吹鼓手的话还算中肯，不过兴旺没有按王蛮喜看好的日子埋，吹鼓手说兴旺不是自己上吊的，燕子和丈夫，也就是兴旺教出的徒弟也赶来了。

吹鼓手说出兴旺可能不是自己上吊的话很突兀，村里人吓傻了，不是自己寻死，难道是被人谋害的，村里一片哗然，吹鼓手一家统一了口径，都说不是自己上吊的，是被人谋害的，这话让粉莲感到无比惊慌，得出这个结论的理由是：要是自己上吊的，粉莲为什么不惊慌，为什么见了尸体还不掉眼泪，一日夫妻百日恩，这恩都让狗吃了不成？不过这个结论没有对任何人透露出去，是吹鼓手和他的老婆，还有女儿女婿一起定论的，独独抛开了粉莲一人，粉莲见几个人都不和自己说话，知道情况不妙。不几天戴大盖帽的鸣着警笛来了，同车的还有燕子的丈夫，是燕子的丈夫出去把他们引来的。

村里人看见警车就害怕，但又好奇，一时间放下手中的农活都来围观，连学校的老孔老师也不回去了，夜里住学校就为看个热闹究竟。第二天又来了穿白大褂的人，从兴旺身上割去许多部件，最让村里人瘆得慌的是他们还割走了兴旺的命根子，庄稼人不明白他们要那些东西干什么。

戴大盖帽的人说要拿到城里去检验，根据检验结果看是否自杀，庄稼人的好奇心远远没能满足，究竟靠什么东西能检验出兴旺是自杀的还是被人谋害的，一时间议论纷纷，戴大盖帽的不走了，三个人待在王医生家吃煮玉米，吃完就叫人问话。最先被叫去的是代三和赵依根，他们被问了同样的问题："发现兴旺上吊后，为什么回来时拉着柳梢？"

化学脑子王医生见戴大盖帽的老在拉柳梢的事情上纠结，心里盘算着柳梢的作用，但一时也想不明白。又把吹鼓手叫来，吹鼓手说代三和赵依根拉柳梢肯定是消灭踪迹，这两个人和粉莲马虎着，和粉莲合伙把兴旺给害了。王医生明白了，是吹鼓手提前把自己怀疑的情况给戴大盖帽的都说了，所以戴大盖帽的是在核实这个问题。不过从他们的神色来看，并不怀疑代三和赵连根是同伙，吹鼓手还要说，戴大盖帽的不耐烦地说："你先回去，我们会做深入调查的。"

吹鼓手有些黯然，抹了把眼泪离开王医生家，戴大盖帽的在枣台住了几日，走访了好多人家，村里像过年一样热热闹闹，不过他们说走就走了，得出结论认为兴旺是自杀的，吹鼓手的怀疑只是主观臆断，没有真凭实据，戴大盖帽的坐上警车离开后，吹鼓手一家人哭得撼天动地，兴旺就这么白白送死了。

警车离开后，吹鼓手一家便开始辱骂他们，他们不怕戴大盖帽的了，人都死了还怕什么，不过吹鼓手不甘心，一家人经过细致周到的分析，觉得兴旺不会自己那么傻，公家人不讲理，草草了事，害得兴旺没有个全尸。

一时间粉莲就成了局外人，家里没有粉莲的立足之地，粉莲见婆家怀疑自己，想起兴旺的狭隘，眼睛哭成了桃子，一连在青穗家里睡了三天三夜，饿得头晕眼花。这下赵依根心疼了，凑到青穗家看粉莲，吹鼓手叫人来把羊都卖了，又来青穗家里让粉莲回来问话，粉莲起初不想回来，但是吹鼓手说不回来就在青穗家敞开说，粉莲觉得这样对不住青穗，就随吹鼓手回来了。一回来粉莲傻眼了，家里已经空空如也，一个个想把自己活吞了似的，粉莲感到害怕，不敢看他们，吹鼓手代表家人问粉莲：“兴旺死了，你是去还是留？”

粉莲嗓子被堵住了，半天说不出话来，粉莲觉得自己的无辜没人能理解，男人死了就是被自己和人合伙陷害的，委屈的粉莲肚子里咕咕直叫，用力撑住炕沿，吹鼓手的老婆突然扑向粉莲，嘴里叫道：“臭婊子，你还我儿来！”粉莲吓得不轻，没有人阻拦她，燕子和丈夫也一起扑向了粉莲，粉莲也不反抗，身体瘫软在炕上，听见吹鼓手喝道：“都住手！”

接连闹腾了几天，已经到秋收的时候了。庄稼人一边割谷子一边等着吹鼓手一家事情的进展情况，一有风吹草动就往吹鼓手家跑。粉莲想回娘家，但是回去又能怎样，粉莲觉得兴旺最是无情无义的人，粉莲为此悔断了肠子，一下子瘦了。不过病恹恹的样子却又多了几分妩媚，出去上茅房还捂着肚子。王蛮喜就往青穗家凑，吹鼓手家不让粉莲走，说兴旺手里的饷洋没卖完，攥在粉莲手里，或者已经给了青穗保管，吹鼓手的老婆给村里人比画，说白花花的撒了一地，修整屋子和买羊最多花去一半，搭了一条人命，最后都好活了青穗和王石匠，自然咽不下这口气。

燕子腰圆了，已经是两个孩子的娘，赵依根反感燕子，当年燕子的形象一点也没有了。赵依根惜香怜玉的对象是粉莲，兴旺一死，赵依根对粉莲的感觉又回来了，在赵依根看来粉莲还是刚来枣台的粉莲，想为粉莲做点事情，这样感到踏实，感到舒心，王蛮喜也想为粉莲做点什么，赵依根就想剁了王蛮喜，有老婆的人，成天张家门进李家门出，睡过的女人比羊还多，这时还和一个光棍抢女人。狗日的王蛮喜，哪个女人你都想沾点腥，赵依根一下子被仇恨激怒了，死灰灰不好做，做死灰灰让人欺负，粉莲被吹鼓手一家要挟，要她交出手中的饷洋来去自由，否则他们是不会善罢甘休的，既然公家说兴旺是自杀的，那就听公家的，和公家不能胡来，但是不把粉莲折腾得人不人鬼不鬼他们心里不平衡。这里面当然也有饷洋的事情，饷洋不能让粉莲拿走，不管粉莲手里是不是真的还有饷洋。

王石匠无奈，和青穗商量，早晚得了断这件事情，没人能和吹鼓手一家说上话，只好央告王医生出面，王医生不来，说他也代表公家，公家都不管了，他自然也就不管了，这个机会留给了王蛮喜，王蛮喜在吹鼓手面前说话是有分量的，每次出去埋死人，就通知吹鼓手接活，红白喜事都让吹鼓手沾光，所以吹鼓手是买王蛮喜账的。

在王蛮喜的斡旋下，粉莲得以全身而退，王蛮喜大功告成，当夜就在王石匠家喝醉了。喝醉后王蛮喜说要给粉莲看病，说粉莲身上有晦气，说得粉莲胆战心惊，不过以王蛮喜的为人，看病自然是假，心怀鬼胎才是真，王石匠和青穗还是满口应承下来。这事赵依根是断不能答应，但这事和他赵依根有什么关系，八竿子打不着，但阻拦王蛮喜给粉莲看病的事情赵依根是下了决心的，赵依根知道王蛮喜看病是怎么一回事，他和病人同住一个屋里，没他的指令，别人是不能随意进来的。

给粉莲看病的日子选得很紧，看出王蛮喜的迫切了。赵依根怀里揣着把杀猪刀，要是粉莲有不测，赵依根杀王蛮喜的心都有，看病的这天下午就开始准备了，王蛮喜显得风风火火，围观了好多人，粉莲躺在隔壁等着，这是程序。王蛮喜准备好后就要过去了，赵依根故意把手伸进怀里，眼睛盯在王蛮喜脸上，这让王蛮喜很不自在。其实看病的前一天赵依根好不容易单独给粉莲安顿了一番，粉莲起初不信，但相信王蛮喜对自己心怀不轨，有乘人之危的意思。粉莲本来一直没喜欢过赵依根，但是自从被兴旺折腾得六神无主开始，逐渐可怜起赵依根，虽然人头子不比兴旺，可是人善良，懂得心疼女人。

粉莲昨天见到赵依根还是听从了他的话，所以赵依根今天是有备而来，要是王蛮喜好来便罢，要是有过分之举，粉莲就出声，粉莲一出声，赵依根就往里闯。这事并没有和王石匠两口子说，粉莲是有是非观念的人，知道一说姐姐、姐夫肯定反对，人家是为你好，为你治病的，不能狗咬吕洞宾啊。不过粉莲灰心了，自从兴旺无缘无故上吊之后，粉莲对男人就丧失了起码的信心，即使赵依根不及时提醒，假如王蛮喜真的有所举动，她也是不让的，赵依根的担心让粉莲刹那间觉得只有赵依根对自己才是忘我的，心都扑在自己身上，真为自己好。

王蛮喜进来了，按事先安顿好的，粉莲不能说话，头蒙在被子里，只穿内衣，王蛮喜按他们阴阳的路数像模像样地做起了看病的事情，外面的人开始是守在门口的，不一会儿觉得没意思，反正什么也看不见，就到青穗住的屋子去耍牌。青穗说这时候谁还有心思耍，等给粉莲把病看了，没事了，不仅耍，还管酒。只有赵依根没进来，就守在外面，王蛮喜哪里会看什么病，见粉莲被窝里一点动静也没有，以为外面的人都在青穗屋里，就把被子掀开一角。粉莲本能地躲闪了一下，王蛮喜对粉莲说："你不要怕，过了今天你就会好起来的。"

粉莲惊恐地点点头，没有经过阴阳师给人看病的事情，但是看见王蛮喜那表情，不像是给病人看病的表情。粉莲心里明白了八九分，心跳得击鼓一般，想起赵依根的话，就想叫，但是现在叫出来显得很荒诞。王蛮喜见粉莲惊恐，安慰了几句，不过他的手不听话了，伸进来迅速扯下了粉莲的线裤，粉莲不敢出声，抓住裤腰往上提。

王蛮喜严肃地对粉莲说："你再这样我可恼了。"粉莲急得眼泪流了下来，又怕外面的赵依根听见，粉莲感念赵依根的好，但是知道一出声，一旦赵依根闯进来，出了乱子怎么办，所以粉莲没有喊出声，只是一直在僵持着，王蛮喜见粉莲这样执拗，有些气急败坏地在粉莲翘起的屁股上扇了一巴掌说："粉莲啊，我想你这翘屁股不是一天两天了，跟我睡了还能没你的好，想在枣台安身就得听我的。"粉莲被王蛮喜在屁股上扇了一巴掌，浑身打了一个激灵。王蛮喜一把掀开被子跳上炕，粉莲急了，屈辱让粉莲爆发出了惊天动地的喊叫："赵依根，快救我！"

只这么一声喊叫，隔壁屋子里的人都听见了，大家慌乱着出了屋子。赵依根已经一脚踹开了房门，手里的杀猪刀在秋日的阳光下闪闪发亮，王蛮喜看见杀猪刀就瘫软了，论平时，王蛮喜是不会在赵依根这样的人面前受惊的，但是他受惊了，因为赵依根是先锋，赵依根的后面还有千军万马和人民群众，一个王蛮喜是抵不过的，加上他皇帝一样的老子王医生也不行，被追打出来的王蛮喜一句话也没说，只是对操着杀猪刀豪迈的赵依根说："姓赵的你多管闲事，我要能饶过你我就是你做下的。"

第六章

失马科的翠翠突然从地里冒出来以后，赵根细一家又重新成了枣台的焦点，这消息最先是通过老孔老师传过来的，虽然学校还没开学，但是老孔老师来学校拿走了一瓶蓝水。老孔老师喜欢学习，喜欢写字，正月天也不例外，他记得古人的那句话活到老学到老的道理，他也需要转正，他教了二十年的书，有机会，虽然他知道自己的关系不像赵青梅这样硬，但毕竟工龄在这里放着，她赵青梅就是再会给贾专干卖屁股也不能随心所欲吧。

原本翠翠回来就回来，也没有什么大不了，当年葡萄和卖冰棍儿的双喜跑了又回来不是好好的吗，翠翠和人跑了又回来也再正常不过，但是当年所有人都说翠翠是和赵连根跑的，这也是事实，不管和谁跑，反正都是和一个男人跑了。但是怪就怪在翠翠跑了三年之后和她一起回来的男人不是赵连根，两个村庄的人纳闷就纳闷在这里。

大正月天赵青梅还住在失马科的小学校，用茅缸的话说，赵青梅成了真正的姑子照庙，过年不回家，已经断了和家里的来往，就当没养这个二姑子，茅缸逢人就这样说。赵青梅毕竟不可能不食人间烟火，翠翠回来的时候赵青梅正在办公室做饭，赵青梅不吃肉，有学生的家长让学生送来丸子烧肉，赵青梅都谢绝了。她在做熬酸菜，洋芋烂了，揉成团的酸菜放进去，听见外面说翠翠回来了，赵青梅的第一感觉是赵连根也回来了，并且就在失马科翠翠的娘家，但是跑出来一看，抱着小孩的翠翠身边给村里人发烟的男人不是弟弟赵连根，而是另外的男人，明显比赵连根个头高，眉目也好过赵连根。赵青梅本来不想出来，觉得类似的事情和她没有关系，跑出来就是想见见弟弟赵连根，可惜不是，这让赵青梅很郁闷，很失面子。

翠翠看见了赵青梅，没有像赵青梅那样拘束，也没有赵青梅想的那样难为情。翠翠紧走几步走在赵青梅前面，两人几乎同时进了门。赵青梅还是没有正面看一眼翠翠，而是径自把锅里熬得嘟嘟响的酸菜用勺子搅了一下，翠翠问："大正月天你就吃这个？"话语里不免关切，但是赵青梅冷冷地应道："我就喜欢这个。"翠翠听说过赵青梅的脾气，回家一天也知道了赵青梅这几年的遭遇，也就不再说话，而是叹了几口气，对赵青梅说："何大壮家的牛是赵连根偷的，不过那以后我们就分开了，他偷偷走的，到外面吃不上喝不上，才知道当初的想法是多么的不切实际，多么的傻。"

翠翠说了一上午，流了一上午眼泪，走的时候很开心，翠翠的笑是从内心里发出来的，赵青梅还把她送出校门。村里人不知道翠翠和赵青梅究竟说了些什么，但是翠翠一走，赵青梅回枣台了，赵青梅的反常不仅让失马科的人惊奇，更让枣台的人惊奇。

或许翠翠用自己的亲身经历感化了赵青梅，对赵青梅触动最大的可能就是翠翠被赵连根丢下之后的举步维艰，经历了饥饿、恐慌、被逼陪睡等遭遇，翠翠看开了世道，翠翠没文化，但不钻牛角尖，翠翠用自己的赤诚赢得了现在男人的敬重，翠翠也因此脱胎换骨。回到失马科的翠翠不丢人，而且神气十足，跑了再回来是早晚的事情，只要能过得好，不管和谁过，娘家人都不反对，走错了纠正了都是好事，翠翠白白胖胖的身体，干干净净的穿着，让失马科的人一时间竟忘记了赵连根曾经的存在。

送罢翠翠，赵青梅突然想回家，见赵青梅回来，几乎所有的人都和她打招呼，那股亲切劲儿让赵青梅感到委屈，委屈又幸福，枣台的父老没有忘记自己，他们又是多么的有容人之量，赵青梅多少年来从未感到做人有这么踏实自然。茅缸正在做饭，锅里溢出猪肉香气，赵青梅一进门就喊了一声妈，茅缸见赵青梅回来，反身趴在炕沿上哭道："我的二姑子，我以为你死也不进这家门了。"

哭一句就回身抱住赵青梅，母女俩抱住哭了一阵，赵青梅就把翠翠的事情给茅缸和赵根细学说了一遍。赵根细听完也不说话，起身去粮仓了，倒是茅缸捶着大腿号哭了一阵，也不忌讳赵青梅在跟前，嘴里骂的不是赵根细，而是何广福，茅缸骂了一阵，气出好多了，赵青梅又安顿了赵继根一回，说你今年就要毕业了，把心思用在考师范上面，不要光看三国说古朝，说死了也不能给你加分。

赵继根最听葡萄的，对赵青梅的话不太在意，赵青梅又说，光作文写得好不行，你数、理、化学得不好怎么办，考上师范数、理、化还要学，不是中文班就只学中文了，贾专干……赵青梅本想说人家贾专干说的，但是话一出口就刹住了。

赵继根不服气，随口说："你就觉得贾专干好，好能给你转正吗？"赵继根这么一说，赵青梅脸一下子白到了脖子，嘴唇哆哆嗦嗦的想打赵继根，但是没有，她的眼泪一下子哗啦啦流了出来，急得茅缸操起扫把要打赵继根，赵青梅制止了茅缸，对她说："继根说得没错。"茅缸追出来骂道："三和尚，你一张麻纸糊了张驴脸，你有多大的面场啊，你和王医生都是化学脑子你就能了，哪壶不开提哪壶，今年要是考不上，你也给老娘回来受苦。"

原本赵青梅想在家里住到开学再去失马科，和母亲待在一起说说话，但是因为一个化学脑子赵继根的几句话，尤其是说到了贾专干，说到贾专干还罢，还说到了转正，赵青梅的心碎了，瞬间的感受把几年里的委屈一下子都倒出来了。伤疤好了皮，皮再被碰到之后就都倒出来了，赵青梅一人跑上山顶，左面看见枣台，右面是失马科，就是看不到旺柳镇，看不到贾专干，更看不到虚无缥缈的转正。

私底下，像当年枣台的葡萄一样，失马科的很多后生想着赵青梅在被窝里用自己的手指解决问题，不同的是，葡萄剥开人人舔，赵青梅却只爱公家人。村里人在一起说开了，又觉得索然寡味，毕竟只是空谈，谁敢翻墙进去破门而入，那样赵青梅会自杀的，她枕边放着菜刀村里人都知道，出了人命要抵命，这个道理大家都明白，不过拿赵青梅过嘴瘾也不是一件坏事，成家的未成家的都喜欢。

正月天大家凑在一起就说赵青梅，先前失马科的人同情老孔老师，说他一拐一拐的翻山去枣台实在太辛苦，但是现在不说了，毕竟老孔老师只是一块石头，赵青梅就是一块美玉，二者之间选择赵青梅觉得不是什么坏事，这一天村里人在学校打篮球，也不懂规则，就那样疯抢，谁抢到直接投篮。赵青梅就在办公室看书，外面投篮的人每逢投进去就看着赵青梅的窗户大喊："硬不硬？"其他人都说："硬，硬啊，连篮环都没碰上。"外面的后生像一群饿狼一样呼喊，屋里的赵青梅听得耳热心跳，又不好出来说什么，最后投篮进去的人叫道："硬不硬啊，硬你就出声。"大家一起说："硬啊，比你的球都硬！"

说完就一片哄笑，但是没人进来和赵青梅说话，他们不好意思，因为赵青梅不认庄稼人，只认公家人，清高啊，长得倒像是公家人，可惜小姐身子丫鬟命，打完篮球后把篮球向门口扔，不过只是做出了动作而没好意思那样，就对屋里的赵青梅说："赵老师，麻烦你，我们走了。"说着就嘻嘻哈哈出了校园。

赵青梅本想回应说没什么，别客气之类的话，可是话到嘴边又咽了回去，蓦地感觉很失落，但又不知道失落的理由，要是不为转正，不为自己儿时就有的理想，起码在失马科也有她看上的，但是现在进退两难，赵青梅很鄙视自己，她把头在桌子上磕碰了几下，身体热了，身体一热就想贾专干，想见他一面，是自己疏远了他，但是现在反过来去见他，他对自己会和原来的感觉一样吗？赵青梅固执地觉得一样，没理由，想起第一次的时候，她就是一块大磁石，把贾专干啪地吸到了自己身上。

贾专干噼里啪啦地在自己身上动，像只发情的公狗，大白天赵青梅这样冲动，连自己也不得不鄙视自己了，假清高的人，你还不如一头碰死吧，你谁也看不惯，可是想想你自己的龌龊。赵青梅手里的书掉在地上，头晕晕的，下面感觉往外冒，夹紧双腿也不行，没办法，制止不了了，就是往外冒，像调皮的小孩在人面前用唾沫吹泡泡一样，不管大人说他讨厌不讨厌，就那样厚脸皮吹出泡泡给人看。

赵青梅伸手进去制止，但是一进去就把手伸进去了，下面的泡泡吹得一塌糊涂，大腿根火烧火燎，赵青梅坐不住，出去也不是，躺下也不行，听见外面狗叫，是支书儿子买娃家的那只公狗，赵青梅一下子把门打开，头脑里一片空白，只想把裤子脱了让买娃家的狗用舌头舔。狗摇尾乞怜，好像赵青梅家今天有肉似的，赵青梅不吃肉，买娃家的狗也知道，虽然经常光顾这个屋子，没少吃赵青梅的东西，可就是没吃上肉。

赵青梅看着狗，解开裤带想把裤子脱下来，但是一刹那理性战胜了躁动，她哭着把衣服整理好，一脚把买娃家的狗踢到门上，狗见赵青梅性情大变，嗷嗷叫着想出去，可惜门关着。赵青梅把门闩打开，狗一闪身冲了出去，冲到大门口还不时回头看赵青梅的动静，买娃家的狗嚎叫着跑远了，赵青梅一头撞在被子上压抑地哭了起来。

这学期开学贾专干还是挨个村子检查了工作，检查失马科不前不后，这样引不起任何的嫌疑，赵青梅调到失马科一年来，贾专干初次来失马科，本来他和老孔老师都喜欢下棋，来失马科是常有的事情，但是出了和赵青梅那档子事情，赵青梅调到失马科了，他就不能来了，其实学校里也没什么大事，只有镇上期末统一考试才可能到镇上去，镇上不统一考试，所以赵青梅没有去镇上。

这一次见面是在赵青梅的办公室里，贾专干若无其事地例行公事，赵青梅也不拘谨，但是偶或通过眼神交流一下。贾专干是渴望的，惭愧的，矛盾的，这种表情让赵青梅很纠结，赵青梅和贾专干的心思其实是一样的，两人可以说是息息相通，但毕竟是因为公事，毕竟以前的事情昭告天下了，原本在赵青梅看来不可能泄露出去的事情泄露出去了，这不能不说是人的命运，赵青梅最大的弱点就是不经世事，哪有不透风的墙，哪个女人做了卖屁股的事情都是一个性质，在赵青梅看来葡萄太不自重，但是在葡萄看来赵青梅是当婊子立牌坊，不过葡萄可怜赵青梅，葡萄看得开，没念过几天书，最后不也还是跟了公家人吗？

葡萄敢作敢为，赵青梅就不行，做了还以为别人不知道，泄露了还觉得无辜，不就是跟一个人好了，这有错吗？时至今日赵青梅仍旧转不过这个弯来，所以等贾专干检查完学校的事情后，就要去支书家吃饭，要不要赵青梅陪着，公家人贾专干也不知道了，支书是明白人，一定要赵青梅陪着，怎么说赵青梅也是主角，当支书的要支持才对，贾专干说："女孩子家，脸皮薄，陪领导吃饭也放不开。"支书想，文化人就是假惺惺的面孔，怪不得当年要批斗死了两千年的孔老二，太虚伪，该做的不该做的都做了，还要说不好意思陪吃饭，睡觉都好意思，吃个饭反倒不好意思了，但是又不能直说，就对贾专干说："要锻炼锻炼，早晚还要嫁人呢，这样扭扭捏捏的寻不下好人家。"

贾专干一听连说可不是嘛，就叫赵青梅一起到支书家吃饭，支书的孙子虎子上三年级，不会做算术题，看见赵青梅就躲出去不敢进来，支书就叫儿子买娃去把虎子叫回来，说老师来了躲出去算什么道理，没礼貌，等把虎子叫回来，饭已吃停当，买娃家的那条狗站在门口可怜兮兮地等买娃施舍。买娃把半碗面倒给狗吃，支书也不顾贾专干和赵青梅在，就骂买娃败家子，说给狗吃谷米牢饭就行了，白面大米也是给狗吃的吗？

说话中虎子低着头回来了。赵青梅为缓解尴尬赶紧去和虎子说话，虎子脸皮薄，看见赵青梅就想起不会做的算术题，脑子转不过那个弯。赵青梅从书包里拿出算术题手把手给他教，虎子竟然很快就豁然开朗，刚才还哭哭啼啼的不敢回来，这下破涕为笑，孩子一笑，赵青梅也笑，笑的时候见买娃家的狗在吃那半碗白面，又偷看贾专干，贾专干好像和自己没有关系，坐在炕上和支书一起吃烟。贾专干能把吐出来的烟全部吸进鼻孔，半天不吐出来，吐出来的时候是从嘴里，嘴唇收得又圆又小往出吹，是吃烟的高手。

坐了半晌，支书见贾专干没有要走的意思，就叫买娃去买酒，贾专干假意推辞一番就踏踏实实留下了，支书小便不畅，不敢喝酒，就叫买娃陪贾专干喝，赵青梅想走，但是不好意思，支书就叫赵青梅也喝酒，赵青梅一听便不好意思地笑着连连摆手，支书说："锻炼嘛，喝酒不是什么坏事，你一个女娃家，成天闷在学校也不出来散散心，今天是陪领导喝酒，也是教学任务的一部分。"

支书这么一说，贾专干笑了，赵青梅也笑了，不过两个人的笑各有意味，贾专干笑是因为支书给了自己和赵青梅一起相处的理由，赵青梅笑是在这里陪贾专干喝酒完全是工作需要，工作需要就不会有闲话。这就是赵青梅的虚伪，支书并不看好赵青梅，觉得文化人都这样不可理喻，秃子头上的虱子明摆着，三岁小孩都看出来的事情，你当老师的却看不来，难怪一根筋，就想转正，就喜欢和公家人睡觉，可惜了一棵好苗子。支书暗暗叹口气，不过叹气的时候大家以为支书身体不舒服，谁也想不到支书在想什么。

夜里贾专干喝高了，不想说的说了不该说的也说了，但是还是说不够，成了话痨。在贾专干看来今天这场面就是他和赵青梅的，公家人贾专干从来不把庄稼人放眼里，枣台的化学脑子王医生他也没把他当老几，失马科的支书是个厚道人，他自然不予理会，喝醉后的贾专干前五百年后五百年地说，买娃从始至终附和着，其实买娃也喝高了，最后一杯喝下去后买娃直接倒在炕上不省人事，买娃的婆姨过来想骂买娃，碍于贾专干的面子又不好意思出口，扶买娃的时候买娃迷迷糊糊地骂自己的婆姨，买娃的婆姨拉买娃去隔壁休息，买娃酒后身重，起不来，嘴里直嘀咕，买娃的婆姨拉不起。

贾专干说就在这炕上和他睡，买娃的婆姨说那怎么行，庄稼人还能和公家人睡一屋，买娃不起来，买娃的婆姨掐买娃的胳膊，买娃疼得嗷嗷乱叫，酒醒了大半，不过还是迷糊着，见婆姨跪在自己面前往地上拉他，买娃忘记了身边还有人，就抓住婆姨的奶子说："看你这奶子，耷拉着，你看人家赵老师那对奶子，像两只兔子。"买娃的婆姨本身就讨厌赵青梅，听买娃这么说，知道是醉话，不过还是不顾赵青梅在场，问买娃，你见过？买娃依旧没完全清醒过来，对婆姨说："夏天时候穿得薄，给学生教打篮球你没见啊，胸脯那个抖得啊，看得人直想尿尿。"

不等贾专干开口，买娃的婆姨就抽了买娃一耳光，骂道："你睁开狗眼看看，人家赵老师黄花闺女还在炕沿边坐着呢。"买娃的婆姨把黄花闺女四个字说得很重，分明是说给赵青梅和贾专干听的，贾专干嘴唇动了动不知道怎么说。赵青梅恨不得找个地缝钻进去，一跳从炕沿边下来直接往学校跑，买娃的婆姨就对买娃说："天底下男人都死光了，人家赵老师也轮不上你往里面尿，你自己尿泡尿照照自己，你当你是公家人啊？"

买娃的婆姨本来就说不了话，加上买娃那样夸赵青梅，恨不得当着贾专干的面撕裂买娃的嘴。支书听见了，本来他正疼得尿不出来，见儿子和儿媳妇这样没高低，在隔壁吼道："都给老子滚回自己的屋里去，再胡说小心揭了你们的皮。"

这时候买娃也酒醒了，面红耳赤给贾专干道歉，贾专干虽然恼火，但是醉汉不和醉汉论理，买娃的婆姨说："喝几口尿水子就不知道自己是谁做下的了，你说你刚才都说了些什么？"问得买娃无地自容，拉起婆姨一溜烟跑回自己屋里，也不管贾专干了，买娃羞愧难当，回屋就一头睡下了，买娃的婆姨过来收拾炕，要贾专干睡觉，贾专干脸上白一阵红一阵，觉得今天被买娃和他婆姨合起来羞辱了一番。

第二天一大早贾专干就离开了失马科，天刚麻麻亮，贾专干想去学校看看赵青梅，但是大门紧锁，就是开着也不能进去，那样更是说不清了，贾专干一人出了失马科，村里人第二天就知道了昨晚的事情，羞得买娃不敢见人，一大早就去地里了。

买娃的婆姨那张嘴比口哨传播还要快，逢人就说，还要别人保密，不到中午就传遍了，下午虎子就在学校里被一群孩子围在当中，问买娃是不是往赵老师里面尿尿了，虎子刚刚学懂算术，如鱼得水，对赵青梅感激得就差磕头，又为维护自己的老子，动手和一群孩子打了群架，鼻子被打歪，鼻血流了一地。虎子是支书家的三代单传，在支书眼里自然是命根子，在买娃的婆姨眼里比皇帝还重要，皇帝被打趴下了，买娃的婆姨自然不让了，跺着脚骂了一下午。

到晚上，孩子昏昏沉沉的，村里的赤脚医生说没办法，又让去旺柳镇上的卫生院检查。买娃和村里的后生驾着驴车急匆匆奔旺柳镇来，赵青梅原本也想去，但是买娃的婆姨不让，在买娃的婆姨眼里赵青梅就是红颜祸水，要不儿子也不至于挨打受气的，半道上孩子鼻息很轻微，买娃的婆姨急得想招魂，买娃也吓得哭出声音，买娃的婆姨是很泼辣的人，双拳在买娃头上一顿暴打，打的时候骂赵青梅狐狸精，又骂买娃不是人，嘴上一套心里一套，心在赵青梅身上。买娃酒后吐真言，但是又不好解释，几个后生说他们也对赵青梅有好感，但只限于想想而已，谁也没对她做过什么，像买娃那样都是轻的，其他人不知道怎么想呢，气得买娃的婆姨"呸"一声骂道："亏你们还能说出这话，不羞不臊，还在这里替买娃说话。"

后生们见虎子情况不好，也不敢笑，更不敢和买娃的婆姨论高下，到旺柳镇的时候已经是天明，几个人累得不行，就去敲卫生院的大门，里面的人说还不到上班时间，急得买娃的婆姨号叫道："等上班了我娃就怕没命了。"看大门的只好把门开了，医生又没起床，只得又央告看大门的去请医生起床，谁知新分配来的是一对年轻夫妻，正在大清早缠绵不休，怎么叫也不开门，最后很突兀地爆发出一句："死人了这么叫，去一边等着。"

大家在外面又冷又饿，最担心的还是虎子的情况，买娃的婆姨把手放进被窝里一摸，孩子身上也是冰凉，好不容易等医生起床了，黑着一张脸叫进诊疗室，说是出血过多，心脏跳动跟不上，买娃的婆姨急得想放命，打了针，孩子稍微好些，只是嘴唇干干的起了皮。买娃的婆姨心疼得眼泪挡不住，到上午失马科来了一些人，大家是和支书一起来的，赵青梅也在其中。打架是在学校进行的，她一个姑娘家根本阻止不了，等把虎子打倒在地，孩子们路队也不站都起来跑了。

本来孩子们不想那么折腾虎子，可是他们说支书每年都和他们收公粮，给公家交公粮没办法，支书又不是公家人，但是还要收公粮，他们不懂那是给支书的报酬，公家不给他发工资，和庄稼人收点公粮也不为过，但是孩子们不管这些，一打架就来劲儿。

医生诊治到下午让回去，说回去休养就好了，只是鼻梁稍微受点伤，以后可能影响美观，买娃的婆姨一听就想往赵青梅腿上吊，大家一起拉住，说只要孩子好着，鼻子歪点又能怎样，支书是通情达理的人，买娃的婆姨不敢违拗，但是对赵青梅恨之入骨，回来的路上买娃的婆姨骂骂咧咧的，买娃脸上过不去，但又不好制止婆姨。赵青梅在镇上也没看见贾专干，可能贾专干去另外的村子检查工作，赵青梅感到无比落寞，感觉自己就是个孤魂野鬼。

失马科的人回去了，不过这事在镇上立马传开了。镇上闲来无事的人最喜欢传播这些事情，葡萄也知道了，理发店门口的人都在说这件事，葡萄起初不搭理，渐渐的听不下去了，对着门口“呸”了一口，见葡萄生气，人们都不敢说了，不过大家知道沈国庆的秉性，最是听不得这些闲言碎语，谁要是敢多说，可能把沈国庆难过得想自杀，理发店本来就是是非之地，结婚后沈国庆本想让葡萄不要开店，但是说不听，不开店做什么，总不能再去卖冰棍儿吧。

葡萄是闲不住的人，慢慢的沈国庆就不说了，每天下班就来店里，有时候上班时间也来，只要不忙就贴到葡萄跟前，葡萄觉得沈国庆就是一个吃奶娃。旺柳镇的人都这么说，沈国庆开始不好意思，后来接受了，并且说自己就是葡萄的吃奶娃。只是葡萄怀不上，和葡萄同时结婚的媳妇们都怀上了，有的提前就生了，提前生下的都说是提前就睡一起了，可就是葡萄不生养，怀不住。当年她怀过双喜的孩子，让翠翠的家人踢掉了，此后葡萄就怀不上，医生说是习惯性流产，检查后沈国庆像霜打的茄子一样蔫了。沈国庆知道丈母娘茅缸的风流韵事，也知道小姨子赵青梅和贾专干的那档子事情，独独葡萄的事情从他和葡萄结婚后就不知道了，以前葡萄是什么人他自然清楚，喜欢听热闹的旺柳镇的人都知道葡萄的事情，结婚前的沈国庆自然也不例外，可是结婚后消息就没有来路了。

沈国庆在赵青梅的事情被旺柳镇再次传开后对葡萄提高了警惕，见不得葡萄和客人开玩笑，沈国庆知道自己的后脑勺不长眼睛，也知道关于葡萄的任何消息都到不了自己的耳朵里，就怕葡萄做了什么不该做的，世人都知道了，戳自己脊梁骨的时候自己却浑然不觉，那倒也罢，最怕的是后来真相大白才知道自己一直被戳脊梁骨，想到这里沈国庆没下班就直接来到店里，店里刚有一个客人洗头后走了，沈国庆脸阴沉沉地对葡萄说：“你听镇上的人都是怎么说你妹子赵青梅的？”

以前沈国庆做姐夫的总是把赵青梅叫青梅、把赵继根叫老三，三兄弟，可是今天一改态度。葡萄见沈国庆这样，分明是要和自己吵架，就对沈国庆说：“她是她我是我，一娘生九子连娘十个样的道理你不懂，还书生呢。”

一句话让沈国庆更下不了台，沈国庆敏感、细腻，甚至狭隘，见葡萄不但不羞愧，还用这样的口气和自己说话，好像做错的倒是自己了。沈国庆站起来对葡萄说：“你以后不要化妆了。”葡萄说：“我给人剪头发的，我不把自己打扮好，人家谁来这里剪头发，我自己邋遢，能有生意吗？”沈国庆说：“那你就别做了，关门，我早说了不开了。”葡萄性子被激起，说：“关门吃什么，看你身上穿的，哪件不是我给你买的，家里用的多数都是我买的，你买什么了，你一年给我几个钱了，就你那点工资，能干什么？”

要说葡萄先前因为赵青梅的事情自己在沈国庆面前开脱还罢了，这时候又挖苦沈国庆挣得工资少，一下子戳到沈国庆心窝子里，屈辱让沈国庆感到心口子疼，眼泪在眼眶里打转转，但是没有流出来。沈国庆没有再说一句话，而是站起来就走，葡萄没有意识到沈国庆的情绪，以为他不想和自己争论罢了，自己一人安静一会儿也是好事，其实在葡萄眼里沈国庆就是长不大的孩子，是个小弟弟，赌气走了，一会儿自己没事了，自己没事也假装有事，非得葡萄逗他才会回转。

葡萄没把这事放在心上，回去见沈国庆不在家，也没当回事，婆婆做饭吃罢，问沈国庆，葡萄说不知道，就去睡了。理发是件细活，但也耗费体力，葡萄躺下就睡，心情也不是很好，一则怀不上，最近被人说，再就是为赵青梅的事情，别看葡萄和赵青梅不亲，但骨子里还是亲的，一娘同胞能不亲吗？要不是镇上又说赵青梅和贾专干的事情，葡萄也不会这么纠结，加上下午沈国庆的那阵折腾，想着想着葡萄就睡了，半夜才听见沈国庆蹑手蹑脚地回来了。葡萄装睡，想让沈国庆逗逗她，但是沈国庆没有，而是粗重地叹口气睡下了，瞬间鼾声如雷，倒把葡萄吓得不轻，沈国庆不是镇上的夜猫子，不赌不嫖，出去干什么了，还睡得这样死，葡萄不是疑心重的人，也没当回事，就昏昏睡去。

沈国庆昨晚去赌博了，那地方离旺柳镇不远，三四里地，风声紧如鸟兽散，风声一过羊皮照旧，也是庄风问题，根深蒂固了。虽然警所里进去不少，但放出来还是死不悔改。沈国庆鬼使神差地和旺柳镇上的赌徒们一起去了，不过他输了，输得一塌糊涂，沈国庆一个生瓜蛋子，赌输后的沈国庆给人打了欠条，到最后沈国庆都不知道自己究竟是怎么输掉的，不会赢，输谁都会，只是不知道怎么就输了，输得不明不白，看来像赌徒们说的那样，赌博这行先要交学费，交学费入门，然后才能看输赢。

沈国庆输了，不像其他交学费的人那样循序渐进，而是输得找不见北了，像喜欢上葡萄一样，沈国庆陷进去就不可自拔。沈国庆其实天生就是一个赌徒，和葡萄结婚那阵子九头牛都拉不回，初次赌博也是一样，一沾上就下不来。第二天沈国庆没有按时起床吃饭上班，家人以为他身体不舒服，过来看时沈国庆还是那样，对问话不理不睬的，沈老师就这么一个宝贝疙瘩，担心遇见什么不开心的事情，最先想到的就是媳妇葡萄，因为沈老师知道葡萄的行为，和沈国庆一样，自从两人结婚后再没听见过葡萄的什么事情，因为言路到他们家人这里就不再传播了。

看沈国庆的神态，只能是和葡萄有关系，只是沈国庆不说话，沈老师就问："是不是和葡萄闹别扭了？"沈国庆翻了个身，沈老师语气急促地问："是不是葡萄做了什么对不住你的事情？"这一回沈国庆又把身体翻过来，瞪了沈老师两眼说："你放狗屁，你老婆才做了对不住你的事情。"

沈爱民老师一听这话半天回不过神来，等他回过神来他老婆吴翠珍也进来了，她听见了这对父子的对话，就给了教了一辈子书的教书匠一巴掌，骂道："丢人不，教书都教到屁股里了，连人话都不会说，这样的话是你当老子的问的吗？"沈老师感到很无辜，左右开弓扇了自己两嘴巴，看着蒙头大睡的沈国庆对自己没文化的老婆说："是我不会说人话啊，是我，我不会说人话！"

第七章

到了中学升级考试，化学脑子赵继根傻眼了，其实从一过年这种危机就开始蔓延了，所以对关心他的赵青梅也是出言不逊，赵继根的难过在于作文写得好，数、理、化却一塌糊涂，折磨得赵继根苦不堪言，考不上就得回枣台当个庄稼人，但赵继根最害怕劳动，考不上的话无疑就是庄稼人了，只能在面朝黄土背朝天的时候给村里人说古朝。

要是只考说古朝的话，恐怕谁也比不过赵继根，从小时候躺在炕上说自己摆了个太字就能窥见赵继根的创造力了，不管怎么说，要考当然考师范，想当老师也是赵继根的理想，当老师有两个假期，工作又有规律，不像镇上的干部，半月二十天的在村上，老婆都偷偷和别人睡在一起，这点也是十六岁的赵继根苦恼的，所以他要当老师，当旺柳镇中学的老师。自从葡萄和沈国庆闹矛盾开始，赵继根礼拜天就不在葡萄家吃饭了，赵继根把所有的期待都放在了和他一样的化学脑子王医生身上了。

王医生看见赵继根朝自己家门走来，明显看出了他的窘迫和无奈的神色，同为化学脑子的两个人真可谓心有灵犀一点通，寒暄、落座、沏茶，这是村里唯一能享受上的待遇，谈古论今半晌后，赵继根开口了，开口是从支支吾吾开始的，王医生知道赵继根面临考试有压力，但不知道他的数、理、化不堪到了那种地步，赵继根说："就是记不住公式，照上公式会套，背着就下不了手。"

听得王医生哈哈大笑，不过临时抱佛脚也是有作用的，只是作用大小就看赵继根的造化了。王医生给赵继根想出了绝好的办法，这个办法让赵继根如释重负，至少一个礼拜内没有再梦见考试，每次都是别人快交卷了，自己还没动一道题，交了白卷，梦醒来的尴尬让赵继根很扫兴，不过当知道是南柯一梦之后赵继根又感到庆幸，继续睡去，依旧是做梦，不过这次做梦是梦见自己在学校的讲台上念自己的作文，在旺柳镇河边的垂柳下给低年级同学说古朝，赵继根说得快，绘声绘色，听的人跟不上，所以得重复，得回答问题，赵继根是满足的。

先考语文，赵继根如鱼得水，其实赵继根想先考数、理、化，只要按王医生的点子考过了，剩下考语文真是轻车熟路，考数、理、化的时候赵继根应用了王医生传授的秘诀，公式就写在大腿根，题做了大半，大夏天，热得人最想吃冰棍，赵继根一头大汗，离交卷就差一刻钟了，监考老师站在了赵继根身旁，做贼心虚的赵继根本能地把裤头往下拽了拽，怕处有鬼，刚被拽下去的裤头被监考老师拉起来了，惊呼：“大腿上有公式！”考试前的纪律不准交头接耳，窃窃私语，不准夹带与考试无关的东西，这是起码的考试诚信，把公式写在手掌心的人考试一紧张就出汗，公式被汗水褪掉了，只有大腿上密集的公式没有受到影响，就在赵继根的手段快要得逞的时候，女监考老师发现了。

赵继根的头上瞬间冒出了大汗，像刚洗过头发一样，紧接着他感到头晕，刹不住尿出一点，不过痕迹不大，赵继根被罚站在教室最显眼的地方，写公式的裤头一边挽起来，低垂着头的赵继根成了考试后学生们缓解压力的对象，都骂，骂赵继根鬼，骂赵继根精，最后讽刺他是聪明反被聪明误，这就是报应，鲤鱼跳龙门啊，跳出去就不用当庄稼人，但是你赵继根投机取巧，这是报应，是下场，站在夕阳下的赵继根像一个迟暮的老者。

这时候他不是躺在炕上摆成太字的赵继根了，即便他是太字，他的小鸡鸡这时候像他的脑袋一样耷拉着，那一点不硬，硬不起来。处理这事的是教育专干贾子建，这事传到枣台是下午，村里在旺柳镇上学的学生们回来说的。第二天镇上又来了几个干部，把赵继根的家长和王医生一起带走了，要调查，因为胆小如鼠的赵继根已经把王医生出卖了，坦白从宽抗拒从严的道理赵继根明白，所以就一五一十地交代了。贾专干还做了笔录，为了体现自己的忏悔之心，赵继根将事情描绘得有声有色，出卖王医生在赵继根看来就跟喝口凉水一样，处理决定是镇上干部大会定下的，单一个贾专干是做不了主的，调查取证是他，但是决定权不在他手里。

对赵继根抱希望的赵青梅来求贾专干，想让他奔走说情，起码不要给处分，处分是三年内不得再参加考试，这等于是给犯错误的考生判了死刑。三年啊，说短不是什么，庄稼人都数十年如一日，可是说长就长，三年不让考，再考断然是考不上的，但是事在人为，一心想转正的赵青梅虽然被赵继根奚落过，但是她不记仇，不管怎么说也是自己的弟弟，并且只有他有机会跳出农门成为公家人，来找贾专干说情的赵青梅没有在意旺柳镇人的眼光和议论，本来在这个时候贾专干除了调查以外不能单独和家属见面的，这是回避的程序。

但是松紧在贾专干手里，可以把这次成绩作废明年给机会再参加考试，凡事都要酌情而论，正因为酌情而论，才有了私情，这火候怎么把握也是事在人为的，不过赵青梅是在下班后去找贾专干的，要替赵继根说情。贾专干正在风头上，不过见赵青梅主动来求自己，贾专干还是全身都软，就那里硬邦邦的。

赵青梅见贾专干是在旺柳镇一户熟人的屋子里，这个熟人的屋子比较僻静，贾专干是从一家食堂的厨房后门进来的，赵青梅也是这样进来的，原本以为在里面的包间吃饭，可是饭没吃，一起到了食堂的后院，就贾专干和赵青梅两个人。贾专干点上烟对赵青梅说：“这事难办。”赵青梅说：“继根是棵好苗子，浪费就可惜了，就看你的了，让明年再考，领导听你的，毕竟这事你主管。”贾专干猛吸几口烟，还是浑身软下面硬，硬到最后他拧掉纸烟对赵青梅说：“豁出去了！”

豁出去是从揭开赵青梅的确良衬衣开始的，很快，赵青梅干渴的身体彻底滋润了，被贾专干滋润的土地舒展着身体眯上了眼睛，土地终究拗不过开垦者，尤其垦荒拓荒的人最为狠毒，恨不得把土地掀翻过来，贾专干这个开垦者就是这样，开垦的方式变化之后赵青梅感到身体的毛孔都流出汗了，密集的汗水汇成小河，在身体上四散流开来，体内的血管像被打通了，能听见哗啦啦的响动。土地和开垦者在夕阳落幕的时候平静下来了，一片和谐景致。

土地的奉献得到了回报，第二天，赵继根作弊事件的处理结果是可以复读，今年的成绩作废。也因为这一次事件，赵青梅和贾专干重归于好了，她还需要他给她转正呢，没有他，一切都无从谈起，她征服了自己，也征服了他，两个人的心近了，似乎要交融在一起，旺柳镇的人都知道贾专干和赵青梅在食堂单独吃饭，但不知道他们在食堂后院里发生的地动山摇的好事，都说不要把人一棍子打死，毕竟赵继根作文写得好，古朝说得好，人都有长有短，给个机会或许就是胜造七级浮屠，都也没当回事，不过王医生的地位由此受到了动摇。

庄稼人开始盘点王家父子的功过，才知道他们其实在枣台所做的每件事情都是很丑的，比何广福的相貌还要丑，还要臭，臭得不能闻。庄稼人怎么了，受苦人怎么了，清清白白过自己的日子，不是自己的不要强求，把人往沟底里教，即使用那样的伎俩考上了又能怎么样，你用伎俩考上了，就会让一个有真才实学的人落榜，这样的坏事不能做，不敢做，做了要遭雷劈的，天上一响雷，就得往屋里躲，这样提心吊胆的人生有什么意义，还不如老老实实做个本分的庄稼人好。

王医生的地位岌岌可危了，王医生一肚子气，对这个和自己一样的化学脑子感到气愤难当，放假后王医生说要叫赵继根来家里吃饭，赵继根心虚，不敢来，王医生说非来不可，他知道自己不该那样教他，给他出坏点子，闹得个个颜面扫地，一起坐坐吃个饭把事情说开来，毕竟收假还要继续复读。赵继根扭扭捏捏地来了，进门见王医生家招待干部的八仙桌上摆了四样菜，绿豆芽炒肉丝，粉条烩丸子，清炒洋芋丝，小白菜熬洋芋，都是赵继根喜欢吃的。

虽然检举了幕后人物，但是看见这些好吃的，赵继根一点也不相信这是鸿门宴，依旧寒暄，落座，沏茶，家里没人，就王医生一个人，只要赵继根来，家里人都不能进这屋子，对赵继根的期望，王医生自然是很强烈的，在王医生看来，赵继根将来肯定是公家人，不会在枣台受苦的。赵继根有头脑，化学脑子，合作社的时候自己是化学脑子，长江后浪推前浪，他希望赵继根能担当起来，枣台的人不能都窝在村里务庄稼，对赵继根的检举王医生咽下了，看见赵继根有些忐忑，王医生就说：“你怕我这菜里下毒是不，人活着多好，兴旺那傻瓜，赌气喝农药，一次死不了死两次，后来还是上吊了，可惜啊可惜，可惜了好苗子。”

赵继根不敢说话，只是点头应承，王医生又郑重其事地说：“你做得好！”赵继根不明白王医生话里的意思，疑惑地问道：“什么？”王医生说：“你个龟孙子，还装聋作哑了，真不明白我的意思？”赵继根摇摇头，王医生说：“就是检举我的事情啊。”说完咳嗽起来，赵继根羞愧难当，嗨了一声双手捂住脸，王医生说：“你别羞，好汉不吃眼前亏，你做得好，所以我今天请你吃饭，看看村里我请谁吃过饭，都是别人家请我，我这里只请公家人吃饭。”赵继根听王医生说得恳切，又看那几个菜，大夏天的谁家能吃上这样的美味，除非过年。王医生又开了一瓶杏花村。太阳从敞开的门里照进来，赵继根在一阵眩晕中闻见了浓浓的酒香，没喝过酒的赵继根还是被感染了，王医生给赵继根倒了一酒盅，说：“今天放开喝，这是老子给你的壮行酒，要是明年再考不上，你就把这好酒糟蹋了。”

在王医生家喝了一下午酒，从一开始赵继根就昏昏沉沉的，吃也吃好了，喝也喝好了，王医生在他眼里也是忽远忽近的，摇摇晃晃的，其实是赵继根自己晕了。喝醉后像神仙，第一次喝酒的赵继根被王医生放倒了，既然是壮行酒，那就得喝好，睡到半夜的赵继根酒劲才真的上来了，挨家挨户地和人说话，给人说古朝，被从一家送到另一家，就是不回去。茅缸说不听，气得要找王医生，但是人家好酒好菜的招待，去说开不了口，又骂赵根细不管。赵根细睡在隔壁像一堆柴草，根本不理茅缸的话，最后还是被代三和赵依根几个人送回来了，送到院外赵依根就走了，走时丢下一句：“三和尚人丢不完！”

暑假期间赵继根没有和赵根细到地里锄地，他有理由待在家里复习，主要是每天早上背数、理、化公式，第一天起来见赵根细早出去拾粪了，第二天要赵根细起来叫他，一天之计在于晨，起码给村里人表表自己的决心啊，等赵根细起来叫他，赵继根看见天还没亮，正睡糊涂了，赵根细见叫不起赵继根，知道他是瞎子点灯白费蜡，等他在粮仓窸窸窣窣忙完后，再过来叫，赵继根依旧睡得一塌糊涂，拾粪回来再叫，赵继根其实已经醒来了，因为赵根细没有第一时间把他叫醒而生气。

赵根细有些无辜地说："我叫你，你不起来，还怨我？"赵继根耍赖，对赵根细说："你是怎么叫我的，蚊子一样嗡嗡两声就走，能把我叫醒吗？"第三天，赵继根一晚上没睡，不等赵根细过来他就起来了，起来先是背公式，但是记不住，就读课文，这是赵继根的日课，每天不读课文就难受，就像吃烟的人每天都要吃烟一样，不吃烟就发火浮躁，越读越上劲，停不下来。

坚持了几天，还是没记住几个公式，每天索性就读课文，开学后一进校门赵继根就感觉到了压力，不过还是赵青梅替自己求情求来的，适应了几天后赵继根还是觉得学校好，念书好，庄稼人说得对，苦难受屎难吃，看来真的不假，念书就是一条捷径。

赵青梅利用到旺柳镇开会的间隙请赵继根吃饭，吃完后记在贾专干的账上，虽然赵继根知道赵青梅和贾专干之间的关系还没有断，不过看见公家人能赊账能吃香的喝辣的，赵继根就什么也不想，赵青梅对赵继根说：“好好学，将来也当个公家人，你看人家贾……”说到这里就停下了，有些脸红，赵继根见赵青梅不自在，只顾低头吃饭。赵青梅还给赵继根一点零花钱，本来赵继根每个礼拜都从家里拿来粮食往灶上交，凭票吃饭。庄稼人一般是不给自己孩子零花钱的，有了零花钱也干不成什么，谁知赵继根就学起了吃烟，起初是空吹，头仰起来往天上吹，吃烟的学生成群结队站在学校外面的玉米地里，赵继根也参与进来，不过初次参与要给老烟民孝敬的，赵继根按要求做了，因为只有这样才不会被告到老师那里，一起吃烟的好处是老师抓住以后法不责众，大家相互有个照应。

旺柳镇的老人们对这些吃烟的学生说：“吃你大的楼，这么小的娃娃，糟蹋钱哩。”又说：“吃烟要吃进肚子里，不吃进肚子里糟蹋了，你看我们，都是吃进肚子里然后吐出来，老汉吃烟又香又甜，娃娃吃烟屁股朝天，都糟蹋了。”

赵继根按照老汉们的方法学会了吃烟，也不再对着天吐圈圈了，都吃进肚子里了。学会吃烟的赵继根说古朝的时候也吃烟，这样说古朝思路很活泛，能添油加醋，不过被老师集体逮住后，赵继根一副不以为然的样子，老师对赵继根说：“赵继根，你自己说说，要不是你姐姐赵青梅，你还能继续上学吗？”

赵继根头摇得拨浪鼓似的，老师就照嘴扇了赵继根两巴掌，赵继根嘴角流出血来，吓得老师又给赵继根道歉。记不住公式，赵继根对自己考出去不抱任何希望了，礼拜天不敢回家，还是去找葡萄，葡萄和沈国庆和好了，只是不知道沈国庆给赌徒们打的欠条。表面上好了，是因为沈国庆自己心虚。赵继根本来就不想礼拜天回去，见葡萄和沈国庆一团和气，知道又可以在葡萄家吃饭了，葡萄说："吃完饭回学校好好学。"赵继根说："我记着了，不学就只能回家受苦了。"

说完以后赵继根像一只哈巴狗一样把梳子递给葡萄，葡萄鼻子四下嗅嗅问道："谁吃烟了，哪来这么大的死烟味？"剪头发的是旺柳镇上最爱显摆的裁缝，娇滴滴地说："谁吃烟了，你鼻子有问题了吧，你和我两个女的谁可能吃烟，你弟弟学生娃也不可能，难道你屋子里藏了野男人？"

葡萄笑道："我是说正事，屋子这么大，能藏住野男人？刚才死烟味呛鼻。"说完看看慌乱的赵继根说："你过来继根。"赵继根不敢过来，撒谎说要去学校，葡萄说："你过来一下，耽误不了你几秒钟。"赵继根心虚不敢往葡萄跟前走，葡萄性急，过来一把拉住赵继根就闻，赵继根不敢呼气，葡萄说："你哈气。"赵继根憋得难受，脖子都涨红了，终于忍不住哈出一口气来，葡萄骂道："赵继根你吃烟了，你学坏了啊，你说你上学容易吗，不学好的就赶紧滚回去，明年考不上再丢一回人啊你？"葡萄率性，几句话说得赵继根流下了眼泪。葡萄对赵继根好，因为他是小的，人心都朝下疼，见赵继根一哭，葡萄心软了，加上裁缝劝说了几句，就让赵继根回了学校。

半道上赵继根遇见了下班的沈国庆，沈国庆叫赵继根的时候赵继根没听见，只顾往学校方向走，沈国庆也是孩子性情，就在赵继根耳边嗨了一声，青天白日吓得赵继根想尿尿，不过见是沈国庆，赵继根还是表现出一点欣喜，沈国庆见赵继根情绪不高，爱逗赵继根，就说是不是学成书呆子了，走路也在记公式，一句话说得赵继根面红耳赤，沈国庆二话不说，拉起赵继根往他赌博的村里去了。

开学时候贾专干最忙，他一般都要挨村检查一次工作，虽然是教育专干，可是下面没有一个跑腿的，这倒也自在，一个人来去自由，和赵青梅好了以后贾专干净化了自己的灵魂和身体，他不再和旺柳镇的其他妇女临时干那事了。他憋着，憋不住就往失马科跑，在这一点上贾专干是虔诚的，现在不和以前一样了，他大胆了，像当年在枣台和青穗那样，不过赵青梅不是青穗那类型，自然对待她不能像对待青穗那样随意，不过在赵青梅来旺柳镇为赵继根的事情求情的那次，就是在食堂后院的屋子里，赵青梅尝到了另一种男欢女爱的方式，就是有人突然敲门，也来得及，比最原始的方式能及时收拾战场。谁也不会想到这种方式是在教室里进行的，教室没有炕，放学后贾专干没有直接按惯例到支书家吃派饭，因为他的公事还没办完。

放学后赵青梅虚掩了大门，这是一道工序，起码来闲转打听是非的人先要敲大门，或者要把大门推开，这样就等于传递了信号，一切都来得及，但是办公室的门故意敞开，赵青梅和贾专干在教室里办公事，谁也不能闲言碎语。贾专干像个吃奶的孩子一样有些迫不及待，赵青梅自己主动把他裤子上的拉链拉下来，贾专干为赵青梅憋得难受的铁犁铧从拉链里面蹦出来，他捧住赵青梅的脸意味深长地看着，嘴里从始至终叫着赵青梅的名字，很快，很利索，很彻底的。

贾专干为赵青梅憋了几天的欲望一下就释放了，起初赵青梅觉得恶心，后来贾专干每次来，反倒是赵青梅自己主动拉他的拉链。由被动而主动的女人几乎让贾专干刹那间就释放了，快得惊人，事后贾专干把赵青梅箍得紧紧的，问道："你不去？"赵青梅说："嗯。"贾专干说："那我去了，我的公事办完了。"

贾专干拖着疲倦又诡秘的身体来支书家吃饭，因为上次的事情，买娃的婆姨自然不待见贾专干，但毕竟是公家人，因为公事才来的，就想往锅里唾几口，但是唾进去的话连自己家人也一起辱没了，只好忍着，不过老是出来吐痰，嗓门很大，贾专干就问买娃，你婆姨是不是病了，问得买娃不好意思，说没病啊，贾专干就问，没病怎么老是吐痰，买娃明白了，过来制止，买娃的婆姨骂道："嫌脏到学校吃去，学校那卖屁股老师不也开灶吗？"买娃知道婆姨的性情，说："你看你，在咱家吃饭是公家定下的，在学校吃饭别人说闲话，再说人家来了是在咱家住咱家吃，你说人家赵老师卖屁股就是诬陷人家。"

买娃的婆姨好像亲眼看见一样对买娃说："我就不信她不卖，全旺柳镇的人谁不知道，不卖的话姓贾的来做什么？"买娃见婆姨不可理喻，又问："你看见了？"买娃的婆姨说："看见才算真的？"买娃说："那自然，没亲眼看见就是诬陷。"支书到四里八乡去贩卖羊皮，不在家，家里买娃的婆姨说了算，买娃说："今晚给不给贾专干管酒？"买娃的婆姨说："管个屁，老掌柜在的话是他的事情，老掌柜不在咱不管，年年管饭都赔着，还要被村里人骂，当这破支书干什么，脑子进屎了？"买娃说："你少放屁，就你这觉悟，村里就没支书了。"

买娃见婆姨这样，只好过来看贾专干，谁知贾专干竟睡了，贾专干听见买娃过来，口水哧溜一下吸进嘴里，叫道："我竟睡着了。"狼吞虎咽吃了买娃的婆姨做的手擀面，吃完就要睡觉，买娃说："要不喝点酒再睡？"贾专干累极，没有心思喝酒，对买娃说："明天还要检查，困得不行，给你省省吧，你大也不在，我就睡了。"

贾专干说完睡得一片呼噜，买娃睡下对婆姨说："人家毕竟是公家人，以后不要随意捏造，来了规规矩矩的，以前是以前，谁没个男女之间的过错。"买娃的婆姨不理买娃，说买娃向着赵青梅说话，气得买娃背过身子不理婆姨，买娃的婆姨记仇，一看到自己儿子被打歪的鼻子就恨赵青梅，见买娃不理自己，也背了身子，嘴里嘀咕道："骚货，狐狸精，不到报应的时候。"

失马科唱这场戏不为雨水，一家人生了九个女孩之后终于生了个小子，要感谢送子观音，就请了戏班，戏班还是老戏班，不过失马科很少唱戏，因为失马科没有枣台富有，所以唱戏自然是难得的，又加上庄稼锄了三遍，锄熟的土地等待着阳光而不是雨水，庄稼人只能清闲这么几天，在庄稼人看来比过年还要热闹的就是唱戏，人人都是愉悦的，四里八乡的闲人们都来赶热闹，人们的感情一下子就被拉近了，买娃的婆姨也是这样的感觉，不过买娃的婆姨是记仇的人，就是在这个时候也不忘要报复赵青梅，买娃的婆姨觉得长得好看的女人都是祸水，连买娃喝醉后都那样说赵青梅，别人更不要想了。这样的仇恨有女人之间的争风吃醋，有女人之间的那股子嫉妒，买娃以为自己的婆姨是刀子嘴豆腐心，但不知道仇恨能使女人做出让自己瞠目结舌的事情来。

走出校门的赵青梅让村里的后生们难以抑制对她的爱慕之情，爱慕是从下面开始的，虽然他们知道赵青梅只认公家人，只和贾专干马虎着，但是禁不住自己的欲望，最先知道赵青梅和贾专干在教室的事情是村里一个老实人，老实人尽遇上些不老实事，老实人在校园对面的杜梨树上摘杜梨吃，还没霜降，杜梨自然生涩，他打算下来，可是看见贾专干和赵青梅进了教室，他们明显没有注意到对面杜梨树上的老实人。老实人不好意思下来了，他怕被他们看见，就那样双腿夹在树干上，贾专干和赵青梅的举动让树上的老实人差点把树干戳开一个洞，庄稼人最原始，哪里见过这样的阵势，他先是心跳，紧张，想戳开树洞，想对赵青梅破门而入，但是很快两人就从教室出来了，太快了，像完成任务一样，但是又足以让人惊心动魄。

这场景在老实人肚子里埋了几天之后埋不住了，本来他想把看见的烂在肚子里，可是埋进去之后非但没有烂，还生根发芽了，几天就长到自己喉咙了，不说的话会从嘴里伸出来。老实人憋得慌，逢人就想说，但是谁跟前也说不出来，不说又感觉那事就是自己干的一样，最害怕的是说出来没人信，别人要不信，就说自己是吃不上葡萄说葡萄酸，这还是其次，怕的是别人说你简直禽兽不如，竟能编造出这样的谎话，以为大家都是三岁小孩，赵青梅听见这话会撕烂自己的嘴，想想还是忍住了。但是失马科唱戏的时候因为氛围的变化，他还是说了，是嘿嘿笑着说出来的，自己竟哭开了，谁也不知道他为什么哭，喝点酒就是容易兴奋，把不该说的说了，还说得恓惶，凄惨，好像死了爹娘一样，哭得有些莫名其妙。

起先别人都在看他，觉得他在撒谎，可是见他哭了，别人不是信以为真，而是回不过神来，等回过神来，没有人不信他刚才的话，他的讲述比他们看见贾专干和赵青梅那样还要感到真实，但是大家都默默地散去了，谁也没有惊讶，谁也没有和谁探讨，分开时候是沉默的，没有语言，没有表情，就那么散开了。老实人还没结婚，不懂男女之事，不过在他眼里男女不该是那样的，该是怎样的他也稀里糊涂，但就不该是那样的，那样不好，但是那样又很让人感到渴望，看他们那样能把人憋死，憋得难受也不能给别人说。不过他哭了，哭得稀里哗啦，没人怪他，都走了，反倒把他弄得不知所以然。

这事是压抑地传播开来的。从老实人嘴里传出半小时后，失马科就秘密传播着这件事，看法不一，有人感到荒唐，骂贾专干和赵青梅是牲口，可是牲口也没那样干啊，有人说别大惊小怪，不就是那档子事吗，不过话虽如此，还是觉得别扭，别扭得不敢看自己的老婆，不到晚上几乎传遍了。在戏场上传播这事是最快的，最有捷径的。失马科的人借助来看戏的人的嘴在传播这件事，传得沸沸扬扬，比戏还要热闹，有嚼头，嚼起来余味无穷。

每逢唱戏，学校都放假，不过就是三天，头一天起戏，第二天正戏，第三天完戏，三天是热闹的，学生娃也是分心的，索性就放了吧，庄稼人不比城里人那样，娱乐也就是戏场和赶集而已，放假了，小商小贩也有生意了，要不这戏场是不红火的。戏场上多了学生娃的嬉闹，这戏场才红火了，很多人知道这个故事，自然要寻找这个故事的主角，没有主角就是虚构，虚构的事情庄稼人一般爱理不理的，戏里唱的那些虽然也是虚构，但起码有戏子在那里表演。赵青梅在入秋时节仍旧穿一件的确良衬衣出现在戏场上，没有人不相信她干出那样的事情，不管是真是假，庄稼人相信那样的事情只有年轻貌美穿着艳丽的女人才能干得出，来失马科看戏的人也相信赵青梅能干出那事，他们是看热闹的人，无论从哪个角度看，赵青梅都是能配上公家人的那种类型姑娘，要不她怎么二十三岁了还不嫁人，一提嫁人就必须是嫁公家人，当然是转正之后才嫁公家人，说明在她眼里公家人也未必就是她的理想，她自己首先要成为公家人。

外来的年轻人终于可以一睹庐山真面目了，他们骚动了，他们不怕，不像失马科的年轻人一样不敢接近赵青梅，在他们看来即便在人群中捏一把赵青梅的屁股闪人又能怎样，她还能把他们一口给吃了，就有胆大的年轻人把手伸向赵青梅的牛仔裤上面，牛仔裤很紧，他们什么也没感觉到，不过他们闪人之后可以兴冲冲地对别人炫耀：“我把赵青梅的屁股捏了一把！”他们像打了胜仗一样兴奋不已，从外来的年轻人开始到失马科的年轻人为止，一会儿功夫像敢死队一样不下三四个人捏了赵青梅的屁股，赵青梅受了羞辱低着头匆匆回到了学校，紧锁大门不再出来。

买娃的婆姨夜里把从村里人嘴里经过添油加醋的话题结结巴巴地向买娃说了一遍，其实是因为太想说，又怕买娃不信，所以就结巴了。买娃听完后虽然觉得和自己听到的一样，但是还是不愿意相信，对婆姨挥挥手说：“你不要跟着他们是非。”买娃的婆姨呸了一声说：“你道她是好人呢，别人怎么不说我那样，你还对她不死心啊，你还以为她是黄花闺女要把洞房留给你呢？”说得买娃没好气，一个人回屋去睡了，买娃感到难过，胸闷，像老实人讲述了赵青梅和贾专干的事情后莫名其妙地哭泣一样流出了眼泪。

热闹不分白天黑夜，买娃的婆姨坐不住了，不过她很少露脸了，一个人站在自家院子里的枣树下想办法，最好的机会就是正戏这天晚上。事先约好的娘家的年轻人蠢蠢欲动，戏高潮的时候买娃的婆姨来学校问赵青梅有没有感冒药，因为买娃的婆姨知道赵青梅感冒了，又知道当老师的细心，估计有从旺柳镇买回来的药，赵青梅鼻子不通，身重，懒懒地躺着，半晌才出来开门，要是今天换了别人，赵青梅是不会出来的。

买娃的婆姨知道赵青梅起不来，也知道她昨晚受的刺激，出于对买娃的婆姨的歉疚，赵青梅出来开大门，买娃的婆姨来借东西，起码是给自己和好的信号，这让赵青梅感到欣慰。买娃的婆姨借月色看见赵青梅一副邋遢样，没一点精神，进到办公室以后才说出自己要借的东西，一说赵青梅笑了，说我正感冒得要死，真的一点药也没有。买娃的婆姨就一拍大腿说："看我，以为你们文化人心细，有备下的，不想你也感冒没药吃。"说着就要赵青梅睡下，别再着凉，买娃的婆姨表现出的关切让赵青梅备受感动，扶赵青梅睡下后，买娃的婆姨还把赵青梅的尿盆给端到炕角，急得赵青梅连说不能不能，但是已经端上来了，又给赵青梅掖了被子，自己一人出门了。对赵青梅说："你尽管躺好，我把大门给你锁了，不用你起来，睡一觉就好了，明天散戏，出来透透气。"

买娃的婆姨一走，赵青梅感到舒服了一些，眼泪不由得流下来，她想下地把门闩好，但是听见大门前的买娃的婆姨使劲把大门上的锁子锁死了，就放心地不想下地去关门闩了。她实在想睡觉，买娃的婆姨来之前她迷迷糊糊的几乎没睡踏实，这下睡觉的欲望太强烈了，不一会儿就睡得沉沉的，梦见了贾专干，和贾专干在干那事，可是被人发现了，醒不来，身体上似乎压着千斤重的东西，想喊但是喊不出，等真的醒来，一个男人从自己的身上下去了，赵青梅感到下身热热的一股东西往外流，下去的男人有些遗憾地对地上的男人说："上来，看你的本事了！"

另一个男人赤条条跳上炕，赵青梅才反应过来发生了什么事，她想起来但被新上来的男人死死压住，男人的力气大，手劲大，赵青梅根本就动不了，想喊出来求救，但是喉咙干渴，最想咽口唾沫。新上来的男人见赵青梅醒来要反抗，压低声音对赵青梅说："别动，敢喊我掐死你！"绝望让赵青梅扭头把眼睛放到了地上，那个刚从炕上下去的男人一边系裤带一边骂道："臭婊子，水蛮大的。"赵青梅一下子傻眼了，地上起码站着不下六七个年轻人，迷糊中认不清一个人，但有一点是事实，地上站着的人都不是失马科的人。这下赵青梅彻底绝望了，等她扭过头来，刚上来的男人已经开始在她下身进进出出了。地上的另外几个男人等不及，有几个趴在炕沿上看，趴在赵青梅肚皮上的男人说："滚一边去，看得老子都不好意思了，有你们日的时间。"

连续又上来几个，不过中途有些人一上来就等不及，扑哧一下射在赵青梅肚皮上，遗憾地对赵青梅说："以后你也像伺候公家人那样伺候我一回。"最让赵青梅感到难过的是中途一个人一上来就扳转她的身体在她屁股上扇了一巴掌，赵青梅一下子感觉要断气了，那男人也是一样，扑哧一下没进去就射了，不过他不像其他那几个扑哧了的男人遗憾地下地去，而是又在赵青梅的下身扇了一巴掌，站起来对着刚刚扇过的地方唰啦啦尿了一泡，这下疼痛钻心的赵青梅发出了狮子一样的吼叫："来吧，你们都来吧，一起上我啊……"那男人尿完慌张地下了地，看来他是最后一个了，六七个人一起争先恐后地往外挤，赵青梅没有听见翻墙的声音，他们是直接从大门跑出去的。

戏场上的热闹被打破，人们的焦点从买娃的婆姨嘴里转换了地方，一起朝学校奔来。买娃的婆姨见进去的男人出来了，知道事情办完了。她对村里的妇女们说，看见一群男人从学校跑出来，向他们自己的村子跑去了。这句话的意思是，他们干了不好的事情，他们一起把赵青梅给上了，喊声一起向学校方向拥来，没人看戏了，村里人拥进学校，赵青梅一点反应也没有，几个妇女说男人们不要进去，她们说着就进来了，看见赵青梅赤条条躺在炕上，屋里一片狼藉，她们看这样的情景，就有理由相信赵青梅真的被外面来的男人们给上了，但是她们不知道这是强奸妇女，只知道他们干了不该干的事情，更不知道他们干了犯罪的事情。妇女们给赵青梅盖了被子，见赵青梅眼睛呆呆的，一点知觉也没有，买娃的婆姨出来后对围观的人说："妈呀呀，身底下一大滩糨糊……"

制造这场阴谋的买娃的婆姨给别人讲述的时候故意看着买娃，买娃说你还能说出来，都是女人，再说她怎么说也是个姑娘家，一个人在这里多不容易。买娃的婆姨见买娃这样说，呸一声回家去了，来看夜戏的人都回去了，他们今晚的话题不是唱了什么戏，而是外面来的人把失马科的老师赵青梅给上了。这里面也有枣台的人，不过因为多少年来他们和赵青梅几乎没说过话，在他们看来赵青梅就是个陌生人，清高。不过这事一定要给茅缸说，要给赵根细说，毕竟是一个村里的，不能像其它村里的人那样只顾热闹，只顾过嘴瘾。他们要把事情如实地说给赵青梅的家长。和别人不一样，其实发生这样的事情后，枣台来失马科看戏的人翻山回来心里很难过，分明是欺负我们枣台没男人啊。

买娃的婆姨早早回来睡下了，她报仇了，想想儿子被打歪鼻子，这股气出了，女人的愿望满足了。买娃是细心人，知道婆姨今天和赵青梅去借感冒药，这在买娃看来很蹊跷，不过当时没在意，买娃知道自己婆姨的秉性，和村里妇女因为鸡毛蒜皮的小事一不愉快，都能做到三年不说话，看见人家的影子都想踩几脚。事情发生后买娃感到一阵恐慌，他莫名地觉得这事和自己婆姨有千丝万缕的联系，听说他们朝着自己婆姨娘家方向跑远，买娃心里不禁咯噔一下，腿也软了，回来见婆姨已经睡下，嘴里还哼着歌，见买娃回来，假装睡过去了。买娃坐在炕沿边看着婆姨，婆姨翻身，眼睛也没睁开，问买娃："你心疼了，你们这些臭男人，不分是非好坏，赵青梅遭到这样的事情是她的报应，谁让她那么贵气自己的身子，和公家人乱搞？"

买娃听婆姨这么说，没好气地说："人心都是肉长的，是人这个时候都会可怜她的，毕竟一个姑娘家，千错万错也不至于现在让咱们看她笑话啊。"买娃的婆姨听买娃这样袒护着赵青梅，赌气翻身去睡，不再理会买娃，买娃越想越不对劲，又摇婆姨，婆姨就是不理，买娃问："听说那些牲口是你娘家的人。"买娃的婆姨一听一跃而起骂道："谁家儿的放狗屁，小心我撕烂他们的嘴，嘴上没把门的了？"买娃说："不是你娘家的人，你这样激动干什么？"买娃的婆姨一下子委屈了，一把掀开被子，挠乱头发，还不停地在买娃身上拍打证明自己的清白，买娃一下子抓住自己的婆姨，眼睛严厉地看着她，又问：“到底是不是你娘家的人？”买娃的婆姨被买娃抓疼了手腕，见买娃一副吃人的样子，感到了害怕，但还是不示弱：“是我娘家的人又怎样，和我有什么关系，那还是你妻家来的人呢。”

买娃说：“这么说你承认那些牲口就是从你娘家来的了？”问得婆姨哑口无言，不过又开始哭闹，买娃的担心越来越明确，就对婆姨说：“你老实说，这事和你有没有关系，要是有，乘早去投案，要是等人家调查出来告了公家，你到时吃不了兜着走。”买娃的婆姨听买娃这样说，分明是吓唬自己，在买娃的婆姨眼里只有杀人偿命欠债还钱这个道理，其它的事情她压根儿就不会觉得有什么，冷笑道：“也好，我被公家抓去，你正好自由了。”买娃听婆姨这样说，手都抖了，一把抓住她的头发问：“这么说这事和你有关系了。”

买娃的婆姨见买娃一点情面也不给，就说：“和我有关系又能怎么样，看谁敢把我一口吃了，上她的男人又不是我，我怕什么怕？”买娃证实了自己的担心，有些绝望地对婆姨说：“你这个憨女人啊，你是给杀人的人递刀子的啊！”

买娃的婆姨的确像买娃说的那样是给杀人犯递刀子的，那天事先和娘家来看夜戏的几个男人说好后，买娃的婆姨就假装来借感冒药，出来时有意把大门上的锁子磕得咣咣响，那是故意给赵青梅听的，大门并没锁上，她在外面观察了一下动静，见赵青梅熄灯，知道她睡下了。买娃的婆姨把锁子扔到茅房里，心都快跳出来了，半小时后她估计病得不轻的赵青梅睡去了，就把娘家的那几个男人召集在一起，然后自己若无其事地去看戏。

回到枣台的人没有直接来找茅缸和赵根细，而是先在自己家里把事情说了，到第二天慢慢就传到茅缸耳朵里。茅缸一听这话立马背过去，赵根细柴草一样的身体突然没有了支点，单膝一咕咚就跪地上了。几乎被村里人遗忘的三光老赵一下子瘫软了，流出了屈辱的眼泪，其实在赵根细眼里最喜欢的是赵青梅，从知道赵青梅和贾专干的事情开始，赵根细就再没说一句话，同样的屈辱让他意识到了赵青梅对转正的渴望，但是当茅缸号哭着和村里人往失马科奔去，她忘记了家里还有一个男人赵根细，她觉得赵根细对此是漠然的，不知道在赵根细心里的那股屈辱，被老婆茅缸和村里人忽略的赵根细没有和他们一起去，他的身体软软地在地里锄庄稼，庄稼长势好，看今年是个好收成。但是这一点也引不起赵根细的兴致，一上午几乎没锄出一丈地，心里直叫：“完了，完了，二女儿这下是彻底完了。”

失马科发生了这样的大事，在庆祝第十个孩子降生的这家人心里很过意不去，要是没有这场戏，或许就不会发生这样的事情，歉疚让他们一早就打发了戏班。失马科不是乱哄哄的了，但是关于赵青梅的事情升级了，茅缸和村里人来到失马科，放羊的人正赶着羊群出去，太阳从失马科的对面升起来，映衬着庄稼人匆匆忙忙的脚步。

茅缸看见学校首先就叫出一声赵青梅的名字，紧接着就是二姑子，你这不是要人命吗。换了是葡萄身上发生了这样的事情还好，葡萄和赵青梅不一样，这让赵青梅还怎么活。等到一行人进了学校，赵青梅正由失马科的几个妇女轮流照顾。她们害怕平时秀气又不多说话的赵青梅会自寻短见，起码得等她的家里人来，要是赶中午不来，失马科的人必须去枣台，但是昨晚回枣台的人会把这事传递给家长的，家长来了她们多少能放下心来。茅缸一进门就咯噔一下跪地上了，一边往炕上看一边想咽气，话也说不出来，村里的妇女搀起茅缸说："你就是青梅娘吧，孩子受了这样的刺激，你不要太激动，先坐下来。"茅缸不理她们，跌跌撞撞地扑到炕沿边，见赵青梅像一张白纸一样躺在炕上，茅缸哭道："你倒是哭出来啊，我的二姑子，我是你娘，我来了，你哭，哭出来吧。"

不管茅缸表现出怎样的难受和委屈，赵青梅就是不哭，也不开口，眼睛闭着，一副安详的样子。茅缸坐下来不停地捶自己的肚子，喉咙嚅动，又忍住眼泪看周围的人，周围的人都对她投来歉疚和关切的目光，最后茅缸放开声号道："我的二姑子，你娘来接你回家了，咱死都不再来这地方了。"赵青梅是茅缸和村里人用门板临时改成的担架抬回枣台的，茅缸没有找支书主持公道，也没有像别人提醒的那样去给公家人告，怨就怨自己的命，命不好，告了又能怎样，告了能多长二斤肉吗，告了赵青梅的名誉能回来吗，身体能免除这样的侵害吗？茅缸毕竟是茅缸，从抬起赵青梅开始就不说一句话，村里人提醒说要不要今天就把赵青梅老师的随身东西都拿上，茅缸照地上呸了一口吼道：“这屋里的东西还能再用吗，我老赵家就是再穷，也会再给我女儿置办的。”

等茅缸和村里人把赵青梅抬回枣台，地里的赵根细感到眩晕，一下子晕得倒在地上，倒在庄稼地里。赵依根没敢露面，原本昨晚赵依根也准备和村里人一起去看戏赶热闹，谁知吃坏了肚子没去成，赵青梅被抬回来的时候，赵依根没敢出来，他躲了，与家庭划清界限的赵依根感到了屈辱，他想操起刀子把那些牲口碎尸万段才解恨，但是他没有，他只能装作什么也不知道。

快到家门的赵青梅尿了裤子，一泡尿很长，直到流到地上抬她的人才知道她尿尿了，尿液让赵青梅感到是开水浇在自己的大腿上，其实是下面火辣辣的难受，尿的时候很疼，但是不尿不行了。她扭曲着脸忍受着，等抬到家里才尿完，淅淅沥沥尿了许久。茅缸也不顾村里人来围观，他们起初问长问短的，见茅缸脸色难看，都不好再问什么，年老的留下帮忙，年轻的都散去了。

茅缸给赵青梅用热水擦了身子，换了衣服，赵青梅躺在干燥舒服的炕头上，茅缸拿被子给赵青梅盖好，像是自言自语地对赵青梅说：“二女儿，回家了，咱回来再不出去了。”

赵青梅一回来，事情就传遍了整个旺柳镇，这事自然也传到了葡萄这里，葡萄的理发店原本就是是非之地，何况这样的消息，传到这里葡萄本来不知道，但是一个理发的不知道葡萄和赵青梅的关系，就把这事讲了，熟人给他递眼色，那人以为讲这些在女人们跟前不合适，就说都是过来人，谁不知道那事是怎么回事，听得葡萄瞠目结舌，嘴里骂道："千刀万剐的牲口，看老娘手里的剃头刀是干什么用的？"葡萄手里的剃头刀差点不听使唤，理发的人一叫，葡萄才醒悟过来，不过葡萄也没给他道歉，也不要他的钱，她把剃刀一丢，说："你们都走，今天不营业了。"

葡萄说完就往外推人，自己锁了门急匆匆奔枣台而来，赵青梅的遭遇一时间把赵家人拉近了，最先回家的是赵根细，然后是赵依根，赵依根见村里人都去探视，自己心里不安，到院外又不敢进来，茅缸出来看见，骂道："二和尚小子，你还扭捏你大的头。"骂完就回去了，被茅缸一骂，赵依根顿时轻松了许多，听母亲的意思是原谅了自己。赵依根进来了，像所有人一样想看看赵青梅的情况，但是他什么也没看上，不到下午葡萄回来了，村里人看见葡萄是跑着回来的，见人也不打招呼，等葡萄回来家里就剩了自己一家人，探视的都走了。葡萄一进门，茅缸就像见到主心骨一样捶打着葡萄的肩膀说："大姑子你可回来了，我以为你死了，你不回来让我怎么办啊，大和尚小子死得变驴了，三和尚是个学生，靠不上，你再看看这家里还能靠上哪个，一个个石像一样坐着没主意啊。"

茅缸的伤心和绝望一下子感染了气喘吁吁的葡萄，葡萄哭开了，一跳上了炕，看见赵青梅瞪着一双淡然的眼睛，一点也没有觉得葡萄坐在自己跟前，葡萄抹了一把眼泪说："二女子，你咋这样的命啊？"葡萄哭完，又跳下来，看看低垂着头的赵根细，又看看低垂着头的赵依根，"嗨"了一声，对按着肚子的茅缸说了两个字："报仇。"茅缸说："这仇不报我枉活了几十岁。"回头看看一旁的赵依根，想起了何广福在的时候自己的景致，指指赵依根骂道："你就这点骨气，你哪里像个男人啊？"又指着外面说："都短命的，你要是在的话我也不至于这么窝囊了。"

家里人都知道茅缸说的是什么意思，连赵根细都觉得还是何广福在的时候好，没人敢欺负他们，虽然自己戴顶绿帽子，但毕竟遇上这样的事情得有个出头露面的，再说要是何广福在，也没人敢这样，想到这里，屈辱让赵根细一时间忘记了过去的不快，甚至觉得在这样的紧急关头让茅缸一个女人家出面，自己是多么的该死，歉疚使得赵根细也冒出一句话："报仇！"赵根细这样一说，早按捺不住的赵依根也一跃而起叫道："报仇报仇！"

仇恨和屈辱把赵根细一家捆绑在一起，他们体会到了人多力量大的道理，也尝到了落后就要挨打的滋味。他们抱成团，是一把筷子掰不断的力量，商量如何报仇是背着赵青梅在原来赵依根住的杂物间里秘密进行的，起码讨论了不下三套报仇的方案，但是无法确定报仇的对象，这需要一个调查过程，但是他们又等不及，内心里仇恨的种子已经在短时间里开枝散叶了，等他们讨论如何找出仇人的时候，回来见赵青梅正准备在锅耳朵上割自己的手腕，好在进来得及时。

茅缸和葡萄明白赵青梅随时都有自寻短见的危险，所以来个寸步不离。第二天贾专干来了，因为赵青梅一走，失马科的学生就一盘散沙，学校被迫关门，这样是不允许的，贾专干一来老孔老师就回去了。他被正式调回去了，走时老孔老师反倒很歉疚，为这两年自己的行为有些难为情，不管怎么说，同为教师的老孔老师对贾专干说："镇上要为赵老师主持公道，不能就这么轻饶了那帮牲口。"

贾专干代表旺柳镇来看赵青梅，几乎在所有人心里，没有人比贾专干更痛恨那帮牲口了，赵青梅受到这样的侵害，等于是毁掉了贾专干的理想，在贾专干心目中赵青梅一直就是纯洁的化身，就是青藏雪域高原那一朵圣洁的雪莲花。如今竟然受到这样的折磨，等于是往自己心口上戳刀子，公家人贾专干和庄稼人想得不一样，当他听了葡萄的报仇计划后连连摆手，没有说一句话，他对亢奋的葡萄说："经公。"葡萄一听嚷道："经公有什么用，还要把这事提到公家里吗，丢人丢不完了，再说公家能把那些牲口怎么样，最多去坐牢，还能往他们身上捅几刀子？"

葡萄的话贾专干何尝不明白，也何尝不知道那样做的痛快，僵持不下，贾专干发火了，贾专干一发火葡萄就不敢犟嘴了，贾专干怒气冲冲地说："你以为我就不想像你那样去报仇吗，公家怎么处置他们自有公家的方式，我不想把他们捅几刀解恨吗，可是那是梁山好汉的行为。"贾专干又说："你们只顾逞一时的义气捅几个，可是你们这样做的后果是要坐牢的，被捅的人不但不用坐牢，你们还得给他们垫付医药费呢，哪个多哪个少你们自己掂量过吗？”

贾专干的话让赵家人无言以对，这话是在杂物间说的，赵青梅都听得清清楚楚，她知道贾专干来了，一激动，又尿了一裤子，两天水米未进，怎么就这么多的尿。她不知道自己是小便失禁，不过小便让自己感到了畅快，小便以后下面还是火辣辣地难受，动一下都不能，迷迷糊糊眼前又出现地上的那几个男人，只是没有看清他们的脸，只是觉得他们都年轻，最大的估计都没贾专干大。他们是怎么进来的，为什么跑出去的时候没听见翻墙的声音，难道他们是把大门的锁子撬坏了，赵青梅只记得买娃的婆姨一走她就想下地去拉门闩，但是想着想着就睡着了，再醒来就是那一幕。

屈辱让赵青梅又忍不住想尿尿，这一次没尿出来，只是感到了尿的意识，可是没有了尿。她只好夹紧双腿，艰难地让自己平静下来，她想见贾专干，但是又害怕他进来，贾专干也想见赵青梅，但是也没有进来，从杂物间出来的时候赵根细一家就视贾专干为主心骨，葡萄虽然被贾专干说服，可是心里还是想拿剃头刀一个个割了那几个牲口的下面，“都割了喂狗！”这是葡萄在贾专干一个人去学校后放出的狠话。

贾专干进门时候悄无声息，但是蒙头睡觉的赵青梅还是感觉到他来了，没人跟着，就他一人，进来就坐在炕沿上，都默默地用心在交流，半晌贾专干叹了口气，看见赵青梅的胸脯在起伏，估计是咬住被子在哭泣，不出声的那种哭泣，贾专干最后把手伸进来，握住赵青梅的手，赵青梅的手瘦了，冰凉冰凉的。贾专干信誓旦旦地对赵青梅说："你放心，有我在，我会给你讨回公道的。"

这话让赵青梅感到肚子里哗啦啦通畅了，原来堵住的地方明显缓解了，一直想看看贾专干，但是没有勇气把头伸出被窝，就是真的讨回了公道，赵青梅都不敢想自己还能不能重新站在太阳底下，原本她到死也不会放过那帮牲口的，做鬼也要一个个把他们拉到阴曹地府，甚至葡萄报仇的办法她也觉得很畅快，哪怕是一死，只要让他们感到疼，用凌迟的方法才能解恨，但是当她听到贾专干讲的道理后，赵青梅感到自己还是太自私，那样岂不是把家人也搭进去了。

第一次产生家人和亲人的概念，赵青梅理性地默许了贾专干的办法，就是经公，公家说了算，大家都意气用事要公家做什么，想到公家的时候赵青梅还是联想起了转正的事情，自己出了这么大的事故，公家会不会特事特办，把自己给转正了，这个想法让赵青梅眼前一亮，她终于来了精神，为避嫌，贾专干没有逗留就走了。

贾专干安顿王医生先代几天课，安顿完就走了，大家送罢贾专干，又回来看赵青梅，已经快三天没吃一口正经饭的赵青梅有了饿意，就想开口要吃的，但是怎么也说不出来，赵青梅第一次感到了家人的温暖和宽容，想着想着眼泪就下来了，二十三岁了还几乎没和家里人好好相处过，生分得要死，自己也是有问题的，葡萄见赵青梅流泪，自己也流出眼泪来，葡萄问：“饿坏了，吃点东西好不？”

赵青梅很爽快地点点头，喜得茅缸连连说：“知道饿就好知道饿就好……”茅缸很快就给赵青梅端来一碗荷包蛋，汤汤水水的，秋季里这样的东西最好了，赵青梅端着满满一大碗荷包蛋，没数一下，估计也不下十个，剩下最后两个她感到蛋黄就噎在喉咙里，再也吃不下了。茅缸就让葡萄吃，葡萄却让茅缸吃，相持不下，这样的场面让赵青梅感到眼泪已经不是奢侈品了，茅缸见状，就和葡萄一人吃了一颗。吃完后茅缸对赵青梅说：“咱庄稼人，平平安安的比什么都好啊。”茅缸说得语重心长，不光是给赵青梅说，给葡萄说，也是给自己说的。

警车两天以后鸣叫着来到枣台，一起的还有买娃的婆姨，贾专干报案后第二天，戴大盖帽的就来到失马科调查，调查对象很快就确定到买娃的婆姨身上，因为买娃的婆姨是在赵青梅遭到侵害前最后一个看见赵青梅的人。买娃的婆姨，甚至连买娃自己也没想到他们破案的效率，加上贾专干的干部身份，庄稼人都感慨，还是要让娃娃好好念书，公家人就是不一样，这事要不是贾专干出面，能这么快吗，买娃的婆姨被戴上手铐，大骂买娃见死不救，说还不是为给孩子出那口气。

买娃背对婆姨趴在一棵树干上抹眼泪，虎子则被妇女们抱住，号哭着挣脱不开，嘴里只管叫妈，买娃的婆姨被警车带上去往娘家的路上问戴大盖帽的：“我就是没把大门锁好，他们进去了，和我有什么关系？”戴大盖帽的见买娃的婆姨这样问，就说："按你们庄稼人的话说，你就是给杀人犯手上递刀子的人，你就是始作俑者。"买娃的婆姨听不懂始作俑者是什么意思，但估计不是什么对自己有利的话，又问："我娘家的那些人要是坚持说他们自己进去的，和我无关，你们是不是就不会定我的罪？"戴大盖帽的见买娃的婆姨自作聪明，就说："你怎么知道我们要带你去你娘家？"一句话问得买娃的婆姨哑口无言。

到了买娃的婆姨娘家，干了伤天害理事的人根本没有意识到事情的严重性，他们只知道耍赌博，杀人会被抓，没想到睡了女人也要被抓，他们不知道这就是强奸，是犯法的，违背了妇女的意志，七个人一个也没跑出去。戴大盖帽的感到有些沮丧，七个人相互窃笑，觉得好玩，以为顶多就是吓唬吓唬，但是把铐子都给带上以后，他们吓得就差尿裤子，纷纷谴责起了买娃的婆姨，不等录供就相互吵起来，吵完事情就清楚了，自然是买娃的婆姨故意不锁大门，还反扣了赵青梅外面的门闩，引娘家的这几个人进去的。买娃的婆姨又大骂那几个人，说他们忘恩负义，白白享受了公家人能碰的赵青梅还要猪八戒倒打一耙，气得贾专干想抽买娃的婆姨的嘴巴子，但是有戴大盖帽的在，只好忍住了。

买娃的婆姨明白自己这个递刀子的人远比他们几个还要罪孽深重的时候，她不怕了，路上把贾专干和赵青梅的事情絮絮叨叨说个不休，一车人都尴尬，就吓唬说再乱说就缝住你的嘴，买娃的婆姨才不敢说了。

警车后两排上拉下来七个垂头丧气的人，前面是买娃的婆姨，一行人被一根白尼龙绳连成一串，一直朝赵青梅家走来，其实那七个人一个害怕一个漏网，都说得清清楚楚。赵青梅记得那个在自己下身尿尿的人，他头发乱糟糟的，戴大盖帽的要赵青梅指认，赵青梅蒙住头呜咽着，许久都不愿把头放出来，又尿湿了褥子。买娃的婆姨忏悔地对赵青梅说："赵老师啊，我一时糊涂做下这样遭天杀的事情，你就原谅我吧，那天黑夜的七个人都在这里，要杀要剐就随你便了。"

不等买娃的婆姨再说，葡萄上来就要拿菜刀剁了她，大家一起拉住葡萄，葡萄大骂买娃的婆姨，还不时伸出腿要踢她，戴大盖帽的要闲人都出去，试探着拉开了赵青梅的被子，赵青梅坐起来，她觉得自己已经没脸了，没脸了还怕什么，就对他们说："就是这七个人。"说完看着买娃的婆姨，把买娃的婆姨看得毛骨悚然，连忙回避了赵青梅的目光。赵青梅咬咬牙，叹息一声说："都是上辈子的错，这辈子遭报应了。"

说完这句话赵青梅也不再看任何人，一缩身子蒙住被子睡觉，大家都退了出来，说要把买娃的婆姨和那几个人送到劳改场去。村里人觉得不公平，赵青梅受了这么大的侵害，把他们送劳改场就完事了，庄稼人本来就是干活的，送到那里不还是干活吗？越想越不公平，尤其是葡萄受不了，一直在骂买娃的婆姨，骂到最后葡萄说："等你出来老娘把你送到城里的工地上，花钱雇人戳你的屁股。"

第八章

葡萄在枣台待了几天，见家里事情了结了，自己回到旺柳镇，却不见沈国庆。理发店关了几天，再开门人就不多了，这是做生意的惯例，葡萄待不住，索性又把门关掉，回家后也不见沈国庆，问家人也说没见，葡萄有些惶惶的，睡到夜里才见沈国庆回来，葡萄装睡，见沈国庆一上床就坐起来问："你死哪里去了，最近老见你神神鬼鬼的？"沈国庆没好气，也不说话，正准备睡，葡萄不依，往起拉，沈国庆被拉疼了，骂道："你个臭婊子有什么资格骂我，你以前干的那些事情恶心死人了，你自己以为都过去了，想想我真是眼睛糊上屎找你这样的女人当老婆，祖宗八辈的人都丢完了！"

沈国庆从来不骂葡萄，今天放鞭炮一样一口气骂得葡萄回不过神来，等沈国庆骂完，葡萄一闪身骑在沈国庆身上乱打一顿。沈国庆只好抱头求饶，葡萄打完不解气，又把沈国庆拉起来往外推，吵闹惊动了婆婆吴翠珍，葡萄也不顾，啪地把门关住自己去睡了。

葡萄早上醒来，见自己被绑得死死的，身上的衣服还是昨晚睡觉穿的碎花线衣线裤，葡萄昨晚睡得死，想不起自己是怎么被绑住的，竟连一点知觉都没有。沈国庆见葡萄醒来，咳嗽一声，她母亲就进来了，沈国庆说："我不难为你，把手头的钱都拿出来就放了你，以后互不相干。"葡萄从来吃软不吃硬，本来这几天就因为家里的事情憋着一肚子火出不来，就看着婆婆说："你们姓沈的家里还没生出敢动我的人，凭什么和我要钱，有本事自己去挣啊，我辛辛苦苦开那理发店容易吗，再说你们和我要钱做什么？"

吴翠珍过来说："本来不能和你要钱，但是国庆最近遇上了事情，剁头款到期了，这两天不还怕连命也保不住，他爸那死心眼，要是让他知道了肯定会报案，那时候国庆肯定得坐牢，到时候一切都晚了。"葡萄一听就明白了，虽然葡萄不知道剁头款是什么意思，但知道是借了专门放贷人的高利贷赌博输掉了，葡萄见沈国庆母子为了还钱竟使出这样的伎俩，心里冷笑，嘴上一点也不服软，骂道："就这点本事还出去赌博，下地狱的王八羔子，窝里的本事，我没钱，就是有，也不会这么轻易拿给你们的，和我好说我可以考虑，使出这么残忍的手段我死也不会听你们摆布的，我大生我的时候就把我铸就了。"

葡萄嘴里骂，心里难过，沈国庆见葡萄不服，知道已经不可挽回了，吴翠珍也是在地上转圈圈，嘴里不住地说怎么办才好啊，沈国庆也不退让，而是对葡萄说：“你家化学脑子赵继根也欠下剁头款了，只是没我的多罢了，不信你去问他。”葡萄一听眼里冒出火来，问沈国庆是怎么知道的，沈国庆像得了神经病一样哈哈大笑起来，对葡萄说：“我输了，是被你逼的，我输了自然要找人下水陪我的，赢了替我还账，输了大家一起想办法，你自己看着办，你可以不管我，你弟弟你也不管吗，不管就送他坐牢。”沈国庆的话像刀子一样戳葡萄的心窝子，葡萄想发作但是发不出来，葡萄没想到文质彬彬的沈国庆竟能下作到这个份儿上，就对沈国庆说：“你把我解开来。”

沈国庆以为葡萄答应了，只是感觉答应得有些轻易了，被金钱冲昏头脑的沈国庆把五花大绑的葡萄解到一半的时候，葡萄有些心急地想挣脱，沈国庆知道葡萄耍花招，又把绳子重新捆好，对葡萄说：“你说钱在那里放着，我自己找，找出来我就放开你。”

沈国庆的话让葡萄牙关直颤，闭上眼睛不理他，暗暗叹息自己的命运，蓦地想起了双喜，葡萄心想，男人真的没一个好东西，不是赌博就是嫖娼，哪里会把一心一意对你的女人当回事，过去自己是做了些不该做的事情，但是看到沈国庆一门心思扑在自己身上，葡萄回心转意了，再没有做过一件对不起沈国庆的事情，甚至连那些想法也没有，葡萄想做好女人，想和沈国庆生儿育女过日子，在她看来沈国庆虽然一介书生，但绝对是值得自己托付终身的男人，但是现在却和自己的母亲合伙这样要挟自己。

葡萄灰心了，她不和赵青梅一样容易妥协和幻想，眼前的事情葡萄是不会原谅的，所以不管发生什么事情，葡萄都不会把自己积攒下来的钱就这么随随便便拿出来喂狼，沈国庆见葡萄不说话，无论怎么说葡萄就是不开口，这世上最是不开口的人让人无奈，明天就是到期的日子，剁头款不讲究情面，愿赌服输是老祖宗遗留下来的，谁不按这个套路谁就得死。

吴翠珍在屋外唉声叹气，好像那些放高利贷的人已经把自己的心肝宝贝儿子活活打死了，透过窗户看见沈国庆在葡萄跟前像只哈巴狗一样摇尾乞怜，吴翠珍后悔了自己的主意，本来前些天沈国庆大输之后就和吴翠珍说了，以一个穷教师自然是兜不住的，两人商量了好长时间，只好从葡萄这里想办法，因为葡萄手里有钱整个旺柳镇的人都知道。葡萄的收入十个公家人都赶不上，但是吴翠珍知道葡萄的脾气，不可能替自己的儿子还赌博账，只好想出这样的馊主意，沈国庆起先不听，说那样只会适得其反，吴翠珍说不这样没时间了，再强的女人也害怕给上王法，正好等上葡萄累了，睡得昏昏沉沉被沈国庆和吴翠珍两个人来了个五花大绑。

像沈国庆想的那样，事与愿违了，又担心外出写标语的沈爱民回来，沈爱民的毛笔字好，退休后就给人写标语，不挣钱，就为吃羊肉，也当锻炼，一般写完就回来，也没准确时间，葡萄见沈国庆不给自己松绑，睡下来不理沈国庆，半晌对沈国庆说："你知不知道这样做的后果，你这是犯法，亏你还念过书，和你那大字不识的娘一个样。"沈国庆胆小，听葡萄说这样做犯法，惊慌地叫他娘，吴翠珍提着扫把走进来说：“没出息的，犯什么法，你看谁家的钱自己婆姨攥在手里见死不救，一不做二不休，你拿扫把使劲抽她，死不了人，抽疼了看她依不依。”

吴翠珍没念过书，自然不懂这样做的后果，沈国庆知道，但是想起那些给他放高利贷人的狠话，头脑一热就开始打葡萄。沈国庆毕竟手软，把葡萄翻过来抽她的屁股，刚开始葡萄不吭声，后来一下重过一下，葡萄感到生疼，咬牙不顶事，就叫出声来，其实葡萄刚烈，本来这个时候应该大喊救命，让左邻右舍前来解围，但是葡萄吃钢咬铁过来的人，就是不呼叫，被沈国庆每打一下就呻吟一声，站在外面的吴翠珍听见葡萄的呻吟禁不住骂道：“死不悔改的小婊子，打你的时候还是那德性，你呻吟给谁听，我都脸红了。”

说着趴在窗户上让沈国庆使劲抽，沈国庆听见母亲在外面辱骂葡萄的声音，脑子里闪过和葡萄在理发店好过的很多男人的影子，沈国庆由单手换成双手，在葡萄屁股上和背上猛抽起来，一边抽一边不停地辱骂，骂得比他母亲还要难听。

葡萄毕竟不是铁打的，即使她再要强，血肉之躯也抵不过扫把的抽打，葡萄昏厥过去了，沈国庆慌了，叫葡萄，葡萄不答应，吴翠珍说死不了人，让她装吧，装到最后自己装不住再说，说完就去街上买菜，等她买菜回来，葡萄还是那样躺着，沈国庆翻箱倒柜后，屋里一片狼藉。吴翠珍知道沈国庆得手了，心想这时候要还也就把钱都还了，自己瞅了葡萄一眼，去外面厨房做饭，等饭做好也不见葡萄起来，再进来看时，葡萄脸色发紫，依据经验，葡萄可能不行了，吴翠珍手里的洋瓷盆啪地摔碎了。

等左邻右舍把葡萄抬到卫生院，葡萄早断气了，吴翠珍眼前一黑，咕咚一声栽倒在卫生院的门后头，本来葡萄没事，背上屁股上打了那么多不要紧，但是沈国庆自己没有意识到，期间有一下或者两下打在葡萄的太阳穴上，会打的打十下没事，不会打的打一下就要人命。按说沈国庆还是会打的，可是他太投入，打在了太阳穴上，打在了致命的地方，旺柳镇的人见葡萄死了，都骂沈爱民一家，说要钱可以，背着葡萄翻箱倒柜把钱拿走就行，这下两条人命，代价太大了。

沈爱民是下午被人从整治农田的地方叫回来的，当时他正在写标语，原本不愿意回来，因为来找他的人没说是什么事。沈爱民老实，就说事情不大就不回去了，那人忍不住就把事情说了。沈爱民一听差点从梯子上摔下来，也不管正在修整农田的庄稼人在场，号哭一声骂道：“我上辈子没做好事啊……”

赵根细一家是被警车拉来的，不过拉来的只有茅缸和赵根细两个人。茅缸一听葡萄出事后差点跪在地上，这么多年来在茅缸眼里只有葡萄才是这个家的主心骨，茅缸不相信葡萄就这么死了，又看看炕上躺着睡得昏昏沉沉的赵青梅，茅缸还是坚强地把戴大盖帽的人拉到院外，她害怕惊动赵青梅，见赵依根在身旁一副唯唯诺诺的样子，他驼背，加上自卑，一点生气也没有，急得茅缸在赵依根头上掼了几下打骂道：“你给老娘像个男人啊，你把你的头给老娘抬得高高的，好好在家照顾你二姐。”青穗和粉莲也一起主动前来照顾赵青梅，茅缸本想号哭一顿，可是又害怕惊动睡熟的赵青梅，又看赵根细，也是唯唯诺诺的样子。茅缸长吁短叹，指着赵根细想骂，戴大盖帽的见茅缸这么激动，加上上次因为赵青梅的事情来过茅缸家，都有些不忍，但毕竟赵根细是家长，不能不去，摆设也得去。

路上茅缸第一次把肥胖的身子趴在赵根细腿上，柴草一样的赵根细大概十年没有接触茅缸的身体了，在赵根细眼里自己和茅缸早就没有夫妻关系了，但是茅缸肥胖的身体终于站立不住的时候，她还是依赖了瘦弱的丈夫，茅缸心强命不强，危机是从失去王医生的恩宠之后开始的，所以以后发生的事情茅缸都感到力不从心，最大的危机是现在，葡萄死了，像家里的先锋一样冲锋陷阵的葡萄命归黄泉了。

茅缸枕在赵根细腿上感到了从来没有过的安全，戚戚地叫赵根细：“她大……大女儿没了。”赵根细点点头，他有些羞涩，当着公家人的面老婆躺在自己身上，前排戴大盖帽的没有回头看他们，大概他们也理解庄稼人的难为情，到旺柳镇的时候茅缸再也忍不住自己的悲伤了，一下车就开始给葡萄招魂，一直被人搀扶到卫生院，茅缸身重，又没有一点力气，茅缸不知道自己怎么会这样一下子就被打倒了，身体里没有了骨头，就是一堆烂肉。

沈国庆和吴翠珍戴着手铐，他们低着头，吴翠珍的鼻涕掉到半空又被她吸进去，沈爱民像个迷失的孩子一样倚在卫生院的墙壁上痛苦地抹眼泪。茅缸眼里冒火，上去就要抓沈国庆的头发，被戴大盖帽的拉开，茅缸突然感觉自己喉咙里发不出声音，就是使劲咽唾沫，赵根细看着葡萄青色的脸想起小时候青黄不接时候的葡萄，那时候的葡萄天真无邪，现在是沧桑的，赵根细看不下，蹲到地上像沈爱民一样难过。两人都是老教师，认识也不是一天两天了，相互的切肤之痛是能感应的，不过一旦经公就好说，不管你乐意不乐意，都得听公家的，公家是最公道的。自然杀人偿命，沈国庆是一定要去阴间给葡萄赎罪的，吴翠珍也一样，不过她罪不至死，她是要到劳改场的，家里就剩下沈爱民，一个人将过恓恓惶惶的日子。

戴大盖帽的还揪出了放剁头款的，追回了全部赌资，另外说到补偿，沈爱民就主动卖掉老宅子，连赌资一并都给了赵根细一家。放剁头款的赌徒们也一样要去劳改场，他们是杀人不见血的歹徒，公家是不会放过他们的，这让赵继根长长地吁了口气。参与赌博的赵继根被开除了，化学脑子赵继根要和家人一起回到枣台。

虽然青穗不敢给赵青梅说葡萄的事情，但最终还是没忍住，赵青梅听后没有像青穗和粉莲她们想的那样受刺激，而是傻傻地笑了一回，眼泪溪水一样流在枕头上，嘴里只说："命，都是命，我们庄稼人就这样的命……"青穗怕赵青梅受刺激，又和她说话，话题乱七八糟，赵青梅感到烦躁，她理解青穗的意图，就说你别说了，我等我妈回来，我没事，青穗一听感觉赵青梅情绪还算稳定，就给她做饭。赵青梅和粉莲去打谷场往枣台通往旺柳镇的山路上遥望，回来又出去，一早到晚折腾了好几回，这时候的赵青梅最想见的人是母亲茅缸，赵青梅突然间像个小姑娘一样盼望出门的父母早些回来。

赵青梅身体还没有彻底恢复，由粉莲扶着，粉莲不知道怎么安慰她才好，病恹恹的赵青梅像个流产后的小媳妇，村里人不再拿她开玩笑，庄稼人最是善良，看见赵家遭遇这样的不幸，同情心使他们在秋收的时候回顾起了赵家的过去，但他们关注的依旧是赵家的未来。命运这东西，谁能把握啊，这事搁给别人更是难以承受。

迈着碎步从打谷场往家走的赵青梅想最后看一眼山路，一拨人隐隐约约出现在山路上，她心跳加快，但又不敢看，心里咯噔咯噔的。粉莲也看见了，就说他们回来了。赵青梅才相信自己刚才没有看错，她的眼泪再一次溪水一样流下来，茅缸老远看见赵青梅和粉莲，忍不住想喊，但是她没有声音，只是不停地给她们挥手。大白菜一样的茅缸没有了往昔的生气，她感觉自己就是一堆烂肉，举起的胳膊有些酸疼，茅缸和赵青梅都感觉彼此的心多少年来这时候贴得最近，赵青梅看见赵继根也在人群中，估计是送父母回来，但是没想到他是因为参与赌博被开除的。赵青梅的希望刹那间像肥皂泡一样破灭了，不可能了，或许庄稼人要成为公家人真的不是一件容易事，最有希望的人回到了土地上，没有出去，进不了公家门，王医生也感到失望，同为化学脑子的人在为另外一个化学脑子感到难过，茅缸一家人回来的时候庄稼人自发前来搀扶。

人群前后有序地把赵根细一家送到家里，很多人没有进去，都在院子外面站着，茅缸和赵青梅抱在一起只有眼泪而没有声音，赵青梅像离别多年的孩子与父母重逢一样不停地叫着妈。茅缸的确感到身体里没有骨头，被青穗几个妇女推到炕上，青穗站在炕上抱着茅缸的后背，地上的几个妇女把茅缸的腿抬起放在炕上，在场的人感觉茅缸被放到炕上后四肢就像脱落一样哗啦一下平放在炕上，四平八稳地仰躺下来。

茅缸发出粗重的喘息，让人觉得那是干完重活以后休息下来舒心快活的呻吟，村里人都来看过，只有王医生一家没来任何人，王蛮喜内心里是复杂的，本想前来看看茅缸，但是没有来，因为在王蛮喜的字典里还有对赵依根复仇这两个字，茅缸和赵根细走后的几天里，赵依根每天忙完地里的就忙家里的，挑水劈柴，虽然赵依根面对家里接二连三的事感到无比愤懑，但是看见粉莲在，赵依根心里多少还是欣慰的。

自从兴旺赌气上吊后，粉莲换了个人，身上没有了来自兴旺小心眼儿的压力，粉莲还是粉莲，甚至比兴旺在的时候还要撩人，王蛮喜被赵依根揭破以后，再没有和粉莲说过一句话，在这件事上赵依根占了上风，好在王蛮喜经常在外埋死人，和赵依根见得少，这在赵依根看来王蛮喜已经忘记了这事，但是王蛮喜没有忘记，所以他不会来看茅缸。

茅缸一躺就是两天，地上是忙忙碌碌的几个人，赵根细还是过去的赵根细，痛苦和耻辱都在他的五脏六腑，柴草一样的赵根细对赵继根说：“不争气的东西，还有脸再看书，明天起和我到地里受苦。”一听受苦赵继根就害怕，虽然自己是多么不光彩地回到了枣台，但是内心里不想干庄稼活的赵继根还是不得不找王医生想办法，王医生在秋风的吹拂下面对着门假寐，听见外面的脚步声就闭紧了眼睛，导致大门外的赵继根不敢把脚伸进王医生家干干净净的院子。

就在赵继根犹豫地想转身的时候，王医生开口了，不过开口的王医生没有说话，而是使劲送出一口浓痰，掷地有声地落在当院，吓得赵继根慌张地躲闪，里面的王医生开口了，开口是命令式的，王医生响亮的声音和他衰败的身体很不协调：“给我滚进来！”

赵继根虽然进退两难，但他还是选择了滚进来，进到院子的赵继根感到自己是多么的没有脸面，王医生起身，点上烟后缓缓地吹出来。赵继根站在门口不敢进门，王医生轻描淡写地说：“就站那里，别脏了我的脚地。”赵继根很听话，没有进来，王医生又骂：“早这么听话还能被人家开除，不见棺材不掉泪啊，羞先人的经哩！”不过骂完后王医生还是对赵继根说了一句话，虽然来的时候赵继根对自己的前途一片茫然，但是幻想着同为化学脑子的人一定会有办法，办法最终只有一个，不用种庄稼，但也不是一劳永逸的好事，那就是当老师，王医生说：“赵青梅暂时不会上课的，上课也怕急忙适应不了，我顶替了几天，现在起就由你顶替吧，什么时候她要教书了，你就让出来，不过你要记住，你我都是暂时顶替，以后的事还得人家贾专干说了算，我的话连放个屁都不如。”

赵继根堂而皇之地顶替起赵青梅的工作后，庄稼人一片哗然，都骂赵继根不算人，也骂王医生，但是不敢当面骂，两个化学脑子能想出来任何事，也就有脸皮做出任何事。这不是等于让赵青梅下不了台吗？要是学生们接受了赵继根，那以后即便赵青梅再回学校肯定走不上讲台，因为她被人侵害的原因，大人们可以忘，学生娃不会忘，为了不受苦，不务庄稼，赵继根走上了枣台小学校的讲台。从赵根细开始，这个讲台三十年断断续续的一直姓赵，虽然村里人都骂赵继根，但有一点是明白的，可能赵继根会取代赵青梅，毕竟她要嫁人，赵青梅也这样想过，她觉得现在让赵继根正式顶替自己就是贾专干的一句话，不过要是赵继根顶替了自己，那么转正就是一辈子的遗憾了，可能会带进坟墓里。

在家庭遭遇变故的情况下赵青梅有意让赵继根接替自己，但赵青梅是矛盾的，要是贾专干在跟前，相信他有主意帮助自己解决这个矛盾，赵青梅盼望贾专干来，贾专干就来了，是例行检查，也是为赵青梅本人，是否继续教书，只要她一句话，就在枣台，也是自己的地盘，不会再遭受那样的侵害了。

不过等贾专干来后，村里的孩子们已经认同了赵继根，因为他在自习堂上给学生说古朝，学生的心一下子被他俘虏了，最先讲的是三国，隋唐，杨家将，学生们像请愿一样要赵继根当他们的老师，这让贾专干很为难，也很尴尬，不等贾专干给赵青梅说，赵青梅就有些黯然地说："我都知道了。"赵青梅是感觉到的，感觉有时候比事实更明显，贾专干对赵青梅说：

“这事我说了算，其他人说了都是扯淡。”夜里贾专干没走，在赵青梅家吃了饭，这一次来，贾专干可以不在王医生家吃饭，他是专程来处理赵青梅的事情，所以在赵青梅家吃饭睡觉也不会招来闲言碎语。

贾专干第二天走的时候赵青梅把他送到村口，要是以前，赵青梅不敢，但是这一回她没有在意什么，村里人都在收割庄稼，看见赵青梅和贾专干相距一两米的距离往村口走，都感慨说：“庄稼人为了进公家门得付出多大的代价啊。”又骂赵继根，骂王医生，到村口赵青梅只说了一句话：“让继根先教着。”

等到赵继根短短一个月就在学校稳定自己的地位以后，赵青梅不再矛盾了，脑子里没有了转正的概念，其实不是没有了，是彻底绝望了，哀莫大于心死，心死了，理想有什么意义。这时候的赵青梅想嫁人，想生孩子，转正无望，要是不发生那样的事情还好，现在自己激流勇退吧，把转正的机会让给弟弟赵继根，毕竟他才十七岁，又不爱劳动，但是自己能不能顺利嫁出去，赵青梅又没有一点信心。

嫁给贾专干那样的干部是不现实的，自己是残花败柳，名誉扫地，把姑娘家最珍贵的东西丢了，她有时候不恨那几个欺负她的人，因为在她眼里他们是陌生的，也不恨递刀子的买娃的婆姨，或许这就是命运。传递想嫁人的信息是从有人给粉莲说媒开始的，想嫁人的信息又是粉莲帮助透露出去的，因为粉莲是二婚，所以媒人想把她介绍给一个养羊的瘸子，走路的时候像失马科的老孔老师，像旺柳镇供销社的会计，一来就遭人嘲笑，连狗都撵上叫。瘸子被嘲笑得不会走路了，感觉这次相亲肯定没有结果，不过青穗还是客气地接待了，来的都是客，不能打人家的脸，也是没办法的事情，谁想让自己那样。

青穗担心粉莲不会见，但是粉莲却大大方方地见了，见过后粉莲和瘸子被安排到隔壁的屋里，门半开着，瘸子脸红红的问粉莲能行不，粉莲对瘸子说："看命运吧，按理说我这样的寡妇你不嫌我还有什么嫌你的，我手里有一枚五分的硬币，你抛起来，要是字面，我嫁给你，要是图面，你认命，我也认命。"

粉莲这招瘸子根本想不到，不过粉莲能见瘸子并且到了这一步，瘸子还是感激的，在漂亮女人面前瘸子自惭形秽，听到粉莲的建议后瘸子激动得满脸通红，接过粉莲手里的硬币就要抛。粉莲说："你可想好。"

瘸子嘴唇颤抖地对粉莲说："你能这样瞧得起我，就是图面我也知足了。"瘸子知道自己没有法力，不像如来佛那样有办法，还是看造化吧，所以他抛了，抛到半空后瘸子像鸭子一样伸长自己的脖子，但是没有接住，硬币骨碌碌滚到墙角，瘸子没站起身去看，半晌坐着不动，粉莲也是心跳不已，虽然在粉莲心里有过想嫁给赵依根的想法，但是离开枣台嫁给一个比较理想的男人更是粉莲的理想，理想的男人首先是能看得过去，再就是条件要好些，女人最怕的是青黄不接，虽然是寡妇，但是粉莲还是有自信，相信自己不是没人要的女人，再说赵依根比自己小一岁，俗话说女大三抱金砖，大一岁不好，到不了头。

一次失败的婚姻让粉莲感到后怕，加上赵依根那样的性情，所以粉莲在和瘸子吃罢饭后就想出了这个由老天爷来决定自己命运的办法。

在瘸子看来粉莲对自己是尊重的，所以硬币滚落到墙角的时候瘸子不敢去看，粉莲也不敢，外面的人都不知道两人在屋里说什么。最后还是粉莲起身准备去看，其实粉莲是故意激起瘸子，粉莲走到墙角的时候没有弯腰，瘸子突然激动地说："你等等。"说着瘸子就起来，瘸了两步就来到墙角，弯腰的时候扭头看着粉莲，粉莲也看着瘸子，瘸子是用脚踩在硬币上的，粉莲不明白瘸子的用意，瘸子说："是图面。"

粉莲说："你看都没看就说是图面。"说完这话粉莲有些后悔，她意识到了瘸子的自尊，粉莲一下子觉得瘸子是多么宽容的人，即使是图面，粉莲也会答应嫁给瘸子的。瘸子猜不透粉莲的心思，对粉莲说："你去吧，我捡起来。"粉莲说："不，我要看，我们说好的。"瘸子没法，只好放起来，粉莲弯腰把硬币捡起，有些兴奋地对瘸子说："是字面。"瘸子一下子泪流满面，紧紧抓住粉莲的手，两人一起出来的时候，粉莲有些羞答答的，媒人知道猪头肉到手了，对瘸子说："你狗日的好福气啊。"

知道粉莲相亲的事赵依根傻了，虽然茅缸到旺柳镇处理葡萄的事情时和粉莲相处了几天，但是赵依根没有胆量给粉莲表白，粉莲自然知道赵依根对自己的好，就是担心和赵依根性情不合，所以粉莲还是走了伤赵依根心的这一步。

粉莲最感激的是王蛮喜给自己看病的时候赵依根的挺身而出，不惜得罪村里的大人物王蛮喜，但是考虑了好久之后粉莲还是决定嫁出去，离开枣台这个伤心地。赵青梅主动找到粉莲祝福，经过几天相处后，两人成了无话不说的姐妹，赵青梅的心结被打开，粉莲功不可没，所以祝福的时候粉莲意识到了赵青梅想嫁人的渴望，一句话让粉莲相信自己的判断是正确的，赵青梅对粉莲说："多好的人，不要觉得他的腿有什么问题，人好就行。"说这话的时候赵青梅眼里憧憬着未来，也有些对未来的茫然。粉莲有些娇气地对赵青梅说："你能比我找个更好的，你人好，有文化，找到你的男人是有福气的。"

赵青梅相信粉莲的话发自内心，没有讽刺的意思，要是以前，敏感的赵青梅是不会理解粉莲的话的，粉莲把赵青梅的心思传递给青穗，是想让青穗把这事传递给茅缸，青穗自然是迫不及待地找到茅缸，坐在炕沿边把赵青梅的心思说给了茅缸。茅缸在枕头上点点头，对青穗说："这都是命，我女儿我怎么能不知道，要是能有个知冷知热的，不在乎她的过去的人要她，我给他磕头烧香，唉，都是命，粉莲那么好的女子，遇上兴旺，现在是遇上好人了，可惜我那二和尚没福气。"

青穗见茅缸这样悲观，就对茅缸说："其实我妹子也想和依根好，只是怕和吹鼓手家在一个村里搅和，就决心嫁出去。"茅缸叹口气对青穗说："你就别安慰我了，我还不知道，一厢情愿的事情哪里有结果，我那大和尚死不见尸，二和尚又这么副样，三和尚不爱劳动，都不是争气的，唉，我这命苦哇。”说着眼泪流个不停，青穗也滴出眼泪，又怕茅缸太伤心，就一个人回来了。

粉莲正在灯下纳鞋垫，鞋垫上是戏水鸳鸯，青穗就问粉莲：“你真的决定了，就不管不顾赵依根了？”粉莲举着针停下来，半晌不说话，青穗叹口气说：“赵依根不错，就是脊梁骨不硬，要不然的话比瘸子好得多。”

粉莲把鞋垫丢在炕上，趴在被子上难过起来。青穗说：“还没正式定下来，我看你再考虑考虑，大一岁有什么关系，你别听王蛮喜胡说，咱不理会就没事，怕的是把那当成心病，以后一出事就往那方面想。”粉莲说：“人家瘸子不嫌我，我还嫌人家什么，再说我离开枣台才是最好的选择。”

青穗说：“枣台怎么了，你就当吹鼓手家都死光死净了，心里没他们就好，还能把你给吃了？”粉莲说：“你不是我，自然不会和我的心思一样，再说我嫁出去了，赵依根也死心了，会有好的姑娘和他好。”青穗说：“你要是决定了，就不要再说这些风凉话，这话比刀子戳赵依根都厉害。”

对赵依根来说何止是刀子戳自己的心，一时间赵依根对粉莲产生出说不清道不明的感觉，他渴望粉莲，都几年了，但是现在又恨粉莲，可是又恨不起来，渴望变成了躲躲闪闪。粉莲自从答应瘸子就很少出门，害怕见到赵依根，赵依根一个人在村头踢打石狮子解气，要是正常情况下，粉莲年前就会嫁给瘸子，以后估计要见粉莲都难，粉莲已经是人家的人，和前些天在自己家里比起来情况不同了。

赵依根的心碎了，燕子远走高飞，粉莲两次嫁人自己都没有机会，兴旺上吊后赵依根看到了希望，他甚至怀疑兴旺上吊就是上天的安排，是上天眷顾自己，要把粉莲送到自己怀里，但是兴旺死后自己却和粉莲没有实质性的进展。

粉莲始终没有把门户给自己打开，即使是在恶毒的王蛮喜准备利用看病机会欺负粉莲自己挺身而出也没有获得实质性的进展，现在的粉莲要嫁给一个瘸子，瘸子和旺柳镇供销社的会计一样，长相好，有条件，自然能找个好老婆，反倒是健全的赵依根没有条件，连粉莲碰都碰不上，已经被称为老光棍的赵依根也想和兴旺一样上吊，但是他下不了决心，回来和茅缸怄气。

茅缸见赵依根这样，就对赵青梅说："你看看，唉，我算是上辈子欠三个和尚的了，这辈子还不完，人家看不上你，我能怎么办，你自己争气的话，人家会嫁出去吗？"

茅缸的反问让赵依根无地自容，但他还是赌气去了代三家里，继续和代三合伙过日子，气得茅缸心口子疼，说好容易家里有点生气了，二和尚又旧病复发，看来这个家是没有希望了。茅缸病情加重，又不到旺柳镇去看，赵青梅让赵继根去请王医生，茅缸坚决不让，说是心病，心口子疼，这样的病王医生治不了。

赵青梅急得直掉眼泪，茅缸说："你坚强些，二女儿，我死了日子还得你自己过，你这么软弱能行吗，哪个男人会罩着你，你不坚强男人也不会把你当回事的。”茅缸的话赵青梅不懂，但是相信她的话是对的，私底下茅缸安顿青穗找到媒人给赵青梅说个人家，媒人起初有些为难，说赵青梅被那么多男人一起上了，名誉不好听，都是庄稼人，不像城里人那样放得开，起初青穗不好说话，后来媒人越说越难听，气得青穗骂道：“别以为你那猪头肉吃定了，我一句话我妹子就不会嫁给那瘸子了，你这个吃里扒外的老东西，被人那样了怎么样，你就没被男人戳过吗，城里哪个当婊子接客的女人剩下了，个个都找了好的，庄稼人怎么了，庄稼人比城里人少鼻子少眼睛了，要是好好的不要狗眼看人低，我妹子的事你放心，要是死不悔改，我撕破你这张臭嘴。”

青穗放鞭炮一顿骂，媒人吓得躲到外面不敢进来，也不敢走，不过还是答应给赵青梅说个好人家，还保证不会再对赵青梅有任何成见，青穗扑哧一笑骂道：“真是拉皮条的，挨砖不挨瓦的老卖货。”

媒人效率很高，不几天就屁颠屁颠地领来一个人，那人身材高大，走路的架势让人一看就是城里人，他们先是到青穗家，媒人就对青穗说：“你看看，城里蔬菜队的，一天抽两包红塔山，有钱，你先把把关，没意见的话叫赵青梅老师来。”不料被青穗闻见了他身上的花椒味，他有狐臭，庄稼人最忌讳这事，青穗没好气，媒人心虚坐不住，青穗就说：“你们先回去，等方便时候我通知你们。”

城里人笨，不知道什么意思，但是连人也没见就让走，感觉不是好兆头。媒人分明意识到了青穗的意思，出门时王石匠和城里人走在前头，青穗搡了一把媒人说："你个老卖货，把这样的人说给我茅缸婶子做女婿，她不挖了我的眼睛才怪。"媒人有些无辜地说："是有那毛病，可人家是城里人，条件好，你总不能一个萝卜两头切吧。"

青穗说："快滚，以后再这样我饶不了你，我们枣台的女子再不值钱，也不会嫁给城里身上有花椒味的。"媒人和城里人一走，事情就传遍了整个枣台，消息传播的速度连青穗也没有意识到，下午去旺柳镇赶集回来的粉莲也知道了，粉莲说半道上就听村里人说了，青穗"唉"了一声，等赵青梅知道这事后，反倒解脱了，茅缸在枕头上骂青穗，做饭的赵青梅对茅缸说："你怪人家青穗嫂子做什么，她要是不细心，最后难堪的是我们。"

不过青穗不死心，四处安顿人来枣台看赵青梅，青穗和茅缸向来要好，粉莲答应瘸子后青穗对茅缸是内疚的，所以她想帮助赵青梅找个好人家弥补这个缺憾。至于粉莲和赵依根的事情，青穗管不了，粉莲来找赵青梅，赵青梅一个劲儿说粉莲命好，都没有提城里那个身上有花椒味的人，粉莲把纳好的鞋垫送给赵青梅，说赵青梅是文化人不会纳鞋垫，等出嫁的时候可以把这双绣着鸳鸯戏水的鞋垫送给自己的男人。

赵青梅脸上露出甜蜜的期待，粉莲看赵青梅可怜，也不好多说什么，夜里赵青梅躺在茅缸身边和茅缸说话，茅缸摩挲着赵青梅的头发说："不教书你不后悔？"茅缸是想问不等转正就不教书不会后悔吗，但是没说出转正两个字来，赵青梅轻松地说不后悔，或许那样的想法原本就是个错误，但是错归错，庄稼人的理想是对的。

看着粉莲就要出嫁，赵青梅想起了旺柳镇上的贾专干，沉重地叹息一声，叹息自己的命运多舛，即便不能转正，嫁一个贾专干这样的干部也是她的婚姻理想，但是不可能了，残花败柳了，赵青梅的叹息引得茅缸也叹息，母女俩虽然没有再说话，但心里都是苦的。茅缸又想起何广福在的时候自己的荣耀，要是何广福不死，三个儿子或许也不至于这样，起码有何广福那样实质性的老子在，多少还是有人罩着，不想还好，一想茅缸就感到心口子疼。老了，真是老了，茅缸心里这样叹道。

第九章

赵青梅的理想全部破灭后，一个更大的坏消息从旺柳镇传到了枣台，这是从旺柳镇开会回来的赵继根说的，其实赶集的人都听说了，消息传来赵青梅又小便失禁，为了不至于难堪，她只好蹲在茅房里，断断续续地往茅坑里尿尿，小肚子里像火烤，火烧火燎的。眼泪和尿液一样断断续续，直到吃晚饭的时候肚子里吞着眼泪的赵青梅还坚持把饭做完。茅缸并不知道发生了什么事，饭做好后赵青梅没有吃，忍了好长时间的眼泪又流出来，她跑到村口痛痛快快地哭出声来，在赵依根踢倒的石狮子旁边，赵青梅一下子瘫软了，像茅缸一样瞬间感到身体里没有了骨头的支撑，成了一堆烂肉。

贾专干倒台了，不管出于什么原因，他毕竟是倒台了，一倒台，虽然还有工资挣，但是手中没权力了，刚四十岁就倒台了，不管怎么说，赵青梅自己不当老师了，也不存在靠他转正了，但是他一倒台，赵青梅心里还是万分难过，换句话说，要是自己还在当老师，那么转正也就永远没有可能了，怎么会轮上自己呢，因为没有他，一切都是泡影。贾专干倒台的原因有两个，一个是明的，一个是暗的，明的自然是正确的，因为他利用职务的便利在旺柳镇大兴吃喝之风，暗着的就是有人想上，自然要找理由把他拿下。长江后浪推前浪，你贾专干不下，别人就上不去，别人检举你，也不是无中生有，大兴吃喝之风确实谁也比不过贾专干，说到底是倒台了。党组织永远不会冤枉一个好人，也绝对不会放过一个坏人，没有冤枉他，的确大兴吃喝之风坏了党风，因此，做了这样的坏事，形成风气，带来多少负面影响，所以不会放过他这个坏人，代价就是拿下了，倒台了。

赵继根第二次去旺柳镇回来的时候，庄稼人正在打谷子，看见赵继根骑着破旧的飞鸽牌自行车像一头拉磨的驴子一样漫不经心，都说不是好兆头，一般情况下赵继根从旺柳镇开会回来都会把车铃摁得一路响，这一回反常了，赵继根是趴在车把上的，他没有力气，以往，看见赵继根回来，村里的学生会自发尾随在他的自行车后头，快乐得像一群没出窝的小鸡一样叽叽喳喳。这一次却受到了莫名其妙的斥责，孩子们不敢近前，都四散而去，赵继根把车子放到学校里，明显劳累过度，有些趺趺撞撞地回到了办公室。

到晚上赵继根也不回来吃饭，茅缸就在枕头上骂，让赵根细去叫，赵根细出去又回来，他不想搭理赵继根，觉得他太不争气。茅缸吃不下饭，在枕头上呻吟，最后还是赵青梅来学校找赵继根，虽然赵继根被开除，导致赵青梅最后的公家理想彻底破灭，但她隐隐还是抱着希望，就是让赵继根好好干，争取转正机会。推开门见赵继根弓着腰趴在办公桌上哭泣，眼泪鼻涕一起流下来，听见有人进来赵继根也不理，急得赵青梅连问发生了什么事，赵继根只管哭，就是不说话，最后赵青梅操起教鞭在他化学脑袋上抽了一教鞭，赵继根终于忍不住哭喊道："我的老师当不成了！"

俗话说新官上任三把火，新任旺柳镇的郭专干第一把火就是大换血液，定了几条硬杠子，行为不轨的，年龄不够的，三年没有评上优秀的，教学死搬硬套的一律拿下，让高中毕业的上，一点情面也不讲，用旺柳镇上人的话说，他真是铁面无私的包文正。自然，上学期间参与过赌博的赵继根难逃劫数，只教了三个月的赵继根就被拿下，这个消息对于乳臭未干又不想劳动的赵继根来说等于当头一棒，当场差点晕倒，不过不是他一个人面临这样的命运，起码五六个，会开完后赵继根就想去找贾专干说情，此时的贾子建成了包村干部，不在镇上，即使在镇上，他也爱莫能助，因为要避嫌，不避嫌的话可能连饭碗也端不住。

这时候爱美人也要保江山啊，没有江山拿什么爱美人，江山在，美人在，江山不保，美人不来，所以他躲了，躲到另外的村里，埋头苦干，现在想什么都是徒劳的，即使是自己最爱的女人赵青梅，他也顾不得了。不是不想她，而是没资本再想她，对赵青梅，贾子建是内疚的，遭受了那样大的灾难，调整教师的事情贾子建有所耳闻，但是没有资格参与，没他的地位了，所以不如躲起来清静。

赵继根找不见贾子建，有几个老师哭哭啼啼地打听贾子建的去处，现在他们明白贾子建多么好，从来没有开除过一个教师。郭专干好狠啊，一上任就动刀子，杀人不见血，能把人恨到骨髓里去，但是都没辙，谁让自己不争气，只有赵继根不甘心，害怕一辈子修理地球的赵继根感到恐怖，所以他不甘心，赵青梅听完赵继根的哭诉以后像被人在腿弯割了一刀，一屁股坐到了凳子上，不过短暂的发呆之后赵青梅发狠地对赵继根说："你放心，要是敢把你撸下，我吃他姓郭的屙下的。"

就在赵青梅想办法的时候，化学脑子赵继根已经来求同为化学脑子的王医生帮忙，不管怎么说都是化学脑子，他总不能见死不救吧，没等进门，卧床的王医生就咳嗽不已，赵继根以为王医生不舒服，病得不行，痰自然多，烟也吃不动，其实王医生是在蓄势，等咳嗽够，嘴里一大口痰差点喷在赵继根身上。赵继根把王医生当救命稻草，即使打骂他，他也不在乎，他相信王医生有办法，站了大概半小时，王医生重重地叹口气说："进来，别一副死人样，我见不得。"一进门，王医生就对赵继根说："你羞先人，我替你害臊，还和我一样是化学脑子，遇事不想办法，要化学脑子有球用。"

不管怎么骂，王医生都觉得不解气，最后对卑微地站在自己跟前的赵继根说："你当现在还是毛主席那会儿，办事不用钱行吗，不活动活动做白日梦啊，去，和你妈要点钱，你妈现在手头有钱，买两条好烟，最好是红塔山，一次到位，给郭专干送去，送了找个理由就把你起用了。”

化学脑子赵继根年少，以为自己反应比行将就木的化学脑子王医生强，钱是和茅缸要了，烟也买了，但是舍不得，好烟贵啊，闻都没闻过，就这样孝敬人家，看来还是公家人好啊，要不都削尖脑袋往公家门里插。不管怎样，得去找郭专干，不过聪明反被聪明误，抱着侥幸心理的赵继根第一次是空手去的，他幻想郭专干会大发慈悲，他记得在旺柳镇中学的时候，每次作文都得第一，但是他错了，空手进去的赵继根空手出来了，犹豫了好久，只好把刚买的两条红塔山提上再来找郭专干。

郭专干正在低头看材料，捎了一眼见赵继根又来，并没有看见他背后提着的香烟，连连摆着手，有些没好气地说：“快走走走，我忙着，不要打扰我工作，都给你说清楚了，别惹我生气。”郭专干这样说，但是提着香烟的赵继根没有后退，香烟给他壮了胆，不信郭专干不食人间烟火，进来了，甚至一屁股坐在单人沙发上，这让郭专干有些气急败坏，但是赵继根若无其事地把香烟放在身旁的茶几上，有些谦卑地对郭专干说：“两条红塔山……”

郭专干一愣，稍微回转一下就笑了，先是细声细气，接着是爽朗大笑，有些自我解嘲地对赵继根说：“你看你，唉，你才刚毕业，哪里来的钱给我买烟，这么贵，你三个月工资也不够买，还要让家里破费，再说这是镇上开会定下的，不是我一人说了算，也好，我给领导做做工作，看在你父亲和你姐姐都为旺柳镇教育事业做出贡献的面子上，回去吧，把烟给人家退了。”郭专干说着瞄了瞄那两条烟，站起来准备送赵继根走，谁知赵继根毕竟不谙世事，猫着腰从郭专干身旁探手把纸袋里的两条烟提过来，有些感激地对郭专干点头哈腰。郭专干的脸都变了，但是赵继根没看见，也没敢看郭专干的脸。

兴奋让年仅十七岁的黄毛小子赵继根丧失了头脑，更浪费了被人公认的化学脑子，这下化学脑子没反应过来，他一到街上就打开一包，抽出一支使尽吃奶的力气吸了一口，他陶醉了，这么好的烟，一连吃了两根。

赵继根有些晕，但是很享受，事情办好了，烟也归自己享用，真是一石二鸟的事，赵继根把剩下的香烟暂存在商店代为保管，骑上自行车回到了枣台，但是第二天，接替他的老师来枣台报到，这让赵继根就差尿裤子，说好的事情一夜之间就变卦，接替他的老师一来，大家都乱了，骂娘的骂娘，啼哭的啼哭，来枣台报到的人去王医生家坐了坐，这是规矩，王医生没好话，等老师走后，把赵继根叫来，详细问了事情经过。这时候赵继根不敢隐瞒，说出了自己没有把香烟给郭专干留下的事实，他一直认为郭专干是真的不要，没想到是套话，气得王医生在炕沿边捶了几下骂道：“你个王八蛋，郭专干那样是客套啊，你这化学脑子让狗挖着吃了！”

赵继根是被王医生骂出来的，这一回化学脑子王医生彻底和化学脑子赵继根绝交了，走投无路的赵继根只好舍脸求赵青梅出马，当赵青梅听说赵继根并没有把香烟留给郭专干而是自己独吞之后，她先是冷笑，一句都没有骂赵继根。骂不出来，不解气，不知道怎样才解气。后来独自流眼泪，赵继根也流下懊悔的眼泪，但在赵青梅看来一点也不值得同情，甚至连看都不看赵继根一眼。你个窝囊废啊，拿刀子砍他都不解气，恨铁不成钢的东西，自作聪明，自以为是，自私自利，总之说什么都不解气，不解恨，但是不管不行，不光赵继根，自己也咽不下这口气。

第二天一大早赵青梅就骑上飞鸽牌自行车去旺柳镇，这是赵青梅遭受欺辱之后第一次去镇上，骑上飞鸽牌自行车的赵青梅像一只鸽子一样直奔旺柳镇。一到镇上，就引来了议论和指点，赵青梅对此置若罔闻，她来旺柳镇就一个目的，见郭专干，要他必须无条件把赵继根收下，哪怕少挣点也行，郭专干在，以前就认识赵青梅，赵青梅是脸红脖子粗进来的，门也没敲，不需要那样毕恭毕敬，有点兴师问罪的架势。郭专干虽然年轻，但也能看出来事情，知道来者不善，有些紧张地站起来和赵青梅打招呼。

不等郭专干让座，赵青梅就噼里啪啦地说道："我大赵根细教了三十年，我教了四五年，凭什么说不要赵继根就不要了，不就是被坏人引诱赌博了吗，难道是职业赌徒吗，人谁没犯过错，他不是痛改前非了吗，全旺柳镇有几个化学脑子，这样的人才你还撸，你这是居心何在，虽然我和贾专干有过不清不白，但这不是你撸赵继根的理由吧，我今天把话撂这里，赤脚的还怕你穿鞋的吗，别把我惹急了，你屁股底下估计也不干净，只是你后台硬没人敢惹你，你凭什么当这教育专干，你没花钱找关系你自问你能上得来吗，把我惹急了，我去城里告你，城里还要袒护你，我直接去北京找中央……”

压抑许久的赵青梅像刚刚死去的姐姐赵葡萄一样咄咄逼人，这让新任专干有些应接不暇，不过镇定下来的郭专干还是以公家人的口吻对赵青梅说：“人都是娘老子养大的，谁是被人吓大的，镇上定的政策，不是我姓郭的一个人说了算，至于我屁股底下干净不干净，也轮不上你管，赵继根下定了，是他自己不够格，怪不到我头上。”

郭专干的话让赵青梅沉默了几秒钟，眼泪在眼眶里打转，不过沉默之后的赵青梅像只发怒的狮子一样举起双手扑向郭专干，嘴里绝望地叫道：“我和你拼了！”娇小的赵青梅哪里是郭专干的对手，没等她扑到跟前，就被郭专干一把推倒在地，围观的人都来拉架，郭专干有些无奈地对众人说：“你们都看见了，是我的错吗，进门就想一口把我吃了，你个烂……”郭专干想骂但没骂出来，围观的人都知道他想骂什么，不就是烂婊子吗，赵青梅也听出来了。耻辱让她失去了理智，脸色一下子苍白得没有一点血色，眼皮突然一掀目光箭一般直射到郭专干身上，郭专干分明地打了个哆嗦，坐在地上的赵青梅慢慢地站起来，嘴角还挂着微笑。郭专干想躲，但是不好躲，众人都不知道她要干什么，只见赵青梅嘿嘿笑了一下，突然迅速地把手伸向腰间，没等众人反应过来，赵青梅就刷地一下脱掉自己的裤子，嘴里叫道：“看吧，都看吧，这就是烂婊子的裤裆……”

赵青梅的举动太过突然，围观的人几乎失声叫出来想躲，有的情急之下忙用胳膊掩面，把裤子褪到小腿上的赵青梅在地上转圈圈，双手撩起上衣，不停地说：“看吧，都来看啊，这就是烂婊子的裤裆……”有几个女干部控制住赵青梅，艰难地替她把裤子提上去，郭专干急得连连作揖，对赵青梅说：“好吧好吧，赵继根的事情我们再研究，尽可能特事特办，你回去吧，回去等消息，我就是冒上丢饭碗的危险也想办法让赵继根再教书。”

郭专干的表态让赵青梅深信不疑，被几个女干部扶着的赵青梅的身体一下子瘫软了，骑上自行车感到浑身发冷，一路上眼泪都在流淌，只是一点声音都没发出来，快到村口的时候一下子没力气了，但是她告诫自己往家走，到家后眼泪也没有了，看见赵继根弯着腰谦卑地站在院子门口等着她，赵继根本想帮助赵青梅把车子推到院子里，但是害怕没有带回来好消息，所以心里忐忑不安，不敢走近赵青梅。赵青梅能猜透赵继根的心思，也没招呼他，而是吃力地把车子往坡上推，快到跟前了，赵继根还是原地不动，用乞怜的目光看着赵青梅，在她的脸上看不出一点希望，反倒吓得他想后退，快到大门口的时候，赵青梅趺趺撞撞地走了几步，然后像睡过去一样丢开车把，车子顺势倒在地上。赵继根一慌，本能地前来想扶起车子，等他一弯腰，赵青梅用尽力气在他头上打了几拳，不等赵继根起身，又在他太阳穴处使劲抽了几耳光，打得赵继根回不过神来，眼前是无数的小星星。

听见外面动静，茅缸就在炕上叫赵青梅，赵继根捂住脸号叫起来，茅缸知道赵青梅在打赵继根，知道赵青梅去镇上受了气，这是肯定的。茅缸也恨赵继根，就在枕头上扯开嗓子叫道：“梅子，你使劲抽，抽死那不争气的三和尚，死了我替你给他抵命！”

赵青梅听见茅缸的声音，一下子瘫软了，一点劲儿也没有，抬起的胳膊坠下来，耷拉在胯间，有节奏地摆动，被打得遍地找牙的赵继根捂住太阳穴撒欢儿一样跑了，一边跑一边号叫道：“要人命啊，姓赵的都是黑心肠……”

很多年来，只有不爱劳动的化学脑子赵继根没有动摇自己是赵根细的后代，但是今天他动摇了，被打得落花流水的赵继根第一次喊出了赵家人黑心肠，态度急转地承认自己是何广福的后代。村里人都感慨：“看来骨血亲啊，受气了记起自己是何家的后代了。”又说：“赵继根这小子真不是东西，虽然作文写得可以，古朝说得好，但是好吃懒做，不爱劳动，就爱耍心眼，爱搞小聪明，终究没有好果子吃。”

他们这样说的时候，觉得还是赵青梅当老师好，换了赵继根，会把孩子们带坏的，庄稼人的本分就是诚实勤劳，没有花花肠子，好在新派来老师了，不过他们高兴一天之后，新来的老师就被叫回去了，去旺柳镇赶集的人捎回口信，说郭专干让新来的老师回旺柳镇，他将被派往另外的学校去任教。

到晚上，赶集回来的庄稼人又捎回口信，说赵继根被重新起用，就在枣台教书。听到这个消息，在山上游荡的赵继根异常兴奋，忘记了被赵青梅下死手抽打，村里人是站在打谷场上对着山上游荡的赵继根喊出的，喊话的人说："赵继根，你又可以当老师了，为了让你当老师，你二姐把姑娘家最珍贵的东西都舍出去了，你要是再不好好做人，地下的你大何广福也饶不过你。"

知道赵青梅大闹郭专干的事情后，茅缸无声地在被窝里哭了一夜，最后鼻子堵得通不了才把头放出来，害怕赵青梅听见，其实赵青梅听见了，只是不说话，彼此心知肚明，她只是瞪着眼睛，眼里干干的，很生涩。茅缸半夜把手放在赵青梅头上的时候，赵青梅一把抓住茅缸的手，茅缸说："梅子，你遭罪了。"

赵青梅只是用力握住茅缸的手，胸口憋得慌，但是没有一滴眼泪，茅缸想说你想哭就哭出来吧，哭出来好受些，但是她说不出，能听见隔壁烂柴草一样的赵根细的呼噜声，甚至能听见油灯下翻身看书的赵继根，也不顾赵青梅在，茅缸忏悔地说道："死了的安稳了，没做成一个，我下地狱给他们三个赎罪去。"

寒食的这一天瘸子来和粉莲订婚，原本粉莲不想这样，随便嫁过去就行，毕竟是二婚，再说原来的婆家也在这里，没那样的心情，加上隐约觉得对不住赵依根，害怕他难过，再加上姐姐青穗和茅缸好，自己和赵青梅关系不错，所以想低调些，凑合就行，但是瘸子不行，瘸子说自己要光明正大地娶她，所以瘸子是开心的，心里的甜蜜化不开，走进枣台的时候瘸子越发瘸了，因为太高兴，感觉坏掉的那条腿更短了，所以走路朝一边倒，村里人都笑，不是笑话他瘸，而是笑话他太过激动。

和媒人一起来的瘸子手里提着烟酒，见人就发烟，只要是男的，三岁小孩他也笑嘻嘻地给敬烟，村里上年纪的人就说："你这后生，拣了大便宜，高兴过头了不是，三岁娃娃会吃烟吗，等把粉莲抱在被窝里，还不知道兴奋得能不能硬起来。"

一句玩笑让瘸子脸红到裤裆里，瘸子还是处子之身，没有女人愿意嫁给他，他虽然养羊有钱，但是没近过女色，所以瘸子脸红了，把烟装进中山服上衣口袋里，没有睡过女人的瘸子很难为情，低着头只顾往前走，粉莲知道瘸子来了，今天是定好的日子，所以上午没敢出门，害怕村里人拿她开心，瘸子还没到门口，青穗家就被围住，外面叽叽喳喳的像一窝喜鹊在聚会，粉莲像姑娘家那样羞涩地坐在屋里，知道瘸子和媒人到了，连忙下地穿鞋，不过没有和王石匠青穗一起迎出来，而是站在门后头，等瘸子进来四处寻找的时候，媒人笑道："怕见你，躲门后头了。"

瘸子回头再看时，粉莲有些娇羞地用手背挡住嘴，给媒人让座，瘸子见粉莲这样，知道是对自己有好感，不禁心花怒放，按照传统的仪式，该走的过程都走到了，青穗见瘸子这样用心，知道对粉莲不假，心里也高兴，连在自己家里没有出门的赵青梅都替粉莲高兴，不过高兴之余赵青梅和茅缸一样感到心口子疼，本来青穗想叫茅缸来家里，但是知道茅缸起不来，再说茅缸心疼葡萄，也心疼赵青梅，茅缸在枕头上叹气，说粉莲命好，又骂赵依根不争气。

粉莲订婚这天一大早，赵依根先是在井里撒了泡尿，又到村头踢翻石狮子，这时候赵依根开始恨粉莲，恨她的无情无义，他想报复粉莲，起码在她出嫁之前治她一下，这样才解恨，至于怎么报复，却连一点办法都没有，赵依根想，粉莲现在吃了喜鹊蛋，开心得合不拢嘴，根本不会记起自己的一点好，这样无情的女人值得自己去爱吗，值得去保护吗，越想越后悔，除了动刀子，他就想治一治粉莲，要不他会难过死的。

订婚后粉莲自然还会在枣台，一旦结婚了，就不可能再有机会，那时候瘸子就是粉莲的保护神，要是他敢对粉莲怎么样，瘸子会和自己拼命的，命丢了事小，最难过的还是粉莲不接纳自己，辜负了他的一片痴心。一上午，赵依根都和自己的拳头过不去，和树桩过不去，对着每一棵树桩练拳头，血流出来也浑然不觉，心被刀子戳，比起流血的心，拳头流这点血算什么呢。

瘸子是喝到半醉和媒人一起走的，本来瘸子想尽兴，想喝醉，但是被媒人制止了。今天是订婚，醉了失态，所以瘸子不敢喝醉，还想喝，但是不能再喝了，所以瘸子走的时候很遗憾，不过还是掩饰不住内心的愉快，加上半醉状态，瘸子比来的时候还要瘸，那条坏掉的腿比来时还要短。不过瘸子全然不顾村里人的哄笑，反倒有一种成就感，所以他一边东倒西歪往村口走，一边像领导视察那样向枣台的庄稼人挥手致意。

瘸子走后粉莲和青穗来看茅缸和赵青梅，青穗坐在茅缸旁边和茅缸说话，粉莲和赵青梅在院里并肩走着说话，互不干扰。粉莲说：“人虽好，但是个瘸子，我这样的命，也不怕别人笑话。”赵青梅反倒有些歉意地对粉莲说：“你快别这样说，那么好的人，对你真心实意，瘸子怎么了，那又不是他的错，换了我，高兴死了，唉，你看我，胡说些什么呢，我哪有那样的命啊。”赵青梅说这些话的时候的确渴望世界上有瘸子这样的男人像对粉莲一样对自己好，哪怕贾专干，哪怕什么公家人，她都不在意了，现在她好像活明白了，女人，在世上能有一个对自己知冷知热的男人还渴求什么呢，只是自己明白得太晚了。

一瞬间，赵青梅觉得自己是死要面子活受罪，自己把自己给害了，怨谁，谁也不能怨，会怨的怨自己，不会怨的怨别人，晚了，一切都晚了。虽然粉莲嘴里不说瘸子的好，但是粉莲心里是满意的，能从她的眼睛看到她的内心，屋里的茅缸捶着胸口对青穗说：“没做成一个，老大生死不明，老二那样，老三就更不用说了，三个和尚小子都不是人，我上辈子造孽，死了的何广福算是把我害苦了。”

青穗和粉莲回来后，也都叹息，粉莲对青穗说：“以青梅那样的人头子，会寻个好男人，人又有文化。”青穗不说话，粉莲也再不敢多说什么，最后青穗说：“命中注定，要是你跟了赵依根好，茅缸婶子或许心里也能好受些。”粉莲尴尬，但是没有说什么，倒是王石匠说："赵依根那样，不死不活的，哪里比得上瘸子兄弟……"

没等王石匠把话说完，青穗就骂道："不说话能把你当哑巴，哪壶不开提哪壶，快死得远远的。"说着拿起擀面杖要打王石匠，吓得王石匠抱头鼠窜。粉莲自己心里难过，突然觉得太对不起赵依根的一片苦心，想起害怕王蛮喜欺辱自己，赵依根挺身而出，粉莲就有些不忍，相信这时候的赵依根连死的心都可能有，实在是不敢面对他，怕碰见，其实她知道赵依根躲着她，不会和自己撞见的。夜里赵依根绑住代三的腿一边使劲一边号哭骂粉莲，代三不忍，为泄火的赵依根鸣不平，说你冒着得罪枣台土太子的危险救她，竟然连边都沾不上，太气人了，代三说完又对赵依根说："想办法把她弄来，让你睡上一夜，就是她出嫁了咱也不后悔了，没什么记挂的。"

一听代三的话，赵依根先是呸了一声，骂他出这馊主意，不过骂归骂，赵依根还是动心了，很快又来劲，想把代三的大腿绑住，但是他没有这样做，而是在代三的大腿上使劲蹬了几脚骂道："老东西，恶心死我了，再不日你了！"代三被骂，知道赵依根心里难过，也没生气，两人想了很多把粉莲弄来的办法，终究没有想通，要是化学脑子赵继根在，或许有办法，他懂那么多古朝，一定能从古人身上找到主意，但是这话怎么能和赵继根说呢，赵依根一夜都没合眼，幻想着粉莲结婚前想办法把她弄来睡一夜。

苦于无计可施，赵依根还是舍掉面子来学校找赵继根讨主意，在赵家三个兄弟当中，要论交情，还是赵依根和赵继根好，赵连根在的时候老是对他们两个发号施令拳脚相加，所以他们两个并不亲近赵连根，赶上赵继根出去上学几年，和赵依根疏远了许多，并且在化学脑子弟弟面前，赵依根是自卑的，不过今天一来，赵继根觉得太阳从西边出来了，还是很殷勤地拿出招待贵客的茉莉花茶给赵依根泡了一杯，赵依根摆摆手说："别弄这个，我不像你们臭文化人爱喝茶，我是受苦人，只喝冷水。"

赵依根没有赵继根聪明，也没有赵继根有文化，但他还是想先从精神上把赵继根击垮然后再和他讨主意，赵依根揭短，对赵继根说："你从小就不爱劳动，好吃懒做的，偷着吃烟，赌博，表面上看你像个文化人，其实你也不算什么，你哪点好，命好，当了老师，不用受苦了……"

起先赵继根一头雾水，不过赵继根毕竟是赵继根，反应快，觉得赵依根这样是先入为主，无事不登三宝殿，心里盘算，但是不动声色，最后回到了主题上，赵依根直接问赵继根："你看的书多，知道的古朝多，鬼点子也多，有些事情我不明白，问你，用什么办法能让一个好人什么也不知道，昏迷过去。"

赵继根不知道赵依根的用意，但是心里迅速地想了好多种办法，只是不动声色地对赵依根说："你用榔头在他脑瓜盖子上狠命地砸下去……"没等赵继根说完，赵依根就起身骂道："狗屁！"赵依根一着急，赵继根就踏实了，笑道："你问这个做什么？”赵依根说：“我好奇，不能请教你这个化学脑子吗？”赵继根说：“办法很多，最方便的办法是你能接近他本人，在他饭菜里下迷魂药。”

赵依根一听眼里放出光芒，又有些沮丧地问道：“哪里有迷魂药，你是古朝看多了吧？”赵继根哈哈大笑说：“只要你不是害人，只要你真的好奇，就有这种药，王医生家里就有，不信你去问。”赵依根忙问：“你不要骗我，什么药，你说，我看不是真的。”赵继根说：“安眠药，好人吃几颗就能昏昏沉沉睡过去。”

知道答案的赵依根又为难了，如何才能搞到安眠药，王医生身体衰弱后睡不着，靠安眠药梦周公，枕头旁放一大瓶，赵继根还对赵依根说：“吃多了能把人吃死，最好吃四五粒就够了。”不敢接近王医生的赵依根毫无缘由地想起了因为粉莲和他结下仇怨的王蛮喜，自从王蛮喜想欺辱粉莲那次和赵依根起冲突后，有仇必报的王蛮喜没有忘记自己的复仇计划，他想制造事故让赵依根像他生父何广福那样掉下山崖，甚至请他喝酒后把他冻死在外面，也想过在他碗里下毒，但是终究没有一样让自己感到满意的，以他的手段，剪了纸人念咒也没用，那自然是没用的，他深知念咒没用，瞒得了别人瞒不过自己，原本就是假动作，怎么会把人咒死呢。

不过一想起被村里人当公敌，出门在外的王蛮喜的生意也大受挫折，看见赵依根眼里冒火，但是恰恰相反，赵依根自己已经把那事淡化了，他相信王蛮喜当时就是一句排揎，都过去了，他能怎么样，要有办法早把自己给治了，本来赵依根想去旺柳镇买安眠药，可是赵继根告诉他说，那种药是不会随便卖给人的，除非赤脚医生王医生，即使是王医生，也要走后门才能买到那么多。

这话一出，赵依根就迫不及待地想通过王蛮喜搞到安眠药，犹豫再三，这事不能让代三知道，只能自己一人知道，说出去就不好了，眼看粉莲婚期到来，一天下午在村口等上刚从外面埋完死人的王蛮喜，赵依根还是主动迎上去，本来王蛮喜想躲开，板着脸，这是赵依根意料到的，但是为了实现自己的目的，赵依根还是早早地掏出香烟远远地迎上来，王蛮喜懂道理，伸手不打笑脸人。递烟，点火，问候，王蛮喜表面上只得应承，急功近利的赵依根不明白王蛮喜对自己的仇恨，见王蛮喜不是很生气，就对他说："唉，我这号命，人家不理我，要出嫁了，害得我睡不着，整夜整夜的，你看，我眼睛都红了。"

王蛮喜没有看赵依根，只顾往前走，心里猜测赵依根的用意，是和自己和好的信号吗，主动给自己台阶下吗，这时候赵依根主动出击了，又说："听说阿叔手里有那种能让人睡着的安眠药，我想和他买几颗，多少钱都行，镇上不给卖。"王蛮喜不相信赵依根的话，不相信他睡不着，假意看他的气色，绝对不可能整夜不眠，看他闪烁其词，王蛮喜便大大咧咧地答应下来，第二天就把药拿来了，交易自然是在代三屋里进行的，不巧代三回来撞见了，吓得赵依根连忙把药夺过去藏在袖筒里。

王蛮喜从来不到自己屋里，他一来让代三感到很吃惊，王蛮喜看出赵依根神色不对，买药的事情代三肯定不知情，就没有点破，假说找赵依根出去打坟墓，看去不去，苦力活，但是挣钱多，代三忙说一起去，王蛮喜说完就走了。赵依根高价买了四颗王蛮喜从他父亲王医生枕边随手拿来的安眠药，王蛮喜心里暗自忖度，疑云重重，就找到代三，说赵依根休息不好，看样子是对粉莲动真的，代三一听忙说："动是动了，但是睡觉还打呼噜，没有睡不着的时候。"

王蛮喜一听，又问："那他要安眠药做什么？"代三听不懂什么是安眠药，但是明白和迷魂药差不多，又想起昨天的情景，四下无人，问王蛮喜："你说的安眠药是不是那种迷魂药？"王蛮喜说："是。"代三一拍大腿说："是了是了。"王蛮喜说："什么是了？"代三就趴在王蛮喜耳边把两人在炕上的谈话给王蛮喜说了，听得王蛮喜心里一阵紧张，不想死灰灰赵依根竟然有这样的想法，真是会叫的狗不咬人，不会叫的狗咬人啊，听完代三的话，王蛮喜为掩饰自己的情绪哈哈一笑说："赵依根那小子是听古朝听多了，净胡闹。"

和代三谈了好长时间的闲话，王蛮喜把一包香烟塞到代三手里，代三推辞不要，王蛮喜说："你拿上，我埋一次人主家给我一条，有你吃的，还和我做假。"王蛮喜对代三说他也想帮助赵依根促成这件好事，但是他想当活雷锋，做好事不留名，暗地里帮助，还说四颗根本不能把人迷糊过去。夜里代三就对赵依根说了王蛮喜的话，赵依根一跃而起骂道："三和尚哄我，说四五颗就够了，这下怎么办，还得开口啊。"说完又骂代三："你把我的计划给说了，事情不成我不是被王蛮喜抓住把柄了吗？"代三说："你放心，他都和我说了，不计较以前那件事，看你可怜，说还想帮你呢，只是怕你害臊，不好意思和你说，再说粉莲又不是黄花闺女，和你睡一夜有什么大不了。"

一句话说得赵依根心里痒痒的，一刻也等不上，一大早就去找王蛮喜，王蛮喜说："你把那四颗给我，我重给你拿效果好的，一颗就够。"赵依根听话，把四颗给了王蛮喜，换来一颗，心里不踏实。

王蛮喜欢抓住了赵依根的心思，就说不信的话你现在吃下去，五分钟你就人事不省，看王蛮喜说得坚定，一点也没有笑话自己的意思，赵依根反倒觉得当初那样做对不住王蛮喜，搅和了他的好事，王蛮喜说："肥水不流外人田，她不跟你好，也不会跟我好，再说我睡过的女人比你抽过的烟还多，当时有想法，现在早忘记了，好女人有的是，可怜你二十几了都不知道女人是什么，窝囊啊，白做了一回男人，这次我帮你，睡她一夜算什么。"王蛮喜轻描淡写，反倒让赵依根难为情，王蛮喜说："感情是睡出来的，说不定你把她睡一夜，她还可能和你好上呢？"赵依根一听眼前一亮，感激地给王蛮喜敬烟，结结巴巴地连话也说不出来。

一个看似简单的阴谋把两个原本争风吃醋的男人关系拉近了，始作俑者是老光棍代三，他其实只是一个旁观者，实施者是迫不及待的赵依根，最终出谋划策的还是经验十足的王蛮喜。那是村里一户人家孩子满月的时候，庄稼人早几天就开始帮忙，男人们杀鸡宰羊，女人们在石磨上磨豆腐，捡菜捣蒜，忙得不亦乐乎，等待喜宴的庄稼人的感情一下子拉近了，但是除了三个男人，没有其他人知道一个阴谋开始实施，三个男人其实也是各怀鬼胎，天大的秘密可能会烂在肚子里。迫不及待的赵依根在王蛮喜的开导下主动接近粉莲，没有了怨恨，没有了私心，传递给粉莲的是庄稼人笨拙的祝福，粉莲眼睛湿湿的，一下子在赵依根面前轻松下来，可以毫不犹豫地嫁给瘸子了，该放下的都放下了。

喜宴这天夜里，粉莲喝下赵依根亲手放进去药的酒，为了避嫌，赵依根看见粉莲喝下药酒之后就离开，剩下的事情由王蛮喜摆布，赵依根不知道王蛮喜怎样摆布，用什么办法把喝了药酒的粉莲弄到自己的屋子，但是他对王蛮喜是绝对信任的。他是阴阳师，神通广大，就躲出去等王蛮喜的信号。

这时候代三已经烂醉，端着酒杯挨桌和人碰杯，喝下药酒的粉莲红光满面，躲起来等信号的赵依根心里像一只青蛙在抓，喝了酒，半醉半醒的，等到王蛮喜发出信号，赵依根全身都硬，下边突然软了。但他还是脚步有力地往自己和代三的屋里走来。门开着，听见粉莲的呼吸声，这药厉害，一粒就让人成这样，半醉半醒的赵依根仓促地跨进门，其实在门口就开始脱衣服，屋里漆黑一片，喝了药酒的粉莲睡得死死的，脱得精光的赵依根下边恼了，等不及了，以前最多就是在代三绑着的双腿间进进出出的，很疼，炕上躺着梦寐以求的粉莲，所以他等不及，只麻利地脱了粉莲的裤子就进去了。

他没想到自己能找准地方，一直以来他最害怕找不准地方，但是找准了，进去了，一进去赵依根就不得不佩服上天了，真是太吻合了，这才是最好的地方，一进去赵依根就疯了，有和代三双腿间的事情，所以他不是处子之身，他是经验丰富的老手，没有一泄而出，渐入佳境，他不想一泄而出，他忍着，嘴里叫着粉莲的名字，粉莲死人一样没有一点声音，最终赵依根还是没忍住，不可能一直忍着，再说这地方简直太滑腻，不像两条大腿之间那样硬，所以他忍不住，有些委屈地趴在粉莲身上不动了。

赵依根打了个盹，太享受了，太美妙了，太疲劳了，加上喝了酒，过于兴奋了。粉莲还在梦中，看来这药真是厉害，疲惫的赵依根来劲了，虽然疲惫，但是还不尽兴，他要点灯，要看着粉莲的脸要她，等点亮煤油灯后，他没有了兴奋，不敢相信自己的眼睛，睡在自己身旁的人不是粉莲，而是自己的姐姐赵青梅。赵依根一下子清醒过来，他摇赵青梅，但是摇不醒，他知道是安眠药的作用，煤油灯下赵依根看见了案板上的菜刀，抓起菜刀直奔喜宴而来。喜宴上不见了王蛮喜，他看见粉莲还在坐席，村里人见赵依根前来，还举着菜刀，以为他喝醉了，其实赵依根相当清楚，就是问王蛮喜哪里去了。众人都说刚才还在这里看客呢，一错眼不见，可能上茅房去了。

茅缸骂道："我的二和尚，把菜刀放下，你们两个恩怨没完了，你吓唬谁，那样还敢杀人不成，丢人丢不够？"赵依根强压着满腔怒火，他知道王蛮喜躲起来了，一时肯定找不见，但是他心急如焚，又见代三死猪一样躺在人家的门炕上打呼噜，粉莲坐在凳子上朝他笑，很友善的笑，悔恨让赵依根的心在撕裂，原本自己的一场阴谋，最终被仇家王蛮喜来个狸猫换太子。茅缸见赵依根灰溜溜地站着，又骂："周围人刚还开玩笑说你想不开要上吊，急得你二姐去你停尸的屋里去看你，看是不是绊倒了，这么长时间还不回来？"

赵依根一听茅缸的话，一闪身跑了，坐席的人都哄笑道："看来赵依根也是情种，放不下粉莲啊。"粉莲羞得坐不住，说自己去找赵青梅，粉莲就一人出来找赵青梅，一边走一边叫，茅房没人，见赵依根的屋里亮着，又叫赵依根，也不见回答，粉莲一个人害怕，又担心村里人说闲话，不敢去赵依根屋里，回来说找不见赵青梅。茅缸腰疼，今天好容易坐席，勉强来了，说可能提前回去了，她心里不好活，坐不住，粉莲就扶茅缸回家，到家也不见赵青梅的影子，茅缸心里七上八下，又要粉莲扶自己去找，两人最后来到赵依根和代三屋里，见赵青梅赤裸着下半身躺在油灯下，茅缸妈哎哟叫了一声，两人直扑到炕沿边，茅缸瞬间明白发生了什么，无声地捶着自己的胸口，要不是粉莲扶住，估计早就晕倒了。

赵依根满山遍野地找王蛮喜，村里人也意识到了事情不妙，只是找不见由头，等到听见王蛮喜一声号叫之后，他们由结果往回想，大致想明白了。庄稼人像被人利用和蒙蔽了一样无法接受这个事实，老几辈子人也没见过这样的事情，一时间个个都哑巴了一样谁也不敢和谁说话，他们害怕一说话就忍不住流泪，害怕全村人都会因此而大放悲声，在这个迎接小生命的喜宴上，整个村庄极度悲哀，陷入了末日来临的恐慌之中。

赵依根亲手下到粉莲酒杯里的药不过是一颗安乃近罢了，真正在赵青梅碗里下安眠药的人是王蛮喜，偷梁换柱的灵感是从准备换回那四颗安眠药产生的，对待赵依根这样没心肠的死灰灰和莽汉来说，打他一顿真的没意思，必须让他疼在骨髓里才解根，所以他提前给赵青梅的酒里下了安眠药。他也是半个赤脚医生，知道火候，所以看见赵青梅昏昏沉沉起来上茅房的时候，对她说赵依根为了粉莲想上吊，担心茅缸着急，王蛮喜就亲自把赵青梅送到代三和赵依根的屋里，快到门口的时候赵青梅已经不省人事，是王蛮喜把她抱回屋里的，为了让赵依根早点误入歧途，他脱掉赵青梅的外衣，发出信号催促赵依根早些动手。

由头被找出来的时候，村里人嘴上不说，但都无比凄然，竟会发生这样的惨事，最内疚的人是粉莲，因为大家虽然不说，但她就是罪魁祸首，就是导火索。王蛮喜被赵依根劈了大腿，动脉割断了，厮打过程中赵依根丢掉了手中的菜刀，就连躺在炕上的王医生都觉得村里人不应该抢救王蛮喜，本来他就没来吃喜宴，身体动不了，知道事情后心里突然像被揪住一般，直到抽噎的时候还在说："让他死吧，谁也别抢救，他死有余辜啊！"

村里人先是把疯狂的赵依根控制住，然后用被单扎紧被砍开一寸深的王蛮喜的大腿，血一下子渗出来染红了被单。村里有理智的人说："一定要去镇上把伤口给缝合，不能死人，死一个还得把另一个赔上，太不值得了。"王蛮喜连夜被架子车拉到旺柳镇的卫生院，等医生七手八脚地准备手术的时候，出血过度的王蛮喜早已奔赴黄泉路上了。

烂柴草一样的赵根细再次被打倒了，打倒的不是身体，他的心被击碎了。第二天早上没能按时起床，而是直挺挺地躺在炕上，一点气息也没有。警车开进枣台的时候，被人控制住的赵依根在轮流守候他的人打盹的时候跨出了家门，他在黎明的曙光下一直走到他生父何广福曾经失足的地方，没有任何犹豫，不过他不像他生父何广福那样茫然，而是在寒冷的早晨伸展双臂结束了他耻辱的一生，其实他跳下山崖的时候更像一只大雁，飘下去，落到了土地上。

粉莲是以消失的方式离开枣台的，有人说她嫁给了瘸子，也有人说她一个人走了。瘸子来过枣台找粉莲，事后就不见了，再没来，所以别人的猜测都有可能。

茅缸瘫痪了，起不来，茅缸相信自己这辈子是起不来了，不过能在家里活动，能勉强给赵根细和喜欢唱《小草》的赵青梅做饭，当然还有赵继根。赵继根变得少言寡语，不再讲古朝，只是默默地教书，上课，给喜欢唱《小草》的赵青梅讲故事。

警车再一次鸣叫着来到枣台，还是和赵根细一家有关，庄稼人一见警车开进来，不由得停下手中的劳作不约而同地往赵根细家张望，果然又是来找他们的，警车上押下来一个人，这人是失踪五年的赵连根。他变得满脸胡须，头发乱糟糟的，一进村就号哭，叫大，叫妈，没到院里就要往下跪，忏悔地往土地上跪。茅缸看都没看一眼，感觉这事就和自己没有关系，戴大盖帽的人说："赵连根最近五年在外一边当石匠，一边偷盗，第一次作案就是偷了你们村里何家的牛，以后偷过钱，偷过木料，是柏木，所以要坐牢，他本人忏悔反省，要是能交罚款，会考虑让他少坐几年……"

茅缸一句也没听进去，但是又一字不漏都听进去了。赵根细不说话，全凭茅缸做主，茅缸让戴大盖帽的把赵连根带走，她不想见，要怎么判刑那是公家的事情，她听公家的。茅缸这话一出，赵连根就扑通一声跪下了，这一次戴大盖帽的没有往起拉他，而是任凭他跪下，可能他们认为，这是赵连根最后的忏悔机会，要是不给，他们也不忍，就让他跪下了。赵连根一句话也没说，在地上磕了九个响头，磕完就站起来往外走。

警车鸣叫着开出枣台，围观的人几乎争抢着追，最难过的是何大壮的娘和婆姨，嘶叫着要揍赵连根一顿解气。村里人同情茅缸一家，都说这次他起码得坐十年二十年牢，想想他出去几年也不容易，看来离开土地庄稼人没法活，不如就靠天吃饭好。只有何大壮觉得难过，不是想和赵连根要回那头牛，更不想揍他，自打赵依根从他父亲何广福失足的山崖上跳下去之后，何大壮的心碎了，隐约感觉到自己和赵家兄弟的骨肉之情，所以他再也恨不起赵连根。

喜欢唱《小草》的赵青梅不喜欢在家住，就喜欢住学校，喜欢捣乱，不过有时候很安静，呆呆地听赵继根讲课，有时候还会发出傻傻的笑声。

烂柴草一样的赵根细时隔十年又和茅缸睡在一个炕上了，这是他主动的。茅缸也不理，睡过来就睡过来，没什么大不了，都一堆烂柴草了，不过夜里茅缸冷的时候还是像刚过门那样有些害羞地钻进赵根细被窝里，男人就是给老婆暖被窝的工具，一进来赵根细明显打了个哆嗦。茅缸老半天没有接触到他的身体，分开快十年的两个人又睡在一个被窝里。当烂柴草被一根火柴棒点燃的时候，茅缸感到一股暖流哗啦啦流遍身体的每个毛孔，是这堆烂柴草主动靠近自己身体的。

茅缸心硬，担心自己会把葡萄的死亡补助钱拿去救赵连根，她觉得家里不能花葡萄的钱，所以她要赵根细扶着她来到葡萄坟前，一边叫葡萄一边一张一张地把那一沓大团结纷纷化为灰烬。

赵根细的身体像枯草般衰败，他依旧在地里和村里收获着，只能挪动脚步给他做饭的茅缸常常站在大门口带着温暖的声音大声嚷道："老赵啊，快回来吃饭哟，吃罢挺你的尸丧去！"等到赵根细硕果累累地回来以后，茅缸早已像一个害羞的小姑娘一样困倦地蜷缩在炕角进入了梦乡。

后记

那是让我焦灼、慌乱、无所适从的一年。我既要应对疾病带给母亲的苦痛，也曾经历了孩子一次刻骨铭心的惊厥，以为他幼小的生命从此就要离我而去，那次事件几乎改变了我的世界观，到现在都让我心有余悸，不寒而栗。作为疾病旁观者，因为不能替亲人分担，常常让我感到万分愧疚，另外，我在为遥遥无期的车马生活不知疲倦地奔走，这都导致我年初就想写的东西迟迟不能付诸行动。

所以直到冬天，我才得以静下心来写这部小说，到年底，终究还是出乎意料地写完了，自然想起德国作家托马斯·曼的那句话：……终于完成了。它可能不好，但是完成了。只要能完成，它也就是好的。

那个冬天的阳光很好，我就是在那个冬日懒懒的午后迎来了小说的开头，确切地说，开头来自一声久远的，绵长的召唤。当这一声召唤萦绕耳畔的时候，事实告诉我，叙述之门已被打开，于是我有些神经质地鼻子一酸。

那是乡下老家黄昏时分的景象，村里的妇女站在打谷场上召唤山上劳作的家人：“……快回家吃饭来……”但是我记忆中最深刻的仍然是我外婆那一辈老年妇女的召唤，她们一辈子害怕自己的男人，就是她们嘴里常说的“老掌柜”，不过行动迟缓的她们在召唤自己老掌柜的时候，黑夜已经来临，我们无法看清她们召唤时候的神情，但是我一直相信那一声哀怨般的召唤里饱含岁月的温情。一切都在那一声召唤里孕育、发酵：“老掌柜，快回来吃饭哟，吃罢停你的尸丧去……”

我在这一声长长的召唤声中，从始至终延续了它的温情，直到小说的结尾，我才得以有机会把这句温情脉脉的召唤流露出来。

于是我因此开始变得安静，不停舔舐自己多年来向往车马生活被蒙蔽的心灵，三十年前作为孩子的我喜欢站在乡下老家的山梁上仰望湛蓝的天幕，三十年来我不断跌倒，困惑，沮丧，渐渐远离了那无限张扬、无限宽厚、无限怜悯的湛蓝天幕，同时回想起那一声来自灵魂深处的召唤，我所有的浮躁都瞬间消失殆尽。

如此说来，一切人生路上对车马生活的期盼，甚至为满足那一点个人私欲的处心积虑，都显得那么苍白和不值一提，因为我在那一声召唤声里，渐渐找到了迷失的自己，并能静静地消受生命的价值和意义。

还有什么能比这更重要呢？

惠潮　2014 年 8 月 18 日　肤施